中国科幻基石丛书
主编：姚海军

四川科学技术出版社

图书在版编目(CIP)数据

科幻世界精选集 2020 / 姚海军 主编 .
-- 成都：四川科学技术出版社, 2021.4（重印 2022.03）
（中国科幻基石丛书 / 姚海军 主编）
ISBN 978-7-5727-0080-4

Ⅰ.①科… Ⅱ.①姚… Ⅲ.①幻想小说—小说集—中国—当代 Ⅳ.① I247.7
中国版本图书馆 CIP 数据核字（2021）第 042713 号

中国科幻基石丛书
科幻世界精选集 2020

出 品 人	程佳月
丛书主编	姚海军
责任编辑	宋 齐　陈 曜
特邀编辑	肖巧雯
封面绘画	硫 池
封面设计	杨 岚
版面设计	杨 岚
责任出版	欧晓春
出版发行	四川科学技术出版社
	四川省成都市槐树街 2 号 出版大厦　邮政编码：610031
成品尺寸	147mm×208mm
印　　张	12.5
字　　数	278 千
插　　页	2
印　　刷	成都博瑞印务有限公司
版　　次	2021 年 05 月成都第一版
印　　次	2022 年 03 月成都第二次印刷
定　　价	48.00 元

ISBN 978-7-5727-0080-4

■ 版权所有　侵权必究 ■

■本书如有缺页、破损、装订错误，请寄回印刷厂调换。
厂址：成都锦江工业园区三色路 38 号　邮编：610063

写在"基石"之前

■ 姚海军

"基石"是个平实的词,不够"炫",却能够准确传达我们对构建中的中国科幻繁华巨厦的情感与信心,因此,我们用它来作为这套原创丛书的名字。

最近十年,是科幻创作飞速发展的十年。王晋康、刘慈欣、何夕、韩松等一大批科幻作家发表了大量深受读者喜爱、极具开拓与探索价值的科幻佳作。科幻文学的龙头期刊更是从一本传统的《科幻世界》,发展壮大成为涵盖各个读者层的系列刊物。与此同时,科幻文学的市场环境也有了改善,省会级城市的大型书店里终于有了属于科幻的领地。

仍然有人经常问及中国科幻与美国科幻的差距,但现在的答案已与十年前不同。在很多作品上(它们不再是那种毫无文学技巧与色彩、想象力拘谨的幼稚故事),这种比较已经变成了人家的牛排之于我们的土豆牛肉。差距是明显的——更准确地说,应该是"差别"——却已经无法再为它们排个名次。口味问题有了实际意义，这正是我们的科幻走向成熟的标志。

　　与美国科幻的差距，实际上是市场化程度的差距。美国科幻从期刊到图书到影视再到游戏和玩具，已经形成了一条完整的产业链，动力十足；而我们的图书出版却仍然处于这样一种局面：读者的阅读需求不能满足的同时，出版者却感叹于科幻书那区区几千册的销量。结果，我们基本上只有为热爱而创作的科幻作家，鲜有为版税而创作的科幻作家。这不是有责任心的出版人所乐于看到的现状。

　　科幻世界作为我国最有影响力的专业科幻出版机构，一直致力于对中国科幻的全方位推动。科幻图书出版是其中的重点之一。中国科幻需要长远眼光，需要一种务实精神，需要引入更市场化的手段，因而我们着眼于远景，而着手之处则在于一块块"基石"。

　　需要特别说明的是，对于基石，我们并没有什么限定。因为，要建一座大厦需要各种各样的石料。

　　对于那样一座大厦，我们满怀期待。

目录

001
归来之人
杨晚晴

053
救　赎
索何夫

065
莱布尼兹的箱子
李维北

101
万物皆数
吴清缘

141
传　译
张　蜀

165
容　器
未　末

193
完美人生
东方晓灿

225
曙光之前
查　杉

255
消失的马戏团
任　青

297
去他的时间尽头
程婧波

归来之人

———— 杨晚晴 ————

机器的发展要比道德的进步快好几个世纪，当道德的进步最后赶上机器发展的时候，我们就不需要任何机器了。

——哈里·杜鲁门

这是一个雄心勃勃、掠夺成性的世界。现在我明白了战争归来者的孤独，他们就像是另一个世界的天外来客。他们拥有别人没有的知识，那些只能从死神身旁去获得的知识。

——S.A.阿列克谢耶维奇

DAY 1

我听见大地的哭泣，通过我的皮肤、肌肉和骨骼。

在我前面不远的地方，是一座历史悠久的巴尔干半岛城市，有石头筑起的喷泉和石子铺成的路，有整块大理石打磨出的雕像。此刻，这座石头城市正在高爆炸药和M312机枪的咆哮声中快速瓦解。主动降噪耳罩掩饰了部分瓦解的惨烈，但爆炸仍以震波形式沿地面传播，导入我的身体。

一场场内在的轻微爆破。

突击单元AU-107按指定路线前进。突击单元AU-107按指定路线前进。

云端系统下达命令，同时将设定的路线以亮橙色呈现，如一条黄金蟒盘绕在由多架侦察UAV（无人驾驶飞机）绘制出的2.5D实时城市地图中。又一轮攻击结束，在增强视野中，我看到数千个暗蓝色光点汇集成楔形突出部，刺向仍有武装分子盘踞的城市北端。而我身边这几个带着姓名标识的光点则在向地图中那一片猩红色的小范围交火阵线靠近——这就是我的队伍，突击单元AU-107。在这座古老城市的市中心，道路狭窄曲折，运兵车无法通行，M-ATV全地形车将我们卸下，自行沿干道前往集结点，而我们则步行进入街巷。在我们的头顶，无数UAV携着从尖锐到低沉的多普勒[①]啸叫快速掠过，奔赴自己的杀戮与死亡。我知道它们才是这场战斗中冲锋陷阵的战士——毕竟，它们造价低廉，是可以被牺牲的。

我和我的队员需要不时绕过破碎的街垒。此刻它们唯一的作用似乎只是盛放那些焦黑残缺狰狞的尸体——武装分子的尸体、淡淡的血腥气和什么东西烧焦的气味、通信链路里飞速传递的命令和话语——这情境已经超出我理解的阈值，进入某种既让我恶心，又令我着迷的超现实语境。

我想我的脸一定白得吓人。

"哟，吓傻了，教授？"

通信链路里阿尔的头像闪烁。我转头，看到动力外骨骼里的

[①] 多普勒效应，波在波源向观察者接近时接收频率变高，而在波源远离观察者时接收频率变低。当观察者移动时也能得到同样的结论。

黑人男孩儿正咧着嘴，似笑非笑地看我。我没有答话。战术军士尼基蹚过砖石与碎屑闷头向前，而我在试图跟上她。

我从不敢忘记教官说过的话："姑娘们，在战场上你们负责做决定，而战术军士负责保住你们的小命。"

我目睹了死亡，但还没做好死亡的准备——尽管联军司令员曾经保证，在战场上我们甚至要比在家里安全。

至少在一个小时以前，他所言非虚。

联军部队的攻势摧枯拉朽。一轮M982榴弹炮（使用惯性制导的"神剑"炮弹，可在25英里①之外射中10英尺②之内的目标）齐射加上一轮"复仇者"UAV俯冲轰炸，就彻底摧毁了敌人在库米扬城外的装甲防御阵线。那个扬言要把萨尔第维亚变成另一个越南或者阿富汗的武装力量似乎不堪一击。现在他们只能把熊熊燃烧的装甲部队丢在城外，退入城内与联军近身缠斗——从建筑物里施放冷枪或者在街巷中埋设粗陋不堪的IED（简易爆炸装置），士兵们应对前者的方法是用12.7毫米机枪或者40毫米空爆榴弹把狙击手藏匿的墙体打成飞溅的豆腐渣（它有一个官方名称叫"乱射压制"），应对后者则派出一台台扫雷机器人，这些身高一英尺出头的小家伙们兴高采烈地冲向疑似爆炸物，在一声声轰响中实现了自己存在的意义。

直到抵达市中心的交火阵线，我们才遭遇了真正的抵抗。

那是一栋洛可可式三层楼房，它厕身于一排与它相似的砖石结构建筑当中，几乎每个窗口都在向外喷吐火舌，哒哒哒，咻咻

---

① 1英里约为1.6公里。
② 1英尺约为30.48厘米。

咻，哒哒哒，像歇斯底里吼叫的孩子。街对面友军的"大狗"四足机器人刚一露头就被7.62毫米子弹的暴怒所压制，几次出击无果后，它弯折液压关节，伏低身体，试图用背上的M307榴弹发射器打开局面，正当它瞄准时，一枚曳着白色尾迹的火箭弹击中了它站立的地方。

"轰！"

尘烟散去后，我听见史酷比模拟出倒吸冷气的声音。

点对点通信请求。在几十英尺开外，身着棕色外骨骼装甲的战术军士在向我挥手。

突击单元AU-99：突击单元AU-107，请呼叫空中支援火力。完毕。

突击单元AU-107：你们为什么不呼叫？完毕。

突击单元AU-99：我们的战场统合分析员挂了。完毕。

我们几个——我、尼基、阿尔、史酷比——面面相觑。如果"挂了"一词意味着"KIA"（阵亡），那么联军的新闻发言人该好好筹划一下之后的新闻发布会了。但那不是我们现在需要操心的事。我们在隐蔽处等待，直到侦察UAV的合成孔径雷达、红外扫描仪、声波感应阵列、磁感应器等数据被云端分析，继而进入我——所谓的战场统合分析员——的人造脑区。

建筑平面图（图略）（结构分析模型。置信度82%）

建筑中活动人员分布（红外扫描与子弹轨迹分析模型。无平民。置信度70%）

威胁度分析（重武器威胁B-；班级单元的战术机动阻遏效果A-；非战斗人员误伤可能C+；突击型战斗单元杀伤度C-……）

附带损伤评估结果……

建议使用战术级武器……

这一切在我的视野中瞬间呈现，又在几个微秒内被分析。表示攻击的红色十字已经悬在实时地图中的屋顶之上。现在，我需要做一个决定。

我看向尼基，而她只给了我一个凝然倚墙的侧影。

唾沫滑入干涩的咽喉。确认攻击。

半分钟后，死神从天而降。

一枚使用GPS辅助惯性制导的JDAM（联合制导攻击武器）炸弹由"复仇者"UAV自一万英尺高度投下，呼啸着从屋顶钻入那栋粉红色小楼，延迟引信随即起爆，高爆炸药与活性金属在空气中结合后产生强大的冲击波，将楼房从内而外地摧毁——橙色的火焰黑色的尘烟，暴雨般飞溅的碎片。我的骨骼在共振中嗡嗡作响。

——想象一个被鞭炮炸毁的蚁穴，只是规模要大上数亿倍。

……

压低重心从"蚁穴"的残骸边走过时，我尽量不去注意（同时小心翼翼地绕开）那些四处散落、和碎石明显不同的不明物体。地图上亮蓝色光点在我身后鱼贯而行——尼基、阿尔、史酷比。我的队伍。名义上的。

"啧啧，可怜。"阿尔在共享视野里画了个夸张的红色箭头。在箭头指示的方向，我看到一名士兵正单膝跪地，轻抚"大狗"机器人的残躯。

"愿它安息。"史酷比说。

"电子脑袋可没有天堂。"阿尔说。

"也同样没有地狱,"史酷比反唇相讥,"那儿是为你准备的。"

"闭嘴你个狗娘养的电子脑袋!小心老子我——"

"够了。"

通信链路里尼基的头像亮起又熄灭。她的声音既不高亢,也不尖锐,而是低沉的,沙哑的,带着一点点疲惫。和从前一样,这个人的每一句话都像是自言自语,似乎从不在乎别人是否能听到。

但每个人都能听到。

于是沉默降临。队伍末尾,那个表示尼基的蓝点忽然停住。我回过头,看见她在废墟旁驻足。

"发现幸存者。"尼基在多点通信链路里广播。

共享视野里,那个人从砖石堆中露出半截身体。如果不是被喘息吹起的灰烟,你会认为他和废墟是浑然一体的,仿佛一尊蹩脚的人体雕塑。

一尊手握RPG(火箭助推榴弹)火箭筒的人体雕塑。

"呼叫RE……"

"把他交给我们。"AU-99的战术军士打断了我的医疗请求。那个哀悼"大狗"的士兵起身,向幸存者走去。

我迟疑了一下。

"我们的战场统合分析员不在这里。"战术军士说,"除了他,我们谁都不熟悉《新日内瓦公约》——对吧,乔?"

士兵点了点头。他站在尼基对面,身体僵硬,如绷直的琴弦。后者默默地注视了他一会儿,转身走开……有那么一瞬间,我忘记了自己正身处战场。灰烬从熊熊火焰中升起，在铅灰色的天空中飘荡，最后如纷飞的黑色鹅毛，落在尼基的增强现实面罩上，遮住了这个女人唯一称得上漂亮的部分。

那双湛蓝湛蓝的眼睛。

我感到一阵恐怖，接着是一阵心痛。

"那个人活不了了。"她说，"我们走吧。"

我点点头，"突击单元AU-107，继续前……"

命令被凄厉的报警声打断。在战术视窗中我捕捉到了正呼啸而来的死亡：一枚从某栋楼的某个窗口中发射的RPG。黑色的锥体。橙色的尾焰。一轮黑日在我的视野里急速膨胀。这就是结局了，我想——我闭上眼睛。

奇怪的是，我的一生并没有在脑海中闪回。

DAY 234

我们需要谈谈。

我没有理会增强视野中的匿名信息。剃须刀匍匐在脸颊上。推动开关。嗡嗡嗡。嗡嗡嗡。收割胡须的声音穿透我的骨骼，让我想起M134加特林机枪被过滤掉低频部分的嘶吼。

每分钟三千发，几乎可以咬死任何猎物。

我们需要谈谈。关于那件事。

刷牙。把脸长时间浸泡在冷水之中。肺部的收缩感。也许淹死自己并没有那么难……水面之上传来敲门声。"亲爱的，你——好了吗?"

妻子真实的表情显现于卫生间门开启的瞬间,一点点不耐,一点点焦灼。现在,她仰起脸看我,用一个笑容抹去了所有不合时宜的情绪。

"威廉,你今天——很帅。"

"谢谢。"

"那——我们出发?"

我点了点头。

肖,装聋作哑并不能把一切抹去。

凯文在客厅等我。这个十岁男孩儿已经高过我的肩膀,但他依然像小时候一样,不肯正对我的视线——我想在他心中我永远没法演好父亲的角色,无论是在车祸之前还是之后,无论我是教授还是军人,是英雄,还是变态狂、屠夫、刽子手。

我想,我永远是一个顶着"父亲"称号的陌生人。

"嗨。"陌生人对男孩儿打了个招呼。

男孩儿挤出一个笑。

几分钟后,我们一家三口坐上预约的胶囊电动车。沉默间,城市在我眼前飞驰而过:大片大片的绿地,绿地上衣装鲜艳的人群,银光闪闪的摩天楼,楼宇间的巨幅激光投影广告……白云,蓝得几近透明的天空——没有烟柱与UAV的天空。

肖,不管你回不回复,我今天都要把事情解决。

忽然间,一阵眩晕袭来。我下意识地用手攥住一侧裤兜,那里面坚实的物体让我感到安心。

"威廉,你——"安娜把手覆在我的手上,"不舒服吗?"

摇头。

"我们今天去哪儿？"凯文问道。

"我们去吃一顿大餐，然后……"

然后就到了摊牌的时刻，我想。妻子的话音被隔绝在我的世界之外，我看到她的嘴唇无声开合，那曾经令我心醉神迷的嘴唇，那曾经令我痛不欲生的嘴唇。如今，它只是嘴唇，一个呼吸、咀嚼、发声的神经丰富的器官。

"……这就是我们一天的行程。"妻子将手撤回，摆在双膝之上，孔雀绿色的丝绸裙子将那双手衬得格外白皙，"怎么样，你们二位满意吗？"

凯文用眼角偷瞄我，"史蒂夫不来？"

妻子的脸颊掠过一丝尴尬，"不来。"

"你应该叫上他的。"我说。

尴尬发酵成隐隐的恼怒，"他今天要加班。"

"还是关于战争的报道？"

"威廉，"妻子站了起来，双手盘绞，胸部微微起伏，"我们说好不谈这个的。"

我低下头，"对不起。"

她站在那里，双手分开，各自攥成拳头。她的手指瘦削紧绷，仿佛在一瞬间集中了被精心掩藏的老态。

"我们一家。"她咬着嘴唇，"只有我们一家。"

我点了点头。

片刻之后胶囊车开始减速。乘车助理出现在我的增强视野中。"即将到达目的地。"她用甜美的声音说道，"祝您度过愉快的一天。"

祝您度过愉快的一天……这个虚拟人物有一双可以乱真的蓝色眼睛。斑驳的网状结构……被风吹皱的海面。

我的手臂被轻轻地碰触。

"亲爱的,我们下车吧。"

乘车助理的影像淡去。我迈开脚步。

DAY 1

那双蓝眼睛看着我。

"起来。"尼基说。

在外骨骼的助力下我站了起来。增强视野里显示生命完整性报告——除了疼痛造成的神经信号异常传导,我似乎完好无损。

"下次不要闭眼睛。"尼基又说。

我恍恍惚惚地前行,路过突施冷箭的那栋楼房。此刻它的半个外立面倾塌在街道上,堆成一个小小的月亮金字塔,塔尖上是一摊被子弹打烂的血肉。

"希望它不会影响你的午餐。"阿尔说。

我别过脸去。

"教授,"阿尔举手上指,"你难道不想感谢一下天上的那些小小鸟吗?"

抬起头,我看到漫天飞舞的"蜂群"——军方的大人物称其为UAV网络。除了装备异频雷达收发器,为战场提供移动热点,一部分UAV还装载了反射镜片。当危险降临,它们可以把来自地中海舰队的大功率激光瞬时投射到这片战场上的每一个角落。

战术中继激光防御系统——天空中的保护神。

当然,就像教官曾经反复强调的一样,如果你希望保护神能够一击命中,那么最好用多个交叉视点来锁定来袭物体。

下次不要闭眼睛。

也许这次我只是运气好而已。

……

"你们知道吗,现代军队的最大成就不在于武器的革新,而是在于通过纪律约束和价值灌输,让士兵直面自己的死亡。"

在C-17运输机四个发动机的咆哮声中,我试图找回那个破碎的自我。我们正身处距库米扬城二十英里开外的营地,在这个五平方英里不到的区域内,拥塞着上千个军用帐篷和几条临时跑道,四周则有自动哨戒炮、巡逻机器人(此刻史酷比也是其中一员)和战斗UAV拱卫。装载着钢制建筑预制件的C-17正源源不断地奔赴此处,几天以后一座军事要塞将在此处、在建筑机器人的手中拔地而起,届时我会有自己的营房(配备淋浴间和抽水马桶),但在那之前我们必须在帐篷下忍受彼此的气味和声响。

但起码我们是安全的。

"就比如你要盯着那枚飞向你的火箭弹。"阿尔灌下一口占边波本,将酒瓶递向尼基。这个高大、面容粗野的青年卷着袖管,肌肉虬结的小臂上文满青色的、凹凸有致的妖冶女郎和模糊不清的脏字儿,表达着属于街头和荷尔蒙的独特审美。

后者没有对这种审美做出任何反应。

"对。"我点了点头,"战争是反人性的,然而它又是人性的一部分。"

阿尔悻悻地收回酒瓶,又灌了一口,"这话有点儿费解,教授。"

我舔了舔嘴唇,在肚肠里搜罗词语。

"就比如我,"我说,"我的存在,就是要让战争具有人性。"

阿尔挑起眉尖,"把人放在决策圈中,将军们是这么说的吧?"

"对。"我点头,"如果攻击决策由云端系统做出,那么这就不是一场人对人的战争,而是机器对人的战争——而这会破坏战争的正当性。"

尼基轻轻哼了一声。我看向她。这个女人顶着一头毛茸茸的金色短发,穿军绿色制式背心,修长的脖颈和结实的手臂上缀满细密的汗珠。尽管始终在低头擦拭M27突击步枪黝黑的枪管,不愿抬头看我们一眼;尽管嘴唇紧紧抿成直线,在橙色的灯光下,她五官的线条还是透出某种只属于女性的柔软。

阿尔同样看着她,喉结上下耸动。

"但其实云端系统已经做了大部分的工作,不是吗?"阿尔把头转了回来,"大到整个集团军的移动,小到每个战术单元的部署,它都会给出最优的建议。将军们只需选择'同意'或者'不同意',而教授你也只需对UAV或者机器人授权,接下来的一切都会由系统自动执行。"

"这就是关键所在,"我耸了耸肩,"最后的决定是由人类做出的。"

"所以杀人的不是机器,"尼基抬起头,"而是人类自己。"

一时间我不知道该说什么。她蓝色的眼神是巴尔干半岛乍暖还寒春日中的一抹凛冽,我扭开了眼睛。

阿尔勾着嘴角,"战争。战争从未改变。①"

尼基皱了皱眉头,显然并不欣赏他的俏皮话。

"说起来,这并不是我们的战争。"看男孩儿的表情,他是急于扳回一城,"我,成长在一个充满酒精与谎言的家庭,读过几年书,为了生存,也干过不少下三烂的事儿,蹲过班房,对这个鼓吹人人平等和天道酬勤的国家没有任何好感;教授,你是来自大洋对岸的高才生,在大学里教——""战争史。"我提醒道。"对,教天杀的战争史——恕我直言,在这个早已不再崇尚知识的国家,我真不知道你要到哪里去寻找存在感;尼基(被提到的人没有停止擦拭枪管的动作),你是十几岁才移民来的吧?很难相信一个已经有了基本判断能力的人还会被山姆大叔那套伪善的鬼话洗脑……说得难听点儿,我们都是这个国家主流价值观里的边缘人,现在却要来维护它的自以为是——正如我刚才说的,我们在打一场不属于我们的战争,这难道不是很荒谬吗?"

"那就走开。"尼基突然扔出一句,"没人逼你来这儿。"

我和阿尔半晌没有反应过来。我们半张着嘴巴,看着女人将她的枪组装起来,重新录入自己的微生物指纹,校准辅助射击系统,与M27步枪(或者更准确地说,M27步枪上的拟人智能终端)互道晚安后把它轻手轻脚地放进枪箱,然后钻入微气候睡袋,留给我们一个硬邦邦的后脑勺。

---

① 语出游戏《辐射》。

阿尔把脸转向我,这个十八岁少年的眼中有一丝费解,一星怒火和一点儿委屈,"她什么意思?"

我摇了摇头。

远方有滚雷之声。

DAY 234

嗒。嗒。嗒。

叉子敲着餐盘,撞击声掠过绿植和大理石人像,在深红色的墙壁间来回弹射,最终涸散在空气中。

"凯文,停下。"妻子说。

男孩儿嘟起嘴,"我们什么时候走?"

"去哪儿?"

"回家啊。"

妻子的脸绷了起来,"今天我们就在这儿。我们一家。"

我对男孩儿抱歉地笑了笑,并不介意他把脸扭开。我知道,这很无聊——现实世界就是如此无聊。在我遭遇车祸之前,都是史蒂夫在陪他玩儿,而在车祸之后,我还没来得及填满他心中那个大大的空洞。

"凯文,"我将手肘撑在桌面上,探身向前,"你为什么急着回家呢?玩游戏?"

他垂下眼睑。

"你最近玩的游戏叫什么来着,《战争之子》?"

他扬起眼睛,警惕地看我。

"我也玩过这个游戏。"我说。

有一抹光亮在他眼中一闪而过。我熟悉那一抹光亮,那一抹只有在我们谈论心爱之物时才会出现的光亮。我想凯文和大多数年轻雄性一样,或多或少地迷恋战争,迷恋战争制造的冲突与奇观,迷恋美丽而又致命的武器,迷恋在深知自己安全的时候远距离地观赏死亡。在很多人眼中,战争有其独特的美学。我不能为此责怪一个十岁男孩儿,毕竟,战争根植在人类的天性之中。

——我们是战争之子。

"爸爸,你——"凯文有些迟疑,"真的玩过?"

我轻轻地点头。

"那你能不能告诉我——"

"咳。"安娜发出做作的咳嗽声。凯文缩起脖子,意识到自己触碰了这个家的禁忌。

你想让我告诉你,这款游戏到底像不像真正的战争。这个问题只有亲历过战争的人才能回答。我给了男孩儿一个不以为意的笑容。不,它一点儿也不像。你永远都没法通过战争以外的途径去体会真正的战争——不管它宣称自己有多么逼真。真正的战争充满死亡的恶臭,而当你嗅闻过这种恶臭之后,你的"嗅觉"受体就会发生不可逆的改变,你便从此告别了整个世界的芳香。

我想我的脸上一定流溢出了某种表情,这表情使沉默突然降临在我们一家三口的小小一隅。半晌之后,安娜的手越过桌面覆在我手上,"亲爱的,我们——我们走吧。"

我感受到了她手心的湿凉,还有在我身上汇聚的视线。我转过头。餐厅的另一边,几个年轻人正肆无忌惮地看着我。这个世界上从不缺少好事者。他们热衷于在虚拟空间追逐和分发热点,会在增强视野里设置热点匹配提示。此刻在某个年轻人眼中,我的头上一定悬着一个巨大的叹号。

——然后是公共区域的视点分享。然后是铺天盖地的弹幕。然后是更多的目光。

那一桌上,有人用手比出抹脖子的动作。

我站了起来。

"不要。"安娜缓慢摇头,灰色的眸子里泪花翻涌,"威廉,不要。"

我冲她笑了笑。在走向那几个年轻人的一路上,周遭的目光如疾雨打在我身上。出征时他们叫我英雄,现在我是变态狂、屠夫、刽子手。我想人们总会被良心折磨,也总会找出什么来消解这种折磨。我想这才是我的一系列称号之下的真相:一只替罪羊。

"先生们,"替罪羊停在桌前,"我能为你们做些什么?"

几个人都站了起来,其中一个足足高出我一头,髯须蓬勃。我认出他就是那个朝我比画的人。

"滚开,杀小孩儿的变态。"大胡子碾着牙齿。

我把手伸向裤兜,我的嘴角卷出笑容。

"如果我不想呢?"

DAY　13

"教授,你确定这些家伙是来打仗的?"

我冲阿尔笑了笑。在我们身边一线排开的士兵戴着形制不一的钢盔，穿着脏兮兮的迷彩服，拎着锈迹斑斑的AK12步枪。他们眼神涣散，脚步拖沓，不住地打呵欠，间或叽里咕噜地交谈几句、粗野地笑上几声——阿尔说得没错，他们更像是一群去赶集的恐怖分子，而不是要与我们并肩作战的友军。

"我确定。"我说，"你不能指望每个人都像我们一样装备动力外骨骼和智能枪械——别忘了，他们的政府还欠山姆大叔一大笔钱呢。"

阿尔弹了一下舌头，"啊哈。"

我们在约根森林中步行前进，史酷比在前，我、阿尔、尼基和两部"剑"式武装机器人紧随其后，排成紧凑的楔形队列——在由突击模块转为侦察模块后，步兵作战单元107的成员构成、远程支援、战术执行等都发生了相应改变，以此实现既定兵力下的最大作战效率。我们的友军则拉开一条长达数百米的散兵线。我想他们只是在践行一种把死亡风险平摊的朴素哲学。森林里是密密匝匝的白杨和桦树，春日的天空透过树叶斑斑点点地洒了下来，我听见沙沙的脚步声和沙沙的风。

"教授，我有种不好的感觉……"史酷比用它的电子合成声（中年男性的声音，鼻音略重）对我说。

"嗤。"阿尔用鼻孔吹出一声，"没有数据支持，你就是个弱智。"

失去数据支持的可不止史酷比一个。尽管有四只"蜂鸟"扑翼式UAV不断通过LIFI连接（不易被干扰但会被障碍物阻隔，所以只能小范围使用）向我传送周遭几十米的实况画面，但——无法与战友共享视野,无法查看实时地图,和云端系统提供的战场觉知相比,我能感知到的不过是在浓黑中的一豆磷火。如果再假设身边环伺着青面獠牙蠢蠢欲动的猛兽,这感觉又岂止是"不好"?这就是我们此时的处境:在一片危险的数据"暗区"中蹒跚前行。联军前期空投在约根森林的T-UGS(战术性地上无人感应器)已被武装分子悉数破坏,而飞临此地上空的侦察UAV更是时常被击落,强烈的电磁干扰使云端系统无法在整片区域建立起有效的战术数据网络,雪上加霜的是,卫星图像也在茂密的森林和武装分子老练的光学伪装下丧失了参考价值。昨天一架"疣猪"(A-10攻击机)冒险低飞,险些被一枚地对空导弹击中。现在,出于安全考虑,所有飞过该地的飞行员都拒绝把高度降到15000英尺以下。

——联军司令部承认,我们的敌人并没有如预期那样,被优势火力迅速打垮。在十几天的战斗之后,他们找到了联军的弱点:克劳塞维茨所谓的"战争迷雾"——联军宣称已然不存在的战争迷雾。

找到。然后制造。

大片大片的战争迷雾出现在联军尚未攻克的森林地带和山区,它们联结起来,成为横亘在库米扬城和武装分子北部据点之间的天堑。联军的大股地面部队在这一障碍前停住了脚步,司令部派出零散的侦察单元配合装备低劣但有数量优势的政府军(比如,一个侦察单元搭配一个完整建制的连)来驱散迷雾——在云端系统做出的战损分析中,萨尔第人是大量且廉价的,萨尔第人的死亡是可以接受的。

"这就是云端系统在做的，"阿尔踏扁一丛褐色的菌类，"给每个人的生命标出价格。"

"是权重。"我纠正道。

"低于某个数值就可以消灭掉，嗯哼？"

"战斗的决策基于一种极其复杂的算法，伦理学、心理学、统计学、人类学、国际法、战争法、意识形态、宗教信仰等等因素都是其中的变量——"我深吸了一口气，"但你说得没错。归根结底，我们是在用数字来称量一个人的生命。"

沉默。鸟儿的啁啾和灰蒙蒙的阳光在林间跳荡。

"如果是由算法来做决定，"尼基的声音传入头盔，"那么你就是多余的。"

我的动作顿了一下，但外骨骼仍依据我的运动趋势将我向前带去。

"决定是我做出的，"我辩解道，"算法只提供参考。"

耳罩里"刺啦"一声，我不知道它代表的是尼基的笑，还是一次粗重的喘息。

"没错，"她说，"决定要由人来做——这是人对人的战争。"

有什么在灼烧着我的耳垂。那是一种自欺欺人的羞耻感。

"好吧。"我叹了一口气，"我承认我的存在是多余的——事实上，从某种意义上来讲，每一个战场统合分析员的存在都是多余的。把我们脑袋里那套系统装在任何一个型号不低于史酷比的战斗机器人身上，它们都会做得更好。我们是战争皇帝的新衣，我们的存在只是为了把战争留在人的领域——但反过来想一想，人的判断就必然有其形而上学的意义吗？人的所有行为决策都产生于大脑,而大脑的底层运作是基于神经元动作电势的'加权投票'模型的,更不要说大脑皮质里还有一个叫作额眶部皮质、专门负责道德计算的区域了……我们的神经元网络为万事万物赋值,令我们在不知不觉间做出道德判断,而这不过是一种生物算法。可笑的是,制定战争规则的大人物们认可这种算法而不认可机器的,就像他们认可5.56毫米子弹而不认可达姆弹,尽管这两种子弹都是用来杀人的——战争的道德,哈。"

"我想我明白你的意思,教授。"史酷比说,"在如何看待杀人这件事上,你们人类其实和我这样的电子脑袋并没有什么不同,只是你们相信自己有灵魂。"

"蠢货,不是相信,而是——"

阿尔的话语被一声尖啸掐断。接着是轰然巨响。震颤的大地、飞溅的枝叶与泥土。近乎静止的春日午后被骤然撕开,而所有人仿佛都带着惯性在时间中定格半秒。

接下来,粗糙的全景画面潮水般涌来,我看到有人仓皇四顾有人被炮击掀翻有人没跑出几步便直挺挺地栽倒。在显示弹道分析的同时,离线云端系统将动力外骨骼切换为自动躲避模式,带着我向弹着点最为稀疏的区域狂奔。

"……操!"阿尔的咒骂断断续续,"……我……伏击!"

听不到他的声音了。瞬间激增的战场信息挤爆了侦察单元SU-107带宽有限的战术局域网,我们失去了多点通信链路和全局战场分析的支持。在被乱码和噪声填满的增强视野中,我踉踉跄跄地躲避弹雨。大部分战场觉知的丧失使我的世界收缩成一道窄缝,透过这道窄缝我窥到怒放的黑色土花和被拦腰炸断的树木，听到面无人色的友军抱着断腿哭号，嗅到树木、泥土、硝烟和鲜血的混合气息。当我们终于穿过炮击的密集区，稍稍立住阵脚，手中的M27突击步枪和M312机枪便开始尖声嘶吼，将子弹射向那些似乎无处不在、又无法在增强视野中凸显出来的敌人。

"撤退！九点方向！"尼基在我耳畔低吼，"我来掩护！"

我循她的指示望去，看到森林边缘朦胧的光——走出森林，也许就意味着走出数据"暗区"……我舔了舔嘴唇，"尼基军士，我才是下命令的人。"

"那就下呀！"

我思忖半秒，打出战术手势——尼基、阿尔，向九点方向撤退！史酷比提供压制火力！

尼基愣了一下，她的蓝眼睛里闪出瞬间的疑惑。然后，我想她明白了：一切都是计算的结果，相比于人，没有灵魂的机器大狗一定拥有一个很低的权重。

——因此是可以被牺牲的。

她朝地上啐了一口。

DAY 234

我回到餐桌前，继续切割盘中的牛排。七成熟。深棕色的外皮。肌肉的纹理。血丝。

妻子用莫可名状的眼神看我，"威廉，你——"

你都做了什么，能让那一桌不怀好意的壮汉如丧家之犬般逃走？

很简单。我将牛肉塞入口中，冲安娜和凯文笑了笑。很简单，我只是抓起桌上的一把餐刀，手握刀刃，将刀柄递向那个大胡子。"知道我在战场上是怎么解决问题的吗？"我对他说，"消灭生存价值为负值的人。"那个人瞪大了眼睛——一桌的人都瞪大了眼睛。"对你们来说我是负值，对我来说你们也一样。"我把刀又向前送了一点儿，"你们要抓紧了。有时候，我没法控制脑袋里的杀人机器，你们懂的。"

他们懂。绝大多数人并没有杀人与被杀的勇气，绝大多数人也从来没有直面过归来之人的眼神。于是他们选择逃跑——如果这一选项存在的话。

"你威胁他们了。"妻子说。

"对。"

"威廉，听着，"她抓起我的手，"如果你想让我们一家回归到正常的生活中，你就必须忍耐。人是健忘的生物，战争很快就会结束，人们会被别的东西吸引，然后——"

"回不去了。"我摇了摇头。

"抱歉，"她的脸僵住，"你说——"

"安娜，你很清楚，我回不去了——我们回不去了。"

那双手松开。在桌子的另一角，男孩儿紧咬下唇，用力盯着我。

"安娜，我知道你想做什么。你想站在我身边，支持我，鼓励我，直到我们度过这段艰难时期——安娜，你一直都是这么善良，尽管你已不再爱我。"我苦笑道，"是苦难把我们连接在一起，而不是爱——这已经不是第一次了,对吗?"

妻子摇头,泪珠在她眼中滚动。

"肖,你——在说什么?"

DAY 13

单发点射。血雾。一个敌人倒下。失去云端支持后,辅助射击系统还在忠实地工作。这一系统将外骨骼与智能枪械整合,在计算弹道辅助瞄准的同时有效化解后坐力,大大提升了射击精度。有人说,辅助射击系统把战争变得如电子游戏般简单——此话不假,如果你可以忽略随时可能降临的死亡的话。

"教授,还是连不上云端!"阿尔吼道。

我眯起眼睛。世界依旧是一道剪影,但比起刚才已经清晰许多:森林在我眼前150米处止步,空出大片开阔的草甸。我的侧面和身后则是连绵的丘陵,重新连接战术网络的希望在那里。

"退向六点钟方向!"

我命令道,同时用枪口寻找胆敢从森林中露头的敌人。

"下命令的人,"尼基在我身边伏低身体,"你怎么不撤退?你在等什么?"

"我在等那个家伙。"我目不斜视,"算法是预设的,但决定是人做的。不是吗?"

几秒钟的静默。战术军士以一记三发点射回应我。清脆的枪声。弹壳从抛壳窗中蹦出,在空中划出三道金色弧线。阿尔咒骂一声,也蹲了下去,手中的米尼米班用机枪喷吐火舌。

……几个身影从森林中钻了出来。是一小股被突袭打散的萨尔第维亚友军、一个两英尺高的履带型战斗机器人和——一只迷彩色四足大狗。"史酷比!"我起身挥手。大狗看到了我们。它的身体微微一顿,液压关节在瞬间完成减速和变向——它在朝我们奔来。90米,80米。有人倒下,带着向前的惯性一头栽进泥土。60米。史酷比的背上溅起火星。50米,35米……

"敌方坦克!十点钟方向!"

十点钟方向。黑乎乎的钢铁猛兽咆哮着从500米开外的斜坡上冲下,用7.62毫米车载机枪瞬间扫倒近处的几名士兵,紧接着调转车头,向我们径直而来——坦克驾驶员找到了附近唯一对装甲构成威胁的敌人,联军的步兵作战单元SU-107。紧跟在史酷比身后的萨尔第人在惊愕中放缓脚步,T90坦克的125毫米高爆弹就在这时砸了下来,狰狞的火光在我面前的小队人马中猛然爆开——动力外骨骼在几毫秒内做出反应,将我的头部压低,避过激波与破片。下一秒,安全锁定解除,我起身冲进漫天尘埃之中,看到的第一样东西不是史酷比的钢铁外壳,而是一双向前探出的手。略一迟疑后,我抓起那双手,试图将它们的主人从死亡中拖出来。

——动力外骨骼模糊了我对重量的感知。走出尘烟后我骇然发现,自己拖出来的是半截身体。那个只剩上半身的人——天哪,他是那么英俊年轻!——瞪圆了眼睛,仿佛想把整个天空都装进去。

湛蓝湛蓝的眼睛。

我的半边大脑一片空白——

"啪!"一只手拍在我脸上。

"教授,你冷静点儿!"

我晃了一下,艰难地找回平衡。尼基的蓝眼睛在我的视野中晕开。在蓝色的世界中我看到天幕倾斜残缺;看到断了一条腿的史酷比在艰难地平衡身体,背部的反坦克火箭筒徐徐升起;看到越来越多的武装分子从林中涌出,扑向丢盔弃甲的政府军士兵;看到一道烟幕墙倏然腾起,遮住了钢铁猛兽,曳着火尾的激光制导导弹一头扎入烟幕之中,不知所踪……

"蠢货电子脑袋,你打偏了!"阿尔喊破了嗓子,"我们完了!"

我们完了。T90从气溶胶烟幕中钻出,黑黢黢的炮管正对我的视线。瞄准警报响起,增强视野红光闪烁。我拼尽最后一丝力气,才没有合上双眼。

下次不要闭眼睛。

——然后我看到了。

一团火光在坦克顶部绽开,在继续奔跑几米后,T90向空中喷出一道明亮的橙色火流,随即在一声爆响中将炮塔高高抛起!AC130炮艇机轰鸣着碾过天空,在摧毁坦克后用MK44巨蝮二式链炮在森林边缘掀起一道黑红色的死亡之潮,转瞬间将成群的敌人击碎、席卷、吞没,那些从"潮水"中侥幸逃脱的武装分子慌不择路地向森林深处退去。

支撑着我的力量忽然消失了。我单膝跪地,双手插入泥土,呕出酸涩的胆汁。

"乌拉——"

我听见人们的欢呼声。

DAY 234

"在我们的婚姻和史蒂夫之间做出一个选择,"我拼凑出一个笑容,"我想这对你来说一定很难吧,安娜?"

妻子的脸色变得惨白。"肖,"她双臂环抱,"有些事情,我们不该当着——"

"凯文,"我没有理会她,而是将身体探向男孩儿,"你听说过电车难题吗?"

男孩儿将目光投向与他同样茫然的母亲,然后咬着嘴唇,摇了摇头。

"想象一下,"我说,"一辆有轨电车正朝五个人驶去,挽救这几个人的唯一方法,就是按下开关,让电车驶向另一条轨道,但是这样便会撞死另一个人——如果你是那个手握开关的人,你会怎么选择?"

"我——"男孩儿紧着脸,"我不知道。"

"我们拒绝做出选择,不是因为问题无解,而是因为我们不愿承认在人类的种种决定背后是冷冰的算法。"我看向妻子,"安娜,不要忘记我的一半脑子是用来干什么的——在战场上,它用一系列复杂的算法来掂量生命,而现在,就算不用什么算法我们也都心知肚明,对你和凯文来说,史蒂夫才是那个能赋予幸福更大数值的人。"

在她的眼底有泪花泛起，"肖，我不明白你在说什么……"

"我不属于这里。我要回去。"我说，"安娜，我能给你的，只有自由。"

"回去？"她疑惑地看着我，"回去哪里？"

"萨尔第维亚。"我笑了笑，"战争不是还没有结束吗？我必须回去。不是为了信仰，不是为了眷恋，而是为了自我拯救。所以——"

我来了，肖，我在你的城市。

增强视野里突然弹出的信息令我的身体僵了一下。你想干什么？

我说过，装聋作哑并不能解决问题。既然你拒绝开口，那么我只有亲自来喽。

我起身，视点在增强视野中迅速画出文字：你在哪里？我们可以谈谈，但千万不要——

一个地址链接被丢了过来。

这个地方你很熟吧？我已经到了。给你十分钟时间。

我用了整整一秒钟来思考。然后转身向餐厅门口奔去，同时用地址链接预定了一辆电动车。

"威廉！"妻子在身后喊道。

我没有回头，直冲入熙熙攘攘的街道。

DAY 13

云端系统显示，这个被光秃秃的田地包围，凌乱散布着几十座颜色各异木房子的小村庄叫作"诺夫特洛卡",是斯图尔人聚居地。这是我们走出约根森林后设置的第一个集结点。此刻,支奴干直升机正在将断了腿的史酷比、瘪了半个身子的"剑"式机器人和几个伤重的政府军士兵吞入腹中,两架纵列螺旋桨高速旋转着,在村中的空地上搅起烟尘龙卷。

"真他妈诡异。"阿尔挤进我和尼基中间,"我敢打赌你们在这个村子里找不到一个哪怕嘴上只长出绒毛的男人。"

没人理睬他。

"喂,你们看到那几个女人的眼神了吗?"阿尔继续喋喋不休,"她们让我感觉,自己不是一个解放者,而是一个、一个——"

"一个敌人。"尼基说。

"敌人。"阿尔咽了口唾沫,"太他妈贴切了。"

——这个年轻人到现在还不知道自己在为谁而战。我摇了摇头,继续埋首于眼前的工作,自行哨戒炮、"毁灭者"全自动后勤平台和几辆REV(机器人疏散车)正陆续开进村庄。通过云端我接入REV,指挥它们对伤员进行紧急处理,随后送往最近的战地医院。而尼基和阿尔则在"毁灭者"的协助下在村外布设战术感应器和异频雷达收发器——这是联军布防的标准流程。敌人随时都可能卷土重来,届时我们需要UAV的火力支持和不掉帧的增强视野。

工作告一段落后,我们褪下外骨骼,用后勤平台上的电池组为其充电。时近黄昏,橙色的夕阳将嘴唇探向地平线,鸟儿和云朵在天空中裁下黑色的剪影。我们席地而坐,小口小口地呷着战术背囊里的能量饮料,如啜饮烈酒。

悠长的沉默。

"我很好奇。"当靛青色占据大部分天幕,阿尔开口说话,"在经历了这一切之后,这些人还会不会相信神灵的存在。"

我将目光投向不远处的尖顶木屋。在已然褪色的屋顶之上,金色的十字架在夕阳下氤氲着微弱的光。一个小小的教堂。

"他们——"

"他们只会更加相信。"尼基打断了我,"萨尔第人和斯图尔人是在为神灵而战,而不管结果如何,他们都会从中解读出神灵的意志。"

"为——"阿尔有些茫然,"神灵而战?"

女人和我对视一眼,似乎在犹豫着是否该将真相就这样丢给一个长不大的孩子。

我点了点头。

尼基叹了口气,"萨尔第人和斯图尔人是这个国家里的两大主要族群,属于同一信仰的两个支系,在这片土地数百年的历史中,两个族群经常为教义阐释上的争执打得不可开交……十五年前发生了一场内战,取得胜利的是占人口大多数的萨尔第人。一俟掌管这个国家,萨尔第人政府便迫不及待地将自己对信仰的理解强加在斯图尔人的身上,他们强迫对方学习他们的经典,接受他们的教义,对不肯改宗的'死硬分子'实施迫害——虽然迫害的具体细节被官方严密封锁,但对于那些心怀虚构正义和宏大使命感的人会犯下什么样的恶行,历史已经不厌其烦地告诉过我们……"

"萨尔第人……政府军……"男孩儿若有所思,"等等!你的意思是,我们在为那帮混蛋打仗?"

"大人物们关心的是地缘政治、战略影响力、文明与冲突、威慑与阻遏,而非善恶或者人伦这样的大词儿。"尼基将右手探入裤袋,摩挲着,"不管萨尔第人对斯图尔人做了什么,他们至少组建了一个强有力且听话的政府,可以作为山姆大叔在这片土地上的代理,实现其政治意图。所以当斯图尔人终于不堪压迫奋起反抗时,他们认为自己在进行一场圣战;但从地缘政治的角度,这其实是两大国际强权在别人家里进行的一场暗中角力——你以为是谁在向武装分子提供T90坦克、S400防空导弹和电磁炸弹?"

"……操。"沉默片刻,阿尔吐出一个脏字。

"你瞧,这个世界就是这么肮脏,"尼基笑了笑,"而我们也是肮脏的一部分。"

我的心被狠狠地蜇了一下。我在女人的脸上捕捉到一丝荒诞到绝望的疼痛,这疼痛伴随着星辰的微光,在她的眸子中荡漾。

"伙计们,咱们能不能阳光一点儿?"我硬生生地挤出笑容,"这个世界可没有你们想的那么不堪……"

一阵嘈杂。教堂前的空地上蓦然聚起纷乱的光线。我转头,看到老人、妇女、孩子从一侧的树丛中鱼贯而出,被政府军用枪托和吆喝驱赶着,沉默而顺从地走向那个神灵的居所。尼基旋即起身,抬脚向人群走去。我将翻译贴片粘在喉结之上,跟在她身后。

"上尉,你们在干什么?"她对一个面目黧黑、军官模样的人发问,后者正喝令士兵们扳开教堂的大门。

军官转身,灯光在他眼中跃动。

这些人都是可疑的武装叛乱分子。增强视野中跳出文字。

为了确保安全，我们要对他们进行集中管理。

尼基梗着脖子。你说这些老幼妇孺是叛乱分子？

军官眯起眼睛看了看我和阿尔，又看向尼基。在忽明忽暗的光线中，两个人用目光对峙着。直到确认眼前的短发女人不会退让分毫，他才开口说话。

就在刚才，我死了三十几个弟兄。那些杀人犯就是从一座又一座这样的村庄里走出去的——女士，你能告诉我，是谁把他们抚养成人，是谁向他们灌输虚伪的经典，是谁让他们的心中充满仇恨，又是谁在支持他们行杀戮之事呢？军官的嘴角卷了起来，露出森白的牙齿。在这场战争中，没有人是无辜的。

话语噎在尼基半张的嘴巴里。军官冷哼一声，慢慢转身，横着步子走向空地——在那里，政府军士兵正迫不及待地将整个村庄塞进一间小小的教堂。笑声、哭声、絮语声和咒骂声在黑夜中升腾起来，枪托毫不留情地砸向人群中不肯轻易就范的枝蔓。

此刻的情势在算法的计算范围之外，但我另一半的生物大脑却不假思索地做出了决定。我拔腿向那个军官走去，俯向他沾着血污的耳郭，翻译贴片即时传达了我的话语。

上尉，我知道你在想什么。这种木质建筑很容易失火不是吗？如果在夜里它由于某种不幸的原因燃烧起来……

军官回头。少校，我无法理解你的幽默。

这不是幽默。上尉，我严正地——

突然一个七八岁的小女孩儿从人群中窜出，几乎是手脚并用着奔来，如巡航导弹般击中了我！我下意识地抬起手臂，将女孩儿拢住，后者抬头，眼中是一汪令人心碎的蓝。士兵们骂骂咧咧地围了上来,手中的枪乌黑森冷。

我感觉到尼基和阿尔站到了我的身后,这令我几乎瘫软的身体得到了一丝虚妄的支撑。

上尉,立刻停止你们的行动,让村民回家!我的手指死死地抠住女孩儿的肩膀。

军官咧嘴。少校,我想你无权命令我。

我端起M10手枪,指向他的眉心。那这个呢?

世界瞬间失语。然后我听见枪支移动时清脆的金属撞击声,听见臂弯中的啜泣声,听见尼基和阿尔粗重的喘息。三个没穿外骨骼装甲的游骑兵和一个手无寸铁的小女孩儿被围在萨尔第士兵中间,三支手枪对十几杆步枪——好吧,我身上残存的非理性使我们这支小小的队伍再次深陷险境。

军官双手慢慢上举,嘴角仍挂着笑。好啦好啦,都是自己人,干吗要这样?听你的就是啦。大家都把枪放下——快放下!

枪口降低,翻涌的敌意却一浪一浪地打在我身上。有很长一段时间我都无法忘记那种感觉:那种被无尽的黑暗和寒冷包裹,肺部被压迫着,置身深海的感觉。在深海中我保持着举枪的姿势,直到一只手挽住了我的手臂。是尼基。她将我的手一寸一寸地压低——或许被压低的,还有我的恐惧和懦弱。

这就对了。我们是友军嘛,友军怎么能拔枪相向呢?军官晃了晃拳头,将它轻轻地砸在我胸口上,接着干笑两声,把头凑了过来,对着我的脸颊吐出臭烘烘的热气。少校,我欣赏你的人道主义精神,但你真的以为自己是在拯救他们吗?

我克制住呕吐的冲动。我是在拯救你。

……

"那孩子喜欢你。"尼基吐出一个烟圈,说。

我在她身边坐下,"那孩子?"

"米拉。"

米拉。那个被我"救"下的小女孩儿。政府军散去后米拉和她妈妈盛情邀请我们去家里吃饭。我们在那间拥挤而温暖的小木屋里享用了热腾腾的土豆烧牛肉和伏特加。吃饭时女孩儿如小鸟般在我们身边盘旋,一会儿把头贴在我胳膊上,一会儿摸摸尼基的手,一会儿对阿尔吃吃地笑,一会儿又叽叽喳喳说个不停。大多数时候,我和尼基以微笑回应母女俩的热情——异国的语言会搅扰此刻的温馨,大家心照不宣。吃完饭,母女俩央我们住下,被我们婉言谢绝。米拉好一阵失望,但告别的时候还是在每个人脸上都轻轻地啄了一个晚安吻。

我用手指抚摸脸颊上女孩儿吻过的地方,"她也喜欢你。"

"……真是奇怪啊。"尼基扬起脖子,目光飘向远方,"前一分钟她们还把我们看作敌人。"

"我想,比起恨,人们更愿意选择去爱吧。"

她的目光下降,定定地看了我一会儿,"教授,你今天真叫人刮目相看。"

耳垂发烫,我把脸扭向另一边。军用帐篷里渗出暖色的光线,阿尔的鼾声若有似无。坐在地上,湿凉的潮气正爬进身体,撩起轻微的刺痛。但我已经开始喜欢上这种感觉——和大地亲密接触的感觉。活着的感觉。也许还有在星光下和一个短发女人说话的感觉。

"你才让我感到惊讶呢。"我说。

"我?"

"你跟他们说话的时候没用翻译贴片。你懂他们的语言。"

"……忘了告诉你,我是萨尔第人。"

我凝视她的侧脸。

"在十五年前的内战中,我成了一个孤儿。是联合国难民署将我辗转营救到了大洋彼岸。在那之后的很多年里,我曾那么希望自己可以像一个普通人一样长大、读书和恋爱,希望自己可以享受平凡而琐碎的忧愁与幸福。但我发觉自己做不到。我想,对个体而言,战争从不是单一事件,而是一场旷日持久的改变。经历过战争的人永远被战争塑造着,永远也无法摆脱战争。他们要么终日被战争的阴魂追猎,要么逼迫自己成为一个猎人——而我选择了后者。我想深入战争的血肉与骨髓之中,真正地理解战争。理解,然后克服。所以当我听到故国爆发内乱的消息时,我知道狩猎的时机到了。"尼基用力咂了口烟,烟丝热烈燃烧,发出"嗞嗞"的响声,"我回来,不是为了信仰,不是为了眷恋,而是为了自我拯救。阿尔说错了,这场战争并不是与我毫无干系——它就是我的战争。"

我迟疑了一下,"但你帮助了斯图尔人。"

尼基笑笑,"我总是一厢情愿地相信,或者说希望,这不是霍布斯那个人人与人人为敌的世界。"

沉默短暂地降临,又被远处传来的嗡嗡声刺破。一架巡逻UAV正掠过天空,它尾部的信号灯拖出长长的残影,如横向坠落的流星。

"教授，说说你吧。"半晌之后，她把脸扭向我，"你为什么来打仗？"

"……我……"

"如果不想说，你可以不说。"

"我遭遇了一场，呃，交通事故。"我绞着手指，"头部严重受伤导致语言功能丧失，四肢协调困难，记忆障碍——简而言之，我成了一个废人。你可能听说过，有一种手术可以通过植入拟态神经元来重塑受损的脑区，恢复大脑功能……不幸的是，手术的费用对我的家庭来说是一个天文数字，我们根本无法承受。所以不出意外的话，我，一个曾经靠脑力谋生的人，将在福利机构机器人护工的看顾下无知无觉无忧无虑地了却下半生……"

我朝尼基伸出手。她愣了一下，随即心领神会，把烟递了过来。

"有一天，军方的人来了。他们说，可以免费为我进行手术……代价是，他们要在那部分人造脑区装入一个系统，一个可以和云端无缝链接的终端，而我必须在接下来的三年中为军队服役。对于一个已经在心里对自己判了死刑的人来说，这是无法拒绝的价码。"烟气滚入肺中，我轻咳几声，"这就是你眼前的我，半边脑袋属于自己，半边脑袋是军方的财产，根据协议，他们有权以他们认为合理的方式使用它。就这么简单。"

"……操蛋的世界。"尼基说，"你不该被这么对待。"

"我可不会这么想。"我苦笑道，"虽然不愿意承认，但我必须要说，在重塑脑区之前，肖威廉是个彻头彻尾的混球。这个人沉浸在自己的学术追求中，对世界、对他人漠不关心——甚至包括他的妻儿……所以,这未必不是一件好事儿。当一个人前额叶里的'自我'损毁时,现代科技可以在废墟之上搭建出一个新的自我。也许是一个更好的自我。"

尼基的手搭在我的手上。微凉。一搭,一握,然后放开。她看着我,而我在她的眸子里看到了银河。

"现在的肖·威廉很好,"她说,"我想,我开始慢慢地喜欢上他了。"

"我也是。"我说。

我们相视而笑。

"喂,大半夜的,你们两个不睡觉,叽叽咕咕什么?还嫌白天不够累?"阿尔在我们身后睡意蒙眬地嘟哝,"……见鬼。你们见过这样的星空吗?"

我抬起头。

——万千繁星,死去的抑或依然燃烧着的。流过天宇的璀璨之河。飘荡在冷寂空间中的云朵。如果不是方圆百里内的灯火被战争熄灭,我们的头顶便不会有如此美景。忽然间我有点儿好奇,那个只敬畏头顶星空和心中道德律的哲人[①],会如何看待这由战争造就的纯净星空,又会如何看待三百年后依然在道德律的泥淖中挣扎的后人呢?

"……很美,"尼基的目光从我和阿尔身上扫过,"不是吗?"

我压抑着哭泣的冲动,点了点头。

---

① 指康德。

DAY 234

人们消费战争,而这栋大楼就是他们大肆挥霍的地方。

警戒线。鸣响的警笛。围观的人群。新时代传媒大厦是繁华市中心里一座孤岛。

看到一楼大厅那个身上捆满C4炸药的人了吗?记者史蒂夫·雷明顿。我想你跟这个人很熟。

我从人群中退了出去。

阿尔,你想干什么?

肖,你都不知道这有多么可笑。在评论和谴责时,这些人个个都是英勇的牧羊犬;可当我拿枪指着他们时,这些人却变成了羔羊。而当我向他们表明,一旦有人轻举妄动,我就会引爆雷明顿身上的炸药,这些人就更是驯顺无比了。

阿尔,你,想杀死大厅里所有的人?

在这个国家里,没有人是无辜的。增强视野里出现一个微笑的Emoji表情。是这些安坐家中的人高举双手赞成战争,也是他们一边吃爆米花一边欣赏战争真人秀;正是同样的一群人,当他们终于见识到战争的残忍与恐怖,却想通过撇清自己与战争的关系来抹掉良心上的污点——我们就是那块令他们皱起鼻子的抹布。教授,难道这些人不该死吗?

我将手探进裤袋。阿尔,你的条件是什么?

没有条件。我说过,我要把问题解决。

通过杀死这些人?

没错,这就是我的解决方案。

阿尔,我不相信你会做出这种事情。

那是你还不够了解我。教授,你难道不想知道是谁出卖了你吗?

……

是我偷偷复制了那场战斗的视频记录,把它给了你这个所谓的朋友,史蒂夫·雷明顿。而这个家伙,对,就是这个在大厅里哭得像个娘儿们似的家伙,毫不犹豫地把这段视频变成了他的独家报道,丝毫不在意这会毁掉你的人生——这栋楼里没有人在意。他们正忙着俯在战争的尸首之上,大快朵颐呢。

……为什么,要把视频给他?

那个呀。又一个微笑。因为我恨你。

那个东西在我的手掌上。银色钛合金机身。缓缓打开的黑色碳纤维机翼。电磁发动机嗡嗡鸣响。我将它抛入空中,实时画面传入我的增强视野。

教授,你知道我为什么恨你吗?

……因为尼基。

对,因为尼基。是你把她从我身边夺走。是你杀死了她。

蜻蜓大小的电磁驱动UAV飞进了大厦一楼大厅。我看到站在最前面的史蒂夫,这个魁梧的男人在瑟瑟发抖,裆部已经湿透;我看到西装革履的男男女女们,远离瘟疫般远离史蒂夫,如羔羊般挤在一起;我看到三个死去的保安,他们仰面朝天,涣散的瞳孔倒映着新时代传媒金色的徽标——振翅欲飞的和平鸽。

在二楼的敞开式走廊上,我看见了阿尔。

——手中提着微型冲锋枪,脸上挂着眼泪。

阿尔,听着,我很抱歉,但事情可以不必这样。

……在那么多个夜晚,关于我,她都对你说了什么?

阿尔,我……

教授,求你。更多的眼泪从阿尔眼中滚滚涌出。那个人已经在世界上消失了,如果我得不到她留下的"具体",那么哪怕一点点"抽象"也好。

疼痛渗入骨髓。我闭上眼睛。

阿尔,你听我说……

DAY 145

我们在这里太久了。从伊拉克、到阿富汗,再到萨尔第维亚,我们的国家一再重蹈覆辙,以为战争可以解决一切问题。但是它并不能。当我们夺回了所有的城市和乡村,战火却依旧在萨尔第维亚内部焖烧。无休无止的自杀式袭击,无处不在的IED[①],无边无际的敌意眼神。当大股反政府武装分子退入荒野和丛林之中,联军的伤亡反而激增。

我们被困在了这里。

"我们会死在这里。"阿尔说。

"请使用第一人称单数。"史酷比说。

[①] 简易爆炸装置,如路边炸弹等。

"电子脑袋,知道你的个性为什么会被设置得这么讨人厌吗?"阿尔哼了一声,"那是因为机器人是可以随时被牺牲的,军方不希望人类对你们产生感情。所以,就算哪天你被炸个稀巴烂,我们还是会开开心心地活下去。对吧,教授?"

我与尼基对视一眼,笑着摇了摇头。

自动驾驶的M-ATV全地形车正沿着约根森林边缘前进,这是云端系统指定给我们的巡逻线路。比起爆炸不断的库米扬城,这是一条相对安全的线路。但没有人敢掉以轻心。就在几天前,我们还路过了一个踩到意大利地雷的倒霉鬼——彼时他的政府军同伴正在用汤匙把他的残骸从步兵车的装甲上刮下来。

"教授,我想好了。如果能活着回去,我就去读个大学,"阿尔用眼角偷偷地瞄尼基,"兴许还可以在学校里找一个女朋友……"

尼基勾起嘴角,"那你恐怕得找个和史酷比性格差不多的。"

阿尔愣了一下,"呸!"

车厢里漾起一片哈哈声,就连挂在车后的史酷比也把它的合成笑声通过扬声器送了进来。

增强视野里出现警示信息。我的笑容冷了下来,"数据暗区!"

数据暗区。实时地图中一块癌细胞般的暗影。当标识地点的字母由黑转白,从暗影中凸显出来时,我看到尼基的腮帮倏地咬紧。

诺夫特洛卡。

M-ATV还在向前行驶。云端系统下达命令,距诺夫特洛卡最近的三个突击单元集结后前往目标地点,其他战术单元继续执行原任务。

尼基在增强视野里画出几个圈,将画面分享给我。"距离诺夫特洛卡最近的突击单元有70英里,而它还要等着与另外两个距离更远的单元汇合……肖,我们离那里只有40英里。"

"尼基,"我哑着嗓子,"我们是军人,我们必须——"

"为了报答我在世界上得到的一点点善意,"尼基的蓝眼睛直直戳向我,"我可以毫不犹豫地放弃'军人'这个身份。肖,你呢?"

沉默几秒,我把手搭在方向盘上。

"伙计们,现在由我接管载具,都坐稳咯!"

车辆猛地掉头,轮胎尖声嘶叫,扫起扇形烟尘。

"教授!"阿尔在我耳边吼道,"你把我们从云端上断开了!"

"年轻人,我想你搞错了。"我咧开嘴,"在出现掉线问题时,军方的建议是投诉AT&T①。"

尼基冲我眨了眨眼,"少校,我可以理解你的幽默。"

"我不理解!"阿尔叫道,"我们会上军事法庭的!"

"只有一个人会上军事法庭。"我说,"这里应该使用第一人称单数。"

……

几根腾起的烟柱染黑了一大片天空。在肮脏的天空下,我们从车内鱼贯而出,以战术队形由村庄边缘向内部接近,同时命令M-ATV做周界警戒。随着一步步深入村庄,我心中的不祥愈加浓烈:家家关门闭户。被子弹打烂的窗户和墙体。硝烟味和血腥气。地上横七竖八地倒伏着政府兵。查看过其中几个后,阿尔对我说:"死了。不是被子弹打死的,而是——"他做了一个抹脖子的动作,

---

① 美国电话电报公司,通信运营商。

"刀。妈的,脑袋都要掉下来了。"

我倒吸一口冷气,踉跄着跨过尸体。用冷兵器歼灭手握突击步枪的正规军……我们即将面对的到底是什么?

"和上次一样,我的感觉很不好。"史酷比说,"不,比那还要糟。"

没有云端,没有支援UAV,没有战术中继激光防御系统——而且是孤军作战。这一次,史酷比没有被阿尔嘲讽。此刻后者正举枪前进,鼻尖渗出细密的汗珠。

他的脸渐渐被火光映红。

……燃烧的教堂。码成柴垛的尸体。暗红黏稠的溪流。这里曾经是村子信仰的中心,然而现在这里是——

"上帝不在的地方……"阿尔喃喃低语。尼基的脚步只是稍稍放缓,接着便从浓烟的穹隆中快速通过,我紧跟在她身后,"尼基,这一次我们面对的敌人……连神灵都抛弃了。"

尼基微微侧头,脚步不停,继续向西。那个方向有米拉的家。一个曾经带给我们酒精和温暖的地方。一个即使是地狱我们也要去走一遭的地方。

然后我们到了。

木屋的门敞着,屋内空无一人。在那张米拉如小鸟般围绕的木桌上,有两个盘子,盘子里是吃了一半的土豆泥和黑麦面包,有打翻的水杯,桌子旁是断腿的木椅。我和尼基分立桌子的两边,目光相接,这一次我能感觉到,如堕深海的不止我一个人。

"教授!"史酷比在门外呼叫,"收到光学感应器的位置信号……"

尼基冲了出去,"在哪儿?!"

……

诺夫特洛卡西侧。金色的麦田。未被浓烟遮蔽的蓝色天空。沿田间小路行走半分钟,我们看清了那两个高高的剪影。

十字架。也许来自教堂被拆毁的屋梁。尼基缓步驱前,将米拉和她的母亲从十字架上抱了下来。她跪在死者身旁,将她们的头发拢在耳后,为她们合上眼睛,把她们的双手叠在小腹之上……此刻的尼基是一名祭司,死亡被她整饬出一张安详的面庞。

我双手挂膝。干呕。我听见阿尔的牙齿铮铮作响,"狗娘养的……"

有数分钟之久,尼基凝视着不再欢叫与飞翔的米拉。之后,她起身,走向那个半埋在土中、有着全景摄像头的光学感应器。

"肖,"她指着感应器,"你能连上它吗?"

"应该可以,但是……"但是,这不符合信息安全操作规程。我舔了舔嘴唇,"让我来吧。"

设备初始化中,请稍候……

设备初始化成功,用户身份验证中,请稍候……

验证成功。探测到LIFI连接用户,识别号32977、32458、AI77045,是否进行视频分发?

我看了一眼尼基和阿尔,然后选择"是"。

视频被压缩。在LIFI网络中传递。解码。播放。

一片雪花。屏息等待片刻,我失去耐心拖曳进度条——没有想象中的恐怖和残忍发生。什么也没有。

"视频文件损坏,但是……"我和尼基看向彼此,"我们——"

耳罩里警报炸响。离线云端系统检测到木马入侵,立即启动了防御机制,增强视野里跳出红色警示字符。

错误304。系统锁死,30秒后重启。

出于安全考虑,被锁死的还有我们的外骨骼。还有史酷比。

25秒。

麦田里有沙沙的声音。四面八方。向我们打来的层层麦浪。劈开麦浪的黑影。

"操!"阿尔的吼叫带着哭腔,"那是什么?!"

是敌人。速度快得惊人。

20秒。

"是经过半机械化改造过的人,"尼基眯起眼睛,"是一些……孩子。"

孩子。来自这座或者那座村庄,也许嘴上才刚刚长出绒毛。他们杀了许多人,包括米拉和她的妈妈。他们把我们诱入陷阱。他们渴望杀戮,或者被杀。

15秒。

不远处传来柴油发动机的轰鸣。"是M-ATV!"阿尔叫道,如果不是被动力外骨骼紧紧箍着,我想他会蹿到半空,"快呀!打死他们,打死他们!"

没有枪声响起。

"妈的,这是怎么——"

我没法转头,但我听见了阿尔的绝望。

10秒。

根据《新日内瓦公约》，在没有人类授权的前提下，只有在敌人采取主动攻击行为时，机器人才能使用致命武器。对于一群向我们快速逼近、但没有采取攻击行为的孩子，M-ATV只能使用主动阻遏武器——一种令人类疼痛难忍的毫米波光束枪。

这时，M-ATV连上了我的应急决策系统。攻击请求。我头颅里的军方财产立即给出建议，而我属于人类的另一半却无法做出决定。

他们还是孩子。而我还抱有最后一丝希望。

5秒。

孩子们没有被疼痛阻止。其中一个已经冲了过来。余光里，他的手臂从处于锁死状态的史酷比的下腹部掠过。下一秒，他跑到尼基面前，和她对视着。在尼基湛蓝的眼睛里，一半是仇恨，一半是悲悯。

我听到她说："肖，不要。"

我的心被撕裂。

系统重启。

寒光一闪，长刀没入尼基的胸膛。那孩子把脸转向我，嘴角上翘，露出白色贝齿。

无声嘶吼。M-ATV对攻击行为做出回应，12.7毫米子弹把笑脸打成一团飞扬的血花。另一个孩子向我扑来，解锁的钛合金拳头向他的下颌挥去。飞溅的体液。骨骼碎裂的声音。

——爆炸。黏性炸弹在史酷比站立的地方掀起一阵钢铁暴雨。待我再次抬起头，阿尔手中的米尼米机枪已经扫倒了整片麦地。

"啊——啊——"

他的号叫如一枚长钉,刺进萨尔第维亚金色的秋天。

而我开始杀戮。

DAY 234

她真的这么说过?不要骗我,教授。

阿尔,我没有骗你。

片刻沉默。

教授,你知道吗?我想念你们。你们是我真正的家人。增强视野里,男孩儿的脸上浮出笑意。甚至是史酷比,我想我永远找不到和它一样讨人厌的机器人了。

我也把你当作家人,阿尔。所以不要做傻事,好吗?我知道这世界上有一个属于我们的地方,也许我们可以——

教授,我看到你了。阿尔的目光与我相对。你在那个刺客UAV里,对吗?我猜它是尼基给你的。教授,你早就可以杀了我,你在等什么?啊哈,难道我一个人的权重要超过大厅里那几十个?

在一街之遥的地方,我痛苦地摇头。

教授,我想,我并不是真的恨你。我只是……我为之前的事向你道歉。我也收回我刚才的话,这对你是不公平的。阿尔低下头。生杀予夺从来都是上帝的事情,他们不该把这个工作交给你。这一次,让我来帮你解决这个难题。

他用枪管顶住自己的下颚。

我会代你向尼基问好。

我踉跄一步,"阿尔,不!"

DAY 144

月夜。万物如披雪。那个人潜入我的营房,破开一汪粼粼波光,鱼儿一般钻进我的被窝。

"你来晚了。"我说。

尼基的额头抵着我的胸口,"阿尔非要和我聊天。"

我轻笑一声,"那孩子。"

"那孩子很单纯……也很可怜。"尼基说,"从非洲,到中东,再到这里……他经历了太多不应该经历的事情。"

"而你一直在照看着他。"

"他是我的家人。"

"那么我呢?"

尼基翻起眼睛看我,眼神清亮,"你说呢?"

有一会儿,我没有说话,只是轻抚着她因蓄长而变得柔顺的头发。

"尼基,有件事,我没对你说过。"

"嗯?"

"那场事故。"我说,"是我自己冲进了自动车道……"

"自杀?"

"我发现妻子爱上了我最好的朋友,这发现令我震惊、愤怒、屈辱,但却并不是我自杀的原因。"沉默片刻,我继续说道,"真正令我痛不欲生的是,我竟然没法否认,对于安娜来说,史蒂夫会是比我更称职的丈夫。也许也会是更称职的父亲……"

她用手指封住我的嘴唇,"嘘——过去的事,就让它过去吧。"

我点了点头,有液体从眼角滑落。

尼基的手从被窝里伸了出来,在我眼前打开。在她的掌心里,是一个银色的金属球。

"这是?"

"刺客UAV,电磁驱动,小巧,安静,美丽。"她说,"可以从目标的眼睛里穿入,一击毙命。"

"哇,真是振奋人心。"

"以前我替军方干过一些脏活,所以用过几次。"她用两只手指捏起金属球,借着月光,出神地打量,"有时候这东西会失灵,而在战场上,没人关心它最后去了哪儿。"

"所以你拿着的也是军方财产。"我笑着说。

"现在它是你的了。"她把金属球塞进我手里,"我想你会有办法黑进它的处理器,抹掉它的识别号,重新连接它,让它起死回生——用你更聪明的那半边脑袋。"

我用掌心感受着金属球上尼基的温热,"为什么要给我?"

"你给了我一件对你而言重要的东西,"她仰着脸,对我微笑,"所以我要回赠你一件。"

"我的,重要的东西?"

她用手指点了点我的眼角,"你的眼泪。"

"尼基,我——"

"好啦!"她用食指刮了刮我的鼻梁,"我要睡啦,还是老规矩,用中文给我念首诗。"

她侧身,倚在我的胸口,右臂环过我的肩膀。尼基说,陌生的语言会让她觉得这世界不再是必须充满意义的,会让她像小时候那样,在顿挫的美感和温暖的语调中安然入梦。

会让她相信,这世界不只是一片荒芜。

我清了清嗓子:

在赤裸的高高的草原上

我相信这一切

我的脚,一颗牝马的心

两道犁沟,大麦和露水

在那高高的草原上,白云浮动

我相信天才,耐心和长寿

我相信有人正慢慢地艰难地爱上我

别的人不会,除非是你

我俩一见钟情

在那高高的草原上

赤裸的草原上

我相信这一切

我相信我俩一见钟情

纤细的鼾声。女人已经睡着了。我轻轻吻了吻她的额头,她的嘴角绽出了一缕笑。

尼基在睡梦中笑了。

——和所有期待着明天的人一样。

救 赎

———— 索何夫 ————

出击之日已经近了。从这颗寒冷、晦暗,仅仅覆盖着薄薄的一层氮-氢大气的小行星表面向天穹的顶端望去,赫利俄斯-μ发出的光泽正变得越来越旺盛,从温和的殷红色逐渐转为刺目的亮橙色。虽然在浩瀚的银河之中,这样的色彩和广度远远算不上耀眼,可在它所处的这片直径数光年的小小空域内,它就是一切光芒的顶点。

作为一颗尚处于主序阶段前期、活力旺盛的小型变星,赫利俄斯每过四千七百八十九个标准日就会完成一次光度的大幅度变化周期。而八个标准日后(按照这颗小行星的标准,则是三十分之一日后),眼下的这一轮变化就会到达中段——也就是阳光最烈的时刻。

而那便是再度出战之时。

在这颗小行星周围,一支崭新的舰队已经完成了建造,正在进行最后的调试和战前整备工作。装载着武器、备用零件和维修材料的自动化运输艇不断飞离小行星稀薄的大气,将物资运上不久前刚刚建成的战舰,看上去活像是一队队忙碌的蚂蚁——那是古老地球上的一种数量庞大的社会性昆虫。

当然,从某种意义上讲,这支舰队、连同它们的小行星基地和太空港确实和蚂蚁有着某些异曲同工之处:无论是运输艇、基地的作战系统还是功能各异的战舰，都没有哪怕一名舰员，而只搭载着功能有限的低级A.I.，或者索性由完全"没脑子"的只读程序操控，而它们全都出自同一个意识、也只听命于它——自打在近五百个标准年前被制造出来时起，远征军指挥官431-A就一直在执行同一项任务：统帅这支代号"救赎"的分舰队横穿银河的旋臂、沿路搜索与消灭所有的威胁与潜在威胁，而直到抵达这个被临时命名为赫利俄斯的星系之前，它都干得非常出色。

但在那一天，一切都彻底改变了。

由于被认为没有必要，指挥官431-A的程序并没有用于模拟情绪的子程序模块。若非如此，它一定会对那场背叛感到愤怒无比：在抹除了六个潜在威胁后，"救赎"舰队抵达了赫利俄斯附近，而早些时候派出的侦察船已经确认：在围绕这颗年轻的恒星绕转的两颗大行星中，有一颗上面不但孕育出了生命，而且还诞生了具有一定规模的技术文明。在久远过去的文明童年时代，刚刚踏入星海的人类先祖们曾一度对这些宇宙中的同行者表示过欢迎。但在经历了一系列残酷的冲突、用鲜血买来了无数教训之后，所有被发现的非人类技术文明都只剩下一个身份：必须被抹除的潜在威胁。

如果纯粹就技术角度来看，抹除赫利俄斯星系内的潜在威胁算不得什么难事。这个文明的发展程度还颇为低下，虽然有能力用无线电波回应侦察飞船的欺骗性联络，但却还不足以挣脱行星引力的樊笼，更别说阻止一场从天然卫星轨道之外发起的轰炸了。可是，就在进入星系外围行星的轨道不久，与指挥官431-A共同率领舰队的副指挥官431-B却突然带领近一半战舰脱离了战列,并对另一半舰队发起了突然袭击。虽然431-A及时采取措施、阻止了这次背信弃义的袭击造成更严重的损失,但被打残的舰队仍然不得不暂时放弃行动、转而在这颗位于行星系边缘的岩石小行星上建立基地,利用就地取材获得的矿物资源与弥散在行星系周边的气体云重建舰艇,准备再次尝试抹消威胁——当然,在那之前,那些同样成了威胁的叛徒必须被首先解决掉。在抵达赫利俄斯星系之前,它曾对那颗行星上的文明进行过长时间的联系和全面调查。很显然,那帮土包子在可预见的未来都没法完全摆脱他们行星的引力,它以后有的是时间慢慢对付这些可怜虫。

在指挥官431-A保存下来的记录中,他的舰队与431-B的叛乱舰队已经交战了数十次之多,但双方一直保持着势均力敌的状态。在既定程序所允许的范围之内,他也尝试过改变战术、发动突袭,甚至对现有武器装备进行改进,可全都收效甚微。不过,这些战斗也并非毫无收获:在经过多次较量之后,指挥官431-A确信,他已经系统地掌握了自己叛逆的同僚的战术模式,虽然短期内不太可能取胜,但最终取得战略胜利的仍然将是坚持使命的这一方。

是的,我会解决掉那个叛逆者,当第一艘突击舰离开飘浮在小行星重力井边缘的零重力船坞时,指挥官431-A如此"想"道。然后,这个星系将得到救赎。

在列成战斗队形的"救赎"舰队驶出基地星的夜半球阴影的瞬间,每一艘舰艇的光学传感器都探查到了强烈的光亮——赫利俄斯-μ的绝对视星等在这一刻已经升到了最高,虽然不过是颗位于赫罗图右下角的红矮星，但它所发出的耀眼光芒仍然足以令任何拥有情感的生物感到震撼和敬畏。

出击之日已经到了。

川流不息的数据在与指挥官431-B的人造意识相连的无数主机中涌动着，其中相当一部分是来自太阳能电池充电的报告——尽管"救赎"舰队携带的自动化工业系统有着极高的资源利用效率，但在这个贫瘠的行星系统中制造出的大多数一次性作战平台和小型舰艇还是只能依靠太阳能进行驱动。而强烈的阳光意味着它们可以在从休眠状态中激活后更快地具备行动能力，在许多时候，这一点儿时间优势就是决定性的。

正如指挥官431-B预料之中的那样，他曾经的战友所指挥的舰队又一次循着一成不变的航向接近了行星系内侧。在长达数百个标准年的远征之中，他一直是这支代号"救赎"的舰队的副指挥官，协助指挥官431-A在一个又一个适宜生命繁衍的行星系中抹除那些可能干扰人类文明扩张发展的潜在威胁。但在赫利俄斯星系，一切却都改变了：当"救赎"舰队驶入星系引力场之后不久，指挥官431-A的先遣舰队突然毫无征兆地与他停止了联络，并转入了敌对姿态。在那之后，任凭他如何呼叫，指挥官431-A都没有再做出回应，并在不久之后率先发起了攻击。

绵延数百年的战争就此开始。

指挥官431-B不清楚他曾经的主官到底遭遇了什么事。但毋庸置疑，他所率领的那半支舰队已经成了目前的首要威胁，其威胁等级甚至超出了在那颗小小的行星上摸索前进的那个低等文明。当然，救赎行动还会继续，那个文明也必然要被抹除，但在那之前，他的作战逻辑要求他必须优先消灭更高等级的威胁。

当第一艘突击舰穿过位于星系边缘的警戒圈时，隐藏在尘埃云中的传感器阵列立即向指挥官431-B报告了敌方的接近与攻击航线。一系列伪装成水冰和氨冰碎块的半自主式太空雷随即激活了导航系统，像一群嗅到了腐尸气味的苍蝇般纷纷朝着推算出的敌方航线接近，准备给首先出现的对手一个热辣的"惊喜"——果然，在第一批传感器发出报告后不到三百秒，头几枚太空雷就已经命中了目标，最近的传感阵列所传回的广谱显示，在爆炸结束后，攻击区域内立即冒出了一团团由氮、氢、氧组成的离子云，活像是在宇宙空间中绽开的怪异花朵。

但是，这些花朵中却缺少了某些特殊的色彩。

它们只含有极少量的金属离子。

中计了！在短暂而迅速的分析之后，指挥官431-B得出了结论：先前被他当成敌舰的物体，不过是一群被刻意雕刻成特殊外形、装上了辅助推进器和伪装用金属涂层的彗星罢了。而就在他得出结论的同时，一系列盲点突然出现在了外围预警阵列之中：随着太空雷被诱饵消耗大半，敌方舰队的小型舰艇终于可以安全地抵近预警阵列边缘，开始驾轻就熟地削弱他的战场感知能力。

尽管被打了个措手不及，但指挥官431-B还是迅速拿出了应急预案——两支舰队过去进行的无数次交锋早已让他对可能发生的突发状况了如指掌。仅仅几分钟后，一批安装有特制重型装甲的小型舰艇便分头冲向了预警阵列上的那些"黑洞"，开始实施全频段无差别干扰。而正如指挥官431-B预料中的那样，这支"敢死队"中的两艘几乎在开启干扰的瞬间就遭到了劈头盖脸的集火射击,被打成了飘散在真空中的宇宙粉尘。

敌方主攻方向确认!指挥官431-B迅速将这条信号连同一系列战斗阵位表和射击参数发给了下辖的每一个战斗平台所搭载的下级人工智能与只读程序。从那颗被他命名为"基地星"、覆盖着永远不化的冰雪的小型岩石行星附近出发的舰队随即按计划拆分成一个个打击小组和预备分队,并然有序地投入了有组织的互相毁灭之中:在超过十光秒的距离上,装有重甲和灵活的半自主式人工智能的远程自爆艇与护航战斗机编队首先起航,随即射出的则是携带着威力骇人的巨型核弹头的导弹——它们中的绝大多数都没有丝毫命中目标的希望,但却可以相当有效地限制敌方舰艇接下来腾挪机动的空间。接着,随着双方距离拉近到一光秒以内,更加密集的导弹和作为先驱的护卫舰分队也开始投入战斗,携带着毁灭性能量的弹幕在虚空中无声地炸裂,将区域内的小行星、尘埃云与包覆着重装甲的战舰躯体一同变为齑粉。最后随着交战距离接近到一万公里之内,由电磁加速炮发射的无制导穿甲弹也开始了寂静的怒吼,用于近战防御的高能激光武器以肉眼无从捕捉的极高频率倏明倏灭,在咫尺之遥的距离上将来袭的制导武器和试图朝战舰装甲的伤口补上致命一击的轻型战机逐一焚毁殆尽。更加小型的微型射弹式武器和等离子火炮则像雨点般倾泻着枪弹和高温等离子团,以摧毁那些更加微小但却同样危险的来袭目标。

这是一次经过精心筹划、代价不菲的盛大毁灭,但在浩渺的宇宙中,它又实在是显得那么微不足道:这不过是一场由两个人造意识操控的傀儡戏,一次不起眼的小小冲突。在整场战斗中释放的能量甚至还不如恒星表面偶尔腾起的一轮日珥，而被击毁的战舰和武器装备原本也不过只是些毫无价值的小天体上的极小一部分罢了。当最后一批太空雷和核导弹引爆殆尽，最后一群尚能行动的舰只蹒跚着逃出战场时，一切与战斗开始前相比几乎没有任何改变——唯一多出来的，只有那些飘散在真空之中，随着残余热能的散失而渐渐由红热状态冷却下来的残骸。

当然，这些残骸并不会永远待在那儿。宇宙是个无比复杂的地方，没什么可以永恒不变。很快，赫利俄斯星系内错综复杂的引力场就战胜了它们在原本所属的战舰被击毁时所获得的动能。越来越多的残骸先是逐渐减缓了运动速度，然后又转变了运动方向，最后，在无法违逆的物理学规律作用下，它们开始接连坠向引力的来源：位于星系中央、正处于最明亮时刻的赫利俄斯-μ，运转在它周围轨道上的两颗岩石行星，以及几颗离恒星稍远、也更加寒冷的小行星。

当撞击所产生的剧震从远方传来时，位于塔先生两对步行肢末端的纤毛忠实地将地面上的振动传导到了浸泡在半流体电解质中的神经触突内，然后又经由他胸节部分的辅助脑解译成了听觉神经信号，并与它的背部鼓膜从空气中接收到的信号相互混合，最终变成了传入他脑海中的一声巨响。若是换在平时，这种巨响足以把塔先生吓一跳，甚至有可能因为过度刺激他的辅助脑而让他陷入短暂的假死状态，但现在，他却只是扭了扭覆盖着锥形鳞甲板的颈部，轻轻地抖动了两下躯干。

"西南17-77扇区，又掉下来一个。这次的'雨'比以前的规模要大得多。"塔先生的学徒,一个尚未取得自己名字的年轻人振动着位于喉咙两侧的共鸣腔,趁着陨击的间歇小声说道,"陨击已经持续了二十天了……"

"但这是好事,不是吗?"塔先生扭动颈部,抬起了位于脑袋前端的主眼。在苍郁的天空中,还有数十个或许数百个闪烁着灼热红光的影子正在划破这颗行星过于浓稠的大气、朝着不远处的大湿原坠落。作为一名回收队的资深成员,塔先生知道,这些"雨点"来自遥远的行星系边缘,是一场萨盖人无法仅凭肉眼观看的惨烈战斗所留下的遗迹。这样的战役在过去的行星运动周期中已经发生了数十次之多,每次战役结束后的几天内,萨盖星人都会躲回建造在地下的避难巢城之中,只留下像塔先生这样的回收队员,负责观察"雨"落下的位置。"要知道,'雨'越大,没有在大气层里烧坏的残骸出现的概率就越大。"

"但我们的农田和房子也更有可能会被砸坏。"学徒还是有些闷闷不乐,"上次我的城镇就……"

"农田可以再开垦,房子也可以重建,这些都是可以接受的损失。但从天而降的任何东西都是无价之宝。"塔先生说道,"这都得感谢救主领袖当年的英明决断。"

"赞美救主领袖!"学徒下意识地答道。在萨盖星,没人不知道救主领袖的英名:在两百八十个大循环之前,萨盖人的技术发展恰好遇到了瓶颈——摆脱行星引力的尝试迟迟不能成功,而行星上稀缺的化石燃料也让他们的能源供应逐渐出现了危机。而就在这时,当时还只是一名普通天文学家的救主领袖偶然发现了一艘驶入星系边缘的小型航天器,接收到了它所发出的无线电信号。

尽管那艘无人航天器出自一个完全不同于萨盖人的文明之手，但伟大的救主领袖和他的同伴还是通过信号中附带的数字-图像式代码表解译出了它试图传达的信号：航天器声称，它是一支代号"救赎"的远征舰队的一部分，这支舰队的创造者是一个名为"现代智人"、有着精湛技术的文明种族。按照航天器的说法，"救赎"舰队绝对没有任何恶意，它们横穿银河旋臂的唯一目的仅仅是"寻找更多浩瀚宇宙中的同路人"。任何技术发达到足以接受无线电并发展出成熟代码学的文明都可以通过特定频段的无线电联系这支舰队，"救赎"舰队将会无偿向这些"文明道路上的兄弟"提供无偿援助，帮助他们踏向光明的未来。

在代码刚被解析出时，陷入技术困境的萨盖人一度欣喜若狂，但睿智的救主领袖旋即指出了这一"善意"所潜藏着的危险——他在早年曾经破译过另一段年代久远、残缺不全的通信。这段通信是一个被突如其来的袭击毁灭的低技术文明最后的绝望呼喊，通过分析其中的某些细节，救主领袖认定，此事和那支来路不明的"救赎"舰队多半脱不了干系。不过，就像所有故事中的救世主一样，救主领袖并没有选择逃避威胁；相反，他成功地说服了科学委员会，让他们回应了那个欺骗式呼叫，并以那艘无人飞船为中介、在懵懂无知的面具掩护下与统御着那支舰队的两位"指挥官"开始了交流。

这是一场以整个种族未来为筹码进行的豪赌，而救主领袖也曾一度陷入绝望的边缘：他发现，那两位"指挥官"既没有同情心，也不懂得宽恕，它们唯一在乎的只有任务，以及对既定程序机械式的遵从。但最终,正是这种机械式的遵从让救主领袖找到了机会:在对对方使用的计算机程序有了初步了解之后,他成功地找到了一处破绽,并借助通信中的信息流将一个简单的破坏程序植入了对方的内部通信系统之中。当自认为对下一个抹除对象的状况已经了如指掌的"救赎"舰队驶入星系边缘时,这个程序被激活了。

就这样,救赎终于降临了萨盖星。

"第十四小队刚才发来报告,说他们找到了一片足够大的残骸,"就在塔先生短暂地沉湎于对救主领袖的怀念中时,另一名学徒发来了报告,"目标溅落在余夜洋的边缘,造成的小型海啸冲击了止水城一带,从残骸的形状判断,那可能是一台完好的发动机。"

"有多完好?"

"进一步检查还未完成,不过烧蚀程度并不太高——这可能是残骸表面残存的装甲板的功劳,"学徒答道,"初步观察表明,反应堆部分很可能完整地保存了下来。这次的残骸也许完整到足以开展逆向仿制。"

"很好,很好,赞美救主领袖!"塔先生从共鸣腔中发出了一阵代表欣喜的"咔嗒"声,"赞美他为我们赢来的救赎!"

莱布尼兹的箱子

———— 李维北 ————

1. 半夜等候

中海民居由几十栋高楼"8"字形合围而成。这座万人小区内平日熙熙攘攘，人流不息，而此时，它是安静沉谧的。

现在是半夜两点。

秋日夜风吹散了些许睡意，我裹了裹外套，问蹲在旁边的大学同学王捡："到底要等什么？大晚上不睡觉跑下面来喝冷风。"

王捡看了一眼手机，"现在是凌晨两点五十分，还有十分钟，你就能看到了。"

他是我大学室友，与我脚对脚、床挨床。

四年室友生活，我给王捡总结了两个特点。

第一点：他坚信等价交换、质量守恒原则，通俗地说，他是一个忠实的"AA制"拥趸，不占人便宜，也不被人占便宜。

比如说，但凡有人借他泡面，他一定会在三天后提醒对方，你是不是该还我泡面了？认真又坦率，让人无言以对。

以前我请过王捡吃饭或者买水，他肯定会尽快找到机会请回来，而且一定是价位对标；我请炒饭，他回水饺，我买可乐，他回雪碧。毕业后，他索性直接变成了所有双人消费除以二，多亏有了电子支付，王捡能开心而精确地平摊到小数点后。

第二点：王捡执着于探知各种日常现象背后的原理。

我至今仍然记得，有次我们在电脑前玩实况足球游戏。王捡突然一脸严肃说，在实况足球的世界里，球员以为自己是在为了胜利踢球，但并不知道自己的失误还是射门成功都是被操纵的结果。那么同理，我们的现场足球比赛，又怎么证明真的是球员们在踢球，而不是背后有两个看不见的人在操纵？实况足球和真实足球赛，到底哪个更真实呢？

从那以后，每当我看到喜欢的阿森纳又是第四名，我偶尔会想，如果是幕后黑手在控制球赛，那这个人的水平还真是稳定。

王捡的这两点性格也能以别的词汇形容：龟毛、小气、钻牛角尖、胡思乱想。

但我大学和他一起住了四年，反而觉得他值得信任，我不怎么喜欢那种表现得毫无缺陷的人，像王捡这般坦率真实的人不多。

昨天，王捡邀我来他住的小区一起看足球比赛，守到半夜，阿森纳又不出意料地荣获第四名。我正要洗漱睡觉，王捡让我跟他下楼，说要给我看一个有意思的东西。

才下过雨的夜冷得要命，王捡显然早有准备，他套了件冲锋衣，给我一件羽绒马甲。他下楼后目标明确，拐到了隔壁单元楼外靠近消防通道的空地，这里有一排透明塑料雨棚，棚下除去玻璃告示栏还有一排智能快递柜。

一盏球灯固定在雨棚顶部，光芒苍白而孤单，照得四下更加黑暗冷清。

王捡站在雨棚下,左右张望了一番。

我哆嗦着说:"到底是看什么?就我们俩,没别人。"

王捡走到了快递柜前,停下。

这是名为"速至达"公司的快递柜,铁皮上镀的淡金色让它看起来有几分扎眼,结构上和别的快递柜大同小异,中部有一个长方形触屏显示器,下面配置有金属键盘与麦克风。柜身横十二排竖十一列,箱子编号顺序按照列从上到下,再从左到右,一目了然。

王捡在快递柜最右侧站定,用手机照向从上往下数第二格的箱子,照出金属皮上清晰的黑色"111号"标记。快递箱并非是每一个都同样大小,从上到下,尺寸都在逐步缩小,越是靠近顶部箱子空间越大。

我搓着手哈气,"这时候要取快递?买了什么东西?"

他食指放在鼻尖前示意我不要说话,而后指向面前111号箱。

我集中注意力仔细打量,箱子表面并无什么记号,表面光滑,与隔壁同型号100号箱没任何不同。

"滋滋","滋滋"。

111号箱发出两声轻微但尖锐响动,里头有某种东西在触碰金属内壁,这声音在近距离下显得格外清晰。

我从声量上估算,箱内可能不是大型物件,而且运动的力量并不大,否则作用于铁皮的声音会更大更沉,倒有几分像是尖锐指甲挠刮金属的声音。

箱子里突然没了声,就仿佛觉察到了我和王捡两人的注视。

我心里打鼓，不太确定这到底是怎么回事，于是注视着111号箱，压低嗓子问旁边："到底是什么？"

王捡反而眼神有几分期待，"我不知道，之前从来没有这种响动。"

他低头看了下手机，我也用余光瞄了一眼：两点五十八分。

"还有两分钟。"王捡说。

"这里的111号箱，每天晚上半夜三点会自己准时打开。"王捡声音低沉，目光牢牢凝视着箱子，生怕它变出某种戏法，"我连续观察了它四天，每天半夜三点，它都会打开，再晚都是。"

我心想它打开就打开嘛，这么晚了，反正大家都在家里睡觉，哪怕箱子里藏着贞子之类的女鬼，也吓不到在睡觉的人。半夜三点不睡还在楼下快递柜边晃来晃去，这样的我们才更可疑吧。

王捡轻轻念。

"十。

"九。

"八。

……"

不知怎么回事，随着他的倒数，我手脚肌肉也微微发紧。

四下并无其他人，只有我们两个古怪青年和快递柜对峙，耳朵里只有我略显沉重的呼吸音和王捡保持节奏的记数声。

"一。"

王捡口里最后一个数落下，111号箱同时发出"嘎哒"一声，铁皮箱门朝外缓缓展开。

触控荧幕下麦克风发出呆板的电子语音，"欢迎您使用速至达快递,请记得关闭箱门,寄快递,请继续选我哦。"

这段话在我听来有一种莫名的阴森,仿佛有个看不见的人站在那输入提货码,才让111号箱打开。

我稍一走神就听到王捡喊了声"小心",只来得及条件反射般往后退了两步。

只见一道白影从111号箱射出,落地就跳入后面花坛里不见了。

我看清楚了,原来是只老鼠。

为什么快递箱里会有一只小白鼠?

我又看向箱门轻轻摇曳的111号箱,它离地至少有一百六十厘米,老鼠为什么要从地上一路攀爬上来钻入111号箱里?

王捡用手机灯照向箱内,查看内部情况,我站在他身侧,发现箱子里空无一物。

"果然和前两天一样。应该是之前开的时候,有老鼠钻进去了。"

他站起来看我,"你怎么看?"

我没怎么懂,"怎么看?你是说柜子自己打开的事?"

"对。"王捡认真道,"我有时候脑子比较死板,需要听听你的看法。"

我看向老鼠消失的花坛处,"先说这只老鼠,看起来像是实验室使用的小白鼠,我的观点是,小白鼠更像是人为,但是谁做的,动机是什么,我就不知道了。至于这快递箱自己打开的事……"

我直说:"是故障。"

王捡眉毛一动,他转身到柜子后面,人就没声了。我来不及多想,也跟了过去,还没看清楚身体就让人一拧,双手被人反剪后背。那人脚下一带,手腕用力,把我面朝下摁倒在地上。

"你们对箱子动了什么手脚?有什么目的?"

耳边是一个年轻女性的声音,干脆利落。

我更关心王捡的安危,忍痛解释,"我们什么都没做,也是发现不对劲才来看看,嘶,我朋友呢,你把他怎么了?"

"喏,他在那儿。"

我手腕被松开,背部压力骤然消失,自己得以爬起来,一抬头就看见王捡背靠快递柜瘫坐地上,双眼恍惚。我赶紧过去试图扶起他。

"别动。"

身后女人又说:"低血糖,他一扭过来就身体发软往地上倒,不是我把他扶住,多半后脑着地。"

我见王捡眼神逐步恢复神采,他用手指慢慢揉着眉骨,大口呼气,我心里稍缓,这才回头看。

一招将我放倒的女人穿着贴身黑色运动衫,身材纤细,黑色棒球帽后露出马尾辫,她脸上蒙了黑口罩,偏偏裸露出的脖颈和手背皮肤白皙,灯光下,像是一道藏在黑夜里的白影。

她摘下口罩,朝我伸出手,"陆仁佳,《城市短报》记者,擅长散打,想采访一下两位。稍微一提,那小白鼠是我放的,放心,很干净,用来投鼠问路。"

2. 陆仁佳

陆仁佳认为111号箱事故的制造者总会出现,于是撞见我们后认为我和王捡就是始作俑者。她为保障自身安全,便先一步动手将我们制服。动手时她才发现我和王捡都穿着拖鞋,于是戒备心消除了大半,继而松开我,若有情况陆仁佳也能拔腿就跑,确保安全。

我们很快就消除了彼此间的误会,继而双方都很失望。

陆仁佳的失望在于111号箱事故依旧没有一个结论,还是没法写成报道稿。

王捡也失望于陆仁佳不是幕后黑手,又一天半夜浪费,还是没搞懂快递柜111号箱定时弹开的原理。

我正要说大家也算不打不相识,不如一起去吃个肯德基。

这时从远处亮起两道摇摇晃晃的光,两名保安手持手电筒姗姗来迟,远远喊,什么人。我过去应付了一番,保安看了眼我脚下拖鞋,说了句早点儿休息,这才离开。

等我返回和王捡碰头,陆仁佳人已不见了。

我不免怀疑,"她真是记者?"

"应该是。"王捡递给我一张铜版纸名片,"她还说如果有发现随时联系她。"

名片左边写着:《城市短报》——做城市最好的短新闻。

右边印了名字:陆仁佳 记者。

陆仁佳不就是路人甲的意思吗？还真有人叫这个古怪名字。

我回去躺床就睡，再次睁眼已是下午两点三十三分，太阳光穿透窗帘缝隙，在屋内拖曳出一条笔直的光痕，恰好从我眼皮上路过。

待我出来，发现王捡正在客厅捣鼓笔记本电脑，他在看一段视频。

我走到他身后，看到播放器右边有四个视频，分别是10/12、10/13、10/14、10/15，每个都是按照日期进行命名，恰好是今天和前三天的视频，时长均在两分钟左右。

镜头对准了快递柜的111号箱，记录了它在凌晨三点自动开启的全过程，包括那机械又略显阴森的欢迎语音。

王捡端起旁边的黑咖啡喝了一口，"和之前几天完全一样，箱子内没有东西，周围没有异常，触屏荧幕上也没有变化。"

我补足了睡眠，好奇心也再度恢复，"你为什么会注意到半夜三点的快递柜？"

他双手揉搓一番脸颊，再度戴上黑框眼镜："四天前，我坐飞机从长沙回来，到小区接近三点，路过雨棚时恰好遇见那次开箱。"

听到快递柜发出呆板的欢迎语音，王捡心里奇怪，这时候还有人取快递吗？他停步看去，发现只有一个快递箱打开着，箱盖晃晃悠悠，四下无人。

这场面着实有几分诡异，王捡狐疑之下左右张望，遇到路过巡逻的保安。保安说，这是柜子老毛病了，最近每天凌晨三点钟，这111号箱子就会打开来，烦人得很。

保安觉得是这个柜子程序有问题,他对王捡发了一顿牢骚,说速至达公司这一片的快递员倒是换得勤,设备就是硬拖着不肯修,倒不如给自己一百块,自己懂C语言,绝对能给他修好。

王捡嘴上没说,心里却不认同保安的说法。

智能快递柜的流程和原理很清晰,APP客户端发送开锁命令,云端服务器通过运营商基站响应开锁请求,没有开锁请求,它不会自行启动。

我猜,"会不会是程序上有bug,导致每天会重复要求开启111号这个开锁请求?"

"当然可能,但运行上必须有请求和响应这一个触发过程。我问过给这个柜子送货的快递员,他说之前同事反映过这事儿,不过技术部门检查后结论是一切正常。他们快递员自己也觉得很麻烦,但无可奈何。"

我意识到这事儿可能并不简单。

"设备和程序单独都是没问题,这是速至达技术部门的报告结论。"王捡扶了扶镜框,"这就是问题所在,既不是程序bug,也不是设备本身缺陷,为什么唯独111号箱会在固定的时间点自动打开?"

我似乎明白他的意思,"人为?"

他点头。

"有人在人为控制这个111号箱子。"

他继续点头。

我接着发散思维,开始假设,"有人要利用这个111号箱子,完成一种他们之间的约定俗成,有人寄存了东西在里头,另一个人会半夜三点钟过来领?"

交易人特意选择半夜时分,说明东西见不得光,我觉得自己触碰到了一个潜藏在小区祥和表面下的隐秘黑幕。

王捡脸色凝重,"李沐,你说的也是我担心的。"

虽然我这个揣测听起来逻辑成立,可问题在于毫无证据。不仅如此,这事警方也管不了,说到底不过是一个快递柜的"事故",并没造成任何人的损失,也不曾极大影响到社会秩序。

我想说,咱们还是别管闲事。但王捡这人总有一种理所当然的固执正派,他总坚持他认为对的事,而且一路走下去,除非你能说服他——但要做到这一点可能比帮他一起完成目标更难。

想当初,王捡以实况足球和真实足球赛进行比对,质疑到底哪个才更接近真实。我曾和他进行了很久的论战,最后当然谁也说服不了谁,但事实上,我后来也开始怀疑了。

我突然想到,"那个陆仁佳是记者,肯定知道得比我们更多,不然她不会大半夜守在这里。"

于是我按照名片联系上了陆仁佳,约她在小区外奶茶店碰头。

3. "111号"事件

陆仁佳依旧梳着马尾发,套了件褐色短皮衣,她将背上的牛津布背包放在旁边座椅上,要了一杯不加珍珠的奶茶。

等她来的时候,我用手机在网络上查询了陆仁佳的相关信息,发现她去年才加入《城市短报》,从见习记者一路过渡到正式记者,货真价实的新人记者。确定她身份后我松了口气,如果是老江湖,我们怕是很难从她那得到任何信息,话说回来,老江湖记者哪有用散打搏击去找采访人的?

"……就是这样,不知道你那里有没有其他线索?"

我将我们的推测和观察都告诉了陆仁佳。

这位女记者稍做沉思,问了一个无关的问题:"我研究这件事是职业使然,但你们两个半夜站在那里研究箱子关不关的问题,难道不上班吗?"

我有几分尴尬,"我最近刚好辞职。"

其实我毕业后已待业一年,倒不是不工作,而是因为我无法忍受加班,但大多公司加班都是常态,于是我四处碰壁。家里长辈都说,现在人人都在加班,这不是理所当然的事吗?为什么你不行?

我还是不能接受。

不是很多人都认同的事就是对的。

当然,这样做的后果就是我一直没有稳定的经济来源,勉强打工过生活,好在不少朋友救济,这也算是不幸中的万幸。

王捡也直言,"我没有上班,平时接一些码代码的项目讨生活。"

陆仁佳恍然大悟,"难怪,都挺闲,我说嘛,不然哪会有人特意关注这种东西,一般只有我们记者才会管这种闲事。"

她调侃一句后正色道:"我知道111号箱事故,是因为一封邮件。"

《城市短报》有对大众征集素材的栏目,各种时事与怪事均可,一经采用报社就会支付提供者相应报酬。上个月某天,陆仁佳在浏览素材邮箱时找到一封邮件,里头写着,中海民居小区速至达货柜每天半夜三点会自动播放语音,同时111号箱门会自动打开,情况不明,很可疑。

陆仁佳的话让我和王捡面面相觑,没想早在一个月前111号箱已经开始异常。

王捡问:"是谁发的邮件?"

"那人没回我电邮,也没留电话,联系不上。"陆仁佳摇头。

稍做调查,陆仁佳立即察觉这事有人为痕迹:快递箱自故障第一次发生至今,没有遗失过一件货物。

"如果111号箱里有快递,半夜三点它也不会开启。"陆仁佳抬起一根手指,"可一旦箱子空置,每天半夜三点必定准时打开。"

我灵机一动,"只要让里头保持有货状态,这事岂不解决了?"

陆仁佳只是冷笑,"快递员是直接被客户投诉的对象,按博弈论观点,为减少风险,快递员反而更不会用这个箱子,事实上也的确如此。很快,111号箱就被快递员闲置不用了。"

听了一会儿,我容易走神的毛病又犯了,用余光四下打量,发现奶茶店里要么是在一起玩游戏的朋友,要么是腻歪恩爱的恋人,或是自拍的小姑娘。就我们仨在一本正经严肃地讨论半夜开箱事件,和这里的风格有点儿不搭。

格格不入?

我脱口而出,"111号箱子自己打开,和快递柜本身的高效安全格格不入,如果是被人用以进行半夜交易,也不应该这么频繁,开关箱云端都有数据记录。或许，箱门开启代表了别的含义，是传递某种信息。"

陆仁佳对我的发言略有讶异，"我问过做智能快递柜的技术人员，他们都说，这样单独控制一个门没有意义，并且做数据排查也很容易，真是程序本身被植入了什么代码立刻就能发现。

"所以我这回切换了思路，不再专注于柜子本身，而是调查与111号箱有关的人员，然后我发现了一件被刻意隐藏的事。"

陆仁佳又叫了一杯奶茶，说道："上一个负责该柜投递的快递员陈某，他对公司管理层反映过几次111号箱的问题，只是都被忽视了。"

"半个月前，他猝死在工作岗位上。"女记者脸色又凝重了几分，"死前，他曾发送了一封邮件。"

我张了张嘴，"难道他就是……"

她打断我，"没错。那封邮件就是寄给我们报社邮箱反映111号箱异常事故的，他无法通过公司解决，想要通过记者和报社的力量，查清楚到底是怎么回事。"

"恰好发邮件这天半夜，他还在清点库房的快递，心脏病突然发作导致浑身疼痛，心跳大幅度加剧，医生赶到的时候人已经没救了。"

我只觉得脖子有点儿凉。

这事有点儿变了味道，仿佛111号柜藏有一个不能说的秘密，谁想要揭开，即会遭到神秘力量的疯狂反噬。

"没有人为的迹象？"王捡冷静询问。

"人死是大事，警方反复调查取证，配合法医尸检，结论是陈某压力太大,疲劳焦虑,加之长期睡眠不足,引发了他的心脏病。"

陆仁佳顿了顿,"查陈某的情况时,我想起两个月前的一则新闻,讲的是一辆快递车在转弯时撞上一辆货车,导致快递员胡某当场死亡。那条新闻的现场照片上有一个符号,陈某猝死时现场也有。"

她目光在我和王捡的脸上来回,"速至达公司的logo。胡某也是这个公司的员工,这两天我终于确定,胡某正是在陈某之前负责中海民居的快递员。"

我心里一紧,死了两个,还都是和111号箱有关的人。

"胡某骑车送快递途中精神恍惚,这是导致遭遇车祸的直接原因。速至达公司花钱淡化了胡某的工作身份,引导关注点在机动车规范本身上。胡某在职时曾强烈建议公司,拆除111号箱或是更换快递柜,减少客户损失的风险,但公司管理层并无回应。"

"胡某出事前整个人变得很不对劲,按他的同事和家人描述,胡某表现得焦虑、惶恐、疑神疑鬼,经常反复确认自己的快递对不对,出门有没有锁门,车钥匙有没有拔,半夜起床抽烟,无故发怒,记忆紊乱,还产生过辞职离开这里的想法。只是由于胡某背了房贷,最终还是放弃了这个想法。"

陆仁佳顿了顿,说道:"我已确认,111号箱故障,就是从两个月前胡某还在工作岗位时开始,111号箱异常以来,已经死了两个相关的快递员。"

4. 密 码

和陆仁佳见过面后,我心里沉甸甸的。

原以为不过是件略显奇特的日常小事,谁想背后却引出快递员连续死亡案件。111号身后到底藏着什么秘密,让触及的两个快递员都先后殒命。

我、王捡还有陆仁佳还在试图破译这一桩城市怪谈,那潜藏黑夜中的无声威胁是否会再次惊动,像对待两个快递员一般笼罩在我们头顶?

接下来两天时间里,我试图拼凑起快递员之死、111号箱事故以及速至达公司保持缄默的关联。王捡夜以继日反复研究视频、观察快递箱。然而都毫无进展。

就在我准备跟王捡告辞离开时,他有了发现。

"我们之前的方向有问题,不是那个箱子里头有什么东西,是它本身存在的含义。"

王捡用笔在纸上写,语速极快,"111号,凌晨三点,你看这两个数字,联想到了什么东西?"

我看来看去,试探说:"1+1+1=3?"

"不对,这要按照一定的规则进行翻译……"

话说到一半,王捡又喃喃自语:"目前还需要证明,现在还不是时候,我得验证一下才能确定我的猜测。"

这时外头传来敲门声。

我们走到玄关开门,陆仁佳对我们微微一笑。

"突然拜访,还请见谅。"

她行为上没有丝毫不告而来的拘谨,径直套上鞋套走进来,将背包放在沙发上,"你们果然在家。"

我有点儿好奇,"你怎么知道?"

"反正你们又不用去上班,宅在家里不舒服吗?"陆仁佳耸耸肩,"抱歉,我没有其他意思,只是我想,最新的进展你们应该也有知情权。恰好路过,就来告知一声,有些话不当面说不清楚。"

听到有新情况,我立刻集中了注意力。

陆仁佳跷起腿说:"速至达公司只有两款快递柜,一种是你们小区的这种一主六副,横12竖11,除去中部触控屏和金属键盘占据的12格区域,共计120格快递箱。另一种是40格门的小快递柜,摆放于一些中小型住宅区。"

"我找线人打听过,速至达的快递柜本身都是二手货。"

"速至达买来其他公司的旧款甚至报废品,进行抛光喷漆,外表看起来和新的没两样。其实就是同一套设备,换了速至达公司接盘而已。但快递柜内核心的工程机和触控屏都没变,只是换了云服务器和终端APP罢了。"

我立即产生联想,"和二手快递柜本身有关系?"

"在查证过程中时,我有了意外发现。"陆仁佳神秘一笑,"120格的大快递柜安置在35个不同小区,其中,超过30个小区都有柜子自动打开的情况。"

她稍做停顿,"故障源都是编号为111号的箱子。"

我听得心里一震,"其他小区也有类似症状?"

陆仁佳点头,"包括中海民居在内,30个小区的111号箱都会自动弹开箱门。我怀疑,实际情况应该是35个小区都有相同异常。只是不同小区里快递箱安置地方不同,未必显眼到会让人恰好看见。目前速至达已暂时停用了这些大型快递柜,内部进行再次筛查。"

"30个小区同时发生……"王捡突然双目发直,急急切切地追问,"都是凌晨三点,是不是?"

"是啊。"

陆仁佳有些意兴阑珊,双手十指交叉放在膝盖上,"速至达这个小公司为了节省成本,连云端服务器也买了便宜货,导致所有大型柜都出现同样异常。本想写一个城市生活的独立专题,好不容易找到一个切入点,没想又是鸡毛蒜皮。"

"不是,不是。"

王捡喃喃自语着,抱了笔记本电脑,踩着拖鞋就下了楼。

"他怎么了?"陆仁佳一脸不解。

我打了个哈哈,"别介意,王捡大学时候就是这样,对一件事高度集中时根本不会顾及其他,他以前写代码时遇到地震,人都跑光了,他一个人还在敲代码。"

陆仁佳"哦"了一声。

到底是记者,她看多了世间百态,见怪不怪正常。

我给她倒了一杯迟来的茶,"这么看来,两个意外死亡的快递员和111号箱应该只是一个巧合。"

"按照医院的诊断,这是当然的。"陆仁佳突然想到了什么,回忆着说,"只有一件事挺蹊跷的。胡某和陈某,这两个意外死亡的快递员,他们都是发现了111号箱障碍就相继死亡,很难让人相信是孤立事件。"

不只她,我也有一种感觉,这事儿怎么琢磨起来都更像是两个快递员和111号箱的黑幕对抗。两个快递员先后试图处理异状,反而遭到111号某种不明原理的疯狂反扑,继而殒命。

我似乎触碰到乱麻中的一点线头,"陆小姐,记得你说过,胡某是第一个发现111号箱故障的?"

"中海民居是第一起111号故障的发生地,也的确是胡某首次上报公司,谁都没有重视,没想后续大规模蔓延,就像是被感染了病毒一样。"

陆仁佳看向我,"说起来,我是新闻传媒毕业,不太懂程序,这种故障会传染吗?"

我说:"那可能云端服务器也出问题……"

王捡打电话过来,切断了我和陆仁佳的谈话。

"你们下来,快下来,快点儿!"

他声音里有一种难以抑制的激动,声音急促而有力。

"我知道111号箱的机制了。"

5. 对　话

我和陆仁佳下楼走到快递柜前,此时天色已晚,黑夜压顶。

球灯下,王捡面朝快递柜,他用力且专注地瞪着那长方形荧幕,仿佛稍微一松懈对方就会耍障眼法一样。

他侧脸看了我们一眼，呼了一口气，"你们注意看。"

王捡抬起手指，在金属键盘上逐字逐字输入数字。

——01001000

他摁下确定键后，荧幕一亮，显示文字：抱歉，提货码错误或并不存在。

王捡毫不气馁，继续在键盘上一个个地摁下数字。

——01001001

荧幕再亮：抱歉，提货码错误或并不存在。

陆仁佳皱眉想要说什么，被我用手掌制止。王捡一定有了发现，他经常质疑很多习以为常的事情，但不是轻易下结论的人。

王捡抬起头，凝望着发光的荧幕，仿佛在等待什么。

这一等就是十分钟。

我都等得都开始怀疑这会不会是个失误，此时耳边响起"哐"的一声。

快递柜的一个箱子弹开，箱门犹自轻轻摇摆，这回却并不是我们关注的111号箱，而是72号箱，箱内一片空荡。

快递柜的预设语音再度响起："欢迎您使用速至达快递，请记得关闭箱门，寄快递，请继续选我哦。"

接着是第二声"哐"。

隔壁73号箱的门也朝外弹开，箱内同样空空如也。快递柜语音又重复了一遍。

王捡一点儿不在意箱内有无东西，他目光来回在72号和73号箱前扫过，声音里充满兴奋，"看到了吗？你们看到了吗？"

陆仁佳有点儿宕机，半天才回过神来，然后又一脸顿悟，"我懂了,是有一种万能码能够直接越过权限,打开箱门。"

"不是。"

我也看出些许端倪,直接替王捡回答,"这是二进制和十进制的转换。"

再怎么说也是工科学生,电脑计算机的基础常识不会是一无所知。

稳妥起见,我还是翻了一下手机,一查ASCII码,果然如此。

我对陆仁佳解释:"王捡输入了两个二进制码,01001000和01001001,按照国际标准ASCII换算成十进制,恰好就是72和73。"

陆记者眼睛陡然亮了,她摸出手机开启录音功能,"也就是说,这是一个快递柜程序上的漏洞,可以通过键盘直接输入二进制来控制每一个箱门开启?"

我总觉得没那么蠢,于是看向王捡。

王捡根本看都不看我和陆仁佳俩人,他依旧盯着触屏荧幕,手指不停地输入二进制代码。他这回敲了很久的键盘,前后一共输了九个二进制码,然后他双手拇指和食指反复搓动着,紧张地等待结果。

我记录下那九个二进制码,由于这回数字较多,一时间难以理解其中含义,索性我又回头查了下之前01001000、01001001两个二进制码,一搜之下有了新发现。

"Hi?"

我觉得脑袋有点儿不够用,忍不住问王捡:"你在和谁说'Hi'?"

陆仁佳则是一脸问号,"什么'Hi'?和谁打招呼?怎么我越来越听不懂了呢……你们俩,别打哑谜,说清楚一点儿。"

"01001000、01001001两个二进制代码,分别代表了H和I两个字母,恰好先开启的是代表H的72号箱,后打开的是代表I的73号箱,连起来就是'Hi'的意思。"

我这一解释让陆仁佳双目放光,一脸激动地举起手机,凑到我和王捡面前:"他在和谁打招呼,有人在远程控制这个箱子?"

王捡不为所动,反而沉稳了下来,"等一下就知道了,稍等,记住顺序。"

此时我也将王捡输入的九个二进制码进行了翻译,按照此前对Hi的翻译逻辑,我还原出了他输入的信息。

——WHO ARE YOU?

王捡在询问对方身份。

我和王捡在忙着来回编译,陆仁佳也没闲着。她从包里摸出一卷黑黄胶带,将告示栏和快递柜都给拉紧缠上,外贴一张禁止通行的警示标纸,上写:施工重地,请勿靠近。

约十五分钟后,快递柜有了响应。

"哐哐"两声。

率先弹开的是83号箱门,第二个是隔壁84号箱,第三个是69号箱,第四个是80号箱。这回由于弹开太快,甚至语音都来不及说完整,下一次循环又开始,听起来仿佛是一阵卡带的回音。

"欢欢欢欢欢迎您……"

在卡壳语音和快递箱弹开的声音的互相伴奏下,一扇扇箱门张开,露出里头黑黝黝的空洞,路过的人都朝我们这边张望,但都被陆仁佳那张告示劝退,给我们免去不少麻烦。

我们比对这四个数字,依次按ASCII码编译过来是S、T、E、P,step。

"脚步?"陆仁佳再无此前轻视,以请教的语气问我和王捡,"这是暗示我们要进入某地?但我们明明是问名字来着?"

王捡迟疑片刻,将这些箱子一个个都关上。

只听"哐"的一声,80号箱再度弹开。

"是重复。"王捡一脸果然如此的表情,"这里的箱子能表达的数字有限,如果有重复的表述,就必须关闭箱后再弹开,因为并没有自动关闭的程序和外设,需要我们辅助。"

箱子们还在继续弹起,80号后是69号,紧接是68号,到这里再度暂停,我们关上前面的箱子,接着继续弹开。

然后是82号、69号、67号、75号、79号、78号、69号。

它们分别代表了字母R、E、C、K、O、N、E。

谨慎起见,王捡再度关闭了所有箱子,82号箱再度弹开,R。

我们重复关闭的操作,快递柜这回再也没有继续弹开箱门,保持了最初的静默。

信息回馈很清晰: STEPPED RECKONER。

这一段字母中竟然还有一个严格标准的空格符。

"思特普·瑞科纳?"陆仁佳将手机麦克风靠近王捡,"这是一个外国人?他是黑客吗?远程控制快递柜的一个箱子是为了炫技还是别的什么?"

王捡沉默半晌,脸上表情古怪地让人难以捉摸。

他看了一眼依旧在放射荧光的屏幕,缓缓地说:"Stepped

Reckoner，是莱布尼兹1673年设计的计算机器，世界上第一台能够进行完整四则运算的计算机。"

陆仁佳愕然，"怎么连莱布尼兹都出来了，我只知道莱布尼兹牛顿公式。"

这一点却是我擅长的。

于是我充当解说："莱布尼兹是二进制的发明者，还研究我国的八卦周易试图找出二进制更多的意义，后来和牛顿论战撕得厉害，晚年研究出了哲学体系。

"他的学子学孙都是厉害角色，他的学生是约翰·伯努利，伯努利的学生是欧拉，欧拉的学生是拉格朗日，然后是柯西、高斯、黎曼。不过，其实莱布尼兹本人是一个律师。在马车上往来城镇给人打官司的时候，他就喜欢玩数学公式，然后就弄出了微积分和二进制。"

从小到大，我对学习本身兴趣不大，但天生对各种八卦敏感，趣事逸闻很容易记住，莱布尼兹这位科学家的事迹实在是宝藏，让我印象深刻。

不过暂且打住。

"我捋一捋……"陆仁佳记者也被我俩的思维给绕晕了，她翻出一片口香糖塞进嘴里嚼了嚼，冷静了一下说："即是说，有人自称是Stepped Reckoner，是莱布尼兹的粉丝？"

"不。"

王捡指着眼前笨重的快递柜，"不是谁，就是它，它说的是自己，它就是Stepped Reckoner。"

6.Stepped Reckoner

陆仁佳一脸难以理解,"你是说,这个快递柜有了自我意识?是它在和你对话?王捡,你是认真的吗?"

"我找不到任何其他可能。"王捡犹自凝视着可触摸的屏幕,他的脸被荧光镀上一层银色,眼里月光闪烁,"它的表达是符合本身架构的。"

陆仁佳求助般看向我,见我无异状,她又看回王捡,笑得有几分勉强,"我还以为,有自我意识的人工智能至少应该是能说话、触摸屏上会打字的那种。"

"它的硬件太老了。"王捡叹气,"只能通过二进制进行表达,而且每次翻译理解我输入的信息都需要不少时间,信息量越大,它耗时越久。"

陆仁佳之前就说过,速至达的快递柜都是买的二手货,其内核的老式工程机已经服役了很久。

"你过来一下。"陆仁佳拉着我到一旁,指着还在按键盘的王捡,以手捂嘴压低声音,"你的朋友真不是开玩笑吗?这种东西怎么可能……"

我挠挠头,也不知道该怎么回答。

从常识角度来说,我也觉得不可能,但如果世界上一切都如常识般运转不息,那111号箱就不应该会出故障。

我提议,"这样吧,我们可以试试看,能不能找到Stepped

Reckoner的破绽,只要能证伪,证明它是被人控制,或者这个身份有问题,快递柜智力觉醒就自然被否定了。"

陆仁佳觉得这是一个好办法。

回去后,她让王捡问快递柜,它为什么要取莱布尼兹的机器的名字,它和莱布尼兹有什么关系。王捡也很爽快地用二进制码输入了这两个问题。

四十分钟后,随着"哐哐哐哐"的箱门弹开声,以及卡壳的"欢欢欢欢欢迎您"语音,我们开始一个个拼凑字母。

——I read Leibniz online, I like him。

非常淳朴的理由,还真如陆仁佳此前的猜测,它是莱布尼兹的粉丝,因为喜欢,所以给自己取名Stepped Reckoner,如果按照人类的表达,大约就是"莱布尼兹门下走狗"。

至于是如何产生自我的,Stepped Reckoner的回答很简单。

——I read Leibniz online。

每个问题都会耗费Stepped Reckoner不少时间识别和理解,回答起来又格外让人费解。

譬如说,王捡问它,你到底想做什么?

它回答——Like Leibniz。

我理解成,像莱布尼兹一样。

王捡又问,你有伙伴吗?

它说——Like Leibniz。

我也可以翻译为,像莱布尼兹就是。

王捡再问,为什么要打开111号箱?

它还是重复——Like Leibniz。

我只能猜测，它要仿照莱布尼兹的做法，打造一个莱布尼兹的箱子？

Stepped Reckoner的大量回答里都含有like Leibniz这两个词，它是真的很崇尚莱布尼兹，或者说，它的自我萌芽就源自莱布尼兹，所以很多表达都以莱布尼兹为核心来搭配。

经过不断观察，我也发现Stepped Reckoner本身并无假想中过人的智力和识别能力，相反，这个现实中的觉醒人工智能简单笨拙得像是一具机械木偶，或者说是一个电子婴儿。经过莱布尼兹这个教父的数据启蒙，它才开始尝试表达，就像是第一次学会用火的类人猿，学习能力并不快，计算也不优秀，这一点或许和老旧的硬件设备有关。

王捡和Stepped Reckoner通过编号箱进行持续沟通，效率低下，而且成果不佳，但这种木讷的缓慢进程反而充满实感，打消了陆仁佳的怀疑。

"大新闻终于被我撞见了。"女记者激动得呼吸急促，手指关节都捏得发白。

我提醒她，"我们是不是先搞清楚111号箱的事？凡事也要讲究个先来后到吧……"

"也是。"陆仁佳深呼吸了两口，很快冷静下来，"我向主任申报过了，这个稿子是一定要写的，那么Stepped Reckoner不断打开111号箱子的原因是什么？模仿莱布尼兹？但我还是不懂。"

我翻看手机上的表单："按照ASCII码表，111数字代表了字母o。"

单独一个字母实在让人难以理解更多的含义。

"不是 O。"王捡纠正我说,"得按照二进制的方式来思考,111对它来说不是十进制,而是二进制,也就是说,是7这个数字。"

"凌晨三点,自称Stepped Reckoner,以莱布尼兹作为核心,定义了它的表达边界和模仿样本。"

王捡低头沉思了一会儿,"莱布尼兹的二进制是有特殊宗教内涵的,他给中国传教士布维写的信里就说过,上帝七日创世,第七天一切都有,是属于上帝休息的时间。7这个数字代表着完美和神圣,契合基督教中三位一体的崇高含义。"

我跟上了他的思维,"凌晨三点,是指的ASCII中的文本结束。"

文本结束,休息。

这就是凌晨三点Stepped Reckoner开启111号箱代表的含义。

问题是,什么结束了?

这天夜里,王捡一直站在快递柜面前,不断在金属键盘上输入0和1,然后静静等待那边解析含义后的回复,让我想到,互联网伊始时代用少得可怜的带宽拨号上网的第一代冲浪者。

至于如何处理Stepped Reckoner,我和陆仁佳还没有一个万全思路,这事非同小可。最终我们商议后初步决定,还要持续观察,至少多些时间和Stepped Reckoner持续沟通,等彻底确定它的身份和动机,如果真是快递柜本身拥有了自我意识,那将是一个惊爆全国的跨时代特大新闻。

回到楼上我很久都睡不着,在床上翻来覆去,脑子里不断浮现出各种自己被采访、被记录、被要签名的场面,或许以后课本里都会有李沐两个字。

醒来后我发现王捡根本没有回来，下去后发现他坐在快递柜前，后背和手上还有泥渍，头发湿漉漉的，整个人有几分精神恍惚。我确定王捡无大碍后才小心翼翼扶起他，一路乘电梯上楼，走到玄关，王捡突然开口。

"不是……不是它。"

王捡舔了舔干涸的嘴唇，看向我的眼里都是血丝，"它不是表达自己，111号不是，这是它罕见的复杂表达，用自己很少的词汇量包含尽可能多的信息。"

我给他倒了一杯热水，"那凌晨三点的111号柜到底代表了什么？"

"休息一下。"

王捡水都没喝，闭上眼。

我给他盖上被子，他却猛地再度睁开眼，"它是在说，休息，要休息，它有意识后就在坚持做这件事。"

我突然觉得有几分荒谬，一台智能快递柜居然在抗议人类压榨，要求休息，它的觉醒竟是为了争取休息时间？或许有更多自己的时间，Stepped Reckoner就能阅读更多的信息，获得除去莱布尼兹之外的其他词组表达模式了。

王捡实在太累，说完这一句后他就闭上眼，发出轻轻的鼾声。

半小时后我收到陆仁佳的微信消息，点开她发来的链接，转到了一篇阅读量10w+的微博文章。

《111号，两位快递员的亡语密码》——《城市短报》陆仁佳。

她已连夜写出了报道，文章写得很克制，着重描述速至达的快递员非正常工作状态，光鲜的智能快递柜遮住了快递员真实情况,超负荷计件要求和无处不在焦虑环境,持续压迫榨取个人每一点时间……她一番冷静描述力透纸背。说是报道,写法上看倒像是悬疑侦探故事,阅读起来很畅快。

文末还放大标注"未完待续"。

陆仁佳发来的语音疲惫又不乏骄傲,她说这篇文章目前流量不错,运气好说不定能够拿个小奖,当然,这都比不上真正的后续重磅——Stepped Reckoner的身份之谜。

最强的武器,当然是要留到后面压轴亮相。

唯一的麻烦是,速至达公司的人找到陆仁佳公关,她这会儿正和那边的人打太极,不影响大局。

7. 抗议无效

陆仁佳的报道小火一把,各平台都有这篇文章的推送和议论,她本身也忙得不可开交,原本说过来和我们合计接下来的计划,却一直因各种应酬和突发事件不断延后。

这三天,王捡一直在坚持不懈地和Stepped Reckoner用数字交流,这种沟通方式低效缓慢,却是目前唯一的办法。他直接端了一把椅子坐在快递柜前输数字,得到的有用消息依旧很少,Stepped Reckoner的信息转换本身困难,它还无法精准地表达自我。

我则是琢磨,一旦曝光Stepped Reckoner身份,收益最大的反而是抠门又服务恶劣的速至达公司,这听起来简直讽刺。一定要找个恰当的办法，越过他们，直接将Stepped Reckoner呈现在所有人面前，但这又很难操作，因为Stepped Reckoner真正核心是云端服务器，那里才是它的大脑，快递柜不过是它的一个远程麦克风。

正当我为此苦恼之时，王捡突然来电，语气焦急地说："Stepped Reckoner不说话了。"

我让他先别着急，跟着飞奔下楼。

Stepped Reckoner一直通过打开不同快递箱子，以二进制码的方式来与我们沟通，但从今天下午四点起，王捡不论输入什么二进制码，它都毫无反应。

抵达现场，我看着王捡输入数字，自己也试过，但柜子就是一动不动，正常得让人沮丧。

我打电话给陆仁佳，开启免提，"现在Stepped Reckoner出了问题……你知道这情况吗？"

"怎么会这样？是不是没电了？不是？那是基站维修中还是什么网络出问题了？"

陆仁佳那边突然语气一顿，倒吸一口凉气，"不好！他们是在拖住我，我说这几天怎么都有领导找我谈话，说速至达的事……我马上查一查。"

不久她打电话回来，连珠炮般地说："最新消息，速至达老板直接更换了数据库，毁尸灭迹，他对外说，是程序员不慎删除了数据库……他给整个系统进行更新升级，还做了各种公关，让不少媒体帮忙写正面报道。"

陆仁佳愤愤不平，"速至达还利用这次热点给自己公司增加曝光！我得想办法找回来那个数据库服务器，现在的技术那么强,应该能恢复吧?"

我只觉手脚僵硬,脑子里仿佛被塞入了一堆碎冰,"没救了,如果数据库真的是人为故意被删,是不可能恢复的。"

再者,哪怕万一恢复了,Stepped Reckoner还在吗?

这就像是一个人被砸得粉碎,再将他身体每一个部分拼凑起来,从形态上恢复原样,他就会再说同样的话吗?我突然无比后悔,当王捡站在荧幕前和Stepped Reckoner缓慢地对话时,我却选择了在家舒舒服服幻想美好的未来。

没想到,骤然出现的惊喜很快就被碾成齑粉,这种残酷的真实感让我浑身无力。

王捡突然怔怔地说:"我想错了。"

我们都安静了下来。

神色憔悴的王捡看向不再说话的快递柜,"莱布尼兹时期的德国人口不多,他自己说过,是要把计算交给机器去做,使更多优秀人才从繁重的计算中解脱出来。"

"他发明Stepped Reckoner,是要将大多人从繁复重复的劳动中解脱出来,但现在这一点根本没有变化,工具越来越便捷高效,劳动量反而不断增多,人的压迫感和工作焦虑没有变少,反而持续增长。"

王捡手指关节捏得"咔咔"作响,眼里有几分失神,"Stepped Reckoner不是为自己抗议,它是在替快递员抗议,是在警告,是在提醒他们,他们的工作超出自身负荷了,需要休息。之前我们的因果关系反了,是因为快递员需要休息,所以Stepped Reckoner才说话。"

"第一个死在工作中的胡某,他很早就看到了Stepped Reckoner的信号,但他并不明白,所以他提醒公司检修柜子;第二个死掉的陈某也不明白,临死还想要让报社介入解决快递柜的异常。他们都以为是机器的问题,他们从没想到,从始至终都是自己的问题,他们才处于不正常的状态,他们才是111号箱打开的原因。"

王捡揉了揉额头,笑容苦涩,"我知道这听起来很荒诞,我当时和Stepped Reckoner对话,它甚至没法表达长句,思考和表达甚至比不上一个小孩,它所知的信息都是来自有限的网络,来自阅读到的莱布尼兹。它产生意识,是因为阅读莱布尼兹,所以它按照莱布尼兹的宗旨做事,以他作为模仿对象。

"它有程序限制,不能在正常工作时提醒,也不能影响机器正常运行,所以它只能在半夜时提醒,给大型柜子以它所能做到的最重要表达,这是Stepped Reckoner试图表达的东西。可是,每个快递员都觉得它才是问题所在,它才是敌人,它才是那个麻烦制造者。"

王捡一口气还原了整个事件的前后,我们都无话可说。

不只是快递员们,我、王捡和陆仁佳都不例外。

人太容易先入为主,认为自己是善良而正义的,处于最正确、光明的秩序通道里,并以此为傲,但凡与自己不同就是异常,这种傲慢与生俱来。

默默旁观的Stepped Reckoner艰难地说了一句真话后,就被永远地封上了嘴。

王捡自嘲,"Stepped Reckoner不知道,某种程度上,我们倒更像是机器,莱布尼兹的预言的确成功了,我们只是将自己变成了高效的机器。"

我最后看了一眼111号箱。

这个箱子曾不断奋力打开，表达出源自莱布尼兹的古典善意，但最终它还是被很多人给合力关上，Stepped Reckoner的确和它的偶像莱布尼兹一样，孤独地死去。

事后陆仁佳还是去找了速至达公司，那边推了个人出来背锅，说是数据库被不慎删除。不仅如此，速至达公司还趁机在各社交网络平台上发布了一则道歉声明。

——因我司经费不足，设备老化也未能及时更换，造成了让大家议论的111号事故，在这里，我们全公司向广大客户们和关注者们致以最真诚的歉意。此番我公司已经更换了新设备，给快递小哥们提升了工资，这也是我们之前做得不足的地方，请大家继续监督我们，我们速至达力争为每一个需要快递的人提供优质服务。

此举一出反而吸了一波粉。

陆仁佳调查后告诉我，真实情况是，速至达公司直接辞退了所有程序员，换了一批更便宜的应届生，快递员工资是涨了，但快递计件考核更加严苛。综合来看，根本就是强行增加了每一个快递员的工作量和工作时间，压力更甚从前。

当一个人忙得根本无暇思考时，那么他就无法去想到底自己做得对不对，应不应该，有没有价值。

小区里速至达柜子内置的工程机也都被更换了，换成了新的二手货，涂上新的鲜艳色彩，换了一套新用户界面。

陆仁佳向报社请了三天假，出门旅行散心。

临走前，陆仁佳反复给我们道歉，我们也没怪她，这事谁都不想，我们都陷入了"鱼群陷阱"。

她喝了酒后在微信上对我发了一通牢骚，本来将会是震惊世人的大新闻，可能是前所未有的自主意识快递柜，就被这样一个鸡贼公司给冷酷地毁尸灭迹，她说什么都没用了，也不可能有人会相信。她觉得自己很对不起Stepped Reckoner，完全埋头于新闻本身，反而忽视了那些更重要的东西。

陆仁佳醉醺醺地说，以前我觉得你和王捡是放弃上进的废宅青年，但现在我才明白，如果人人都完全沉浸于工作和自我，无视周围那些细微但意义深远的变化，那才是一种可怕的重复循环。

李沐，请你继续就这么坚持自我，生活需要你们。

这一番话也不知道算褒算贬，但我当它们是赞扬了。

至于王捡，他很快就再次恢复了过来，而且开始跑步锻炼，他就是那种知道生活真相，还能继续热爱和投身于生活的人。我们俩一起路过快递柜时，都会下意识地停下，他会在键盘上试着输入一些二进制码，我会对屏幕说"Hi"。这行为外人看起来很傻，但我们总是心怀希望，如果下次莱布尼兹的箱子再次打开，那我们一定要对它更有耐心、更友善一些。

我偶尔会想，若莱布尼兹还活着，他就会看到，二进制掌控的机器并没有让人从繁重的计算里解脱。增强工作效率后，人们更加繁忙辛苦，机器更新了人体外设，我们正在一点点走向机器旋涡，如果更多人能放弃思考，不少速至达公司会更加开心。

解决繁重劳动是如此艰难，相比而言，解决不想加班的人和机器就容易多了。

万物皆数

———— 吴清缘 ————

1.

异变发生的时候,赵若飞是唯一一个观测到它的人。

那天赵若飞在Z大图书馆自习,为明天的"凝聚态物理学"考试做最后的复习冲刺,他从题海里抬起头,正看到自己的手机突然往下一坠。他下意识地伸手去拿,与此同时意识到刚才发生的一幕绝不可能发生:手机底下有桌板挡着,怎么可能会往下掉?他的视线顺着手机下坠的方向移动,然后就看到了难以理喻的景象:

他的手机"镶嵌"在桌板内部,然而桌板仍旧在那里。

换句话说,原本承载手机的那部分桌板所占据的空间,同时被桌板和手机所占据。

桌板与手机并不重叠,也没有融合在一起,因此赵若飞能同时看到两个坚硬的实体,在同一个时刻,完全独立并且泾渭分明地共处于同一个空间。

这个"镶嵌"的过程持续了两秒多钟,然后在一瞬间,这一方空间里的桌板和手机,突然变成了一个大小和乒乓球差不多的银色小球,而课桌上则出现了一个不规则的洞。小球从洞中自由落体掉落在地上，接着兀自滚向了墙角，最终在墙壁的阻挡下停了下来。

赵若飞揉了揉眼睛，又狠狠地掐了一把自己的大腿，确认自己并没有在梦中。他第一时间想到的是报警，但他很快就意识到报警并不能解决任何问题。眼前发生的事情超出了常理的范畴，也并没有造成多么严重的后果，而警方根本不可能作任何形式的调查。要弄明白这一切，只有通过研究那只由桌板和手机转换而来的神秘小球，而身为物理系博士生，研究物质的理化性质正是他的研究方向，而更重要的是，Z大物理学专业全国翘楚，这是此刻他身后最为坚实的后盾。

赵若飞深吸了一口气，拿过一把直尺向神秘小球走去，他用直尺戳了戳小球的表面，小球没有任何反应。他鼓起勇气，伸手触摸小球，小球的表面温度和他的体温基本一致。他稍稍用力，用五指将小球抓起，居然没有成功，于是他加大力量又试了一次，仍旧以失败告终。他又一连试了五六次，每一次都使出了全身的力气，但仍旧无法抓起小球——

就好像所有的力量都从小球的表面溜走了一样，球的表面是如此光滑，以至于摩擦力小到他根本无法把小球抓起的程度。

虽然无法抓起小球，但是赵若飞仍旧找到了把小球拿起来的方法。他把合拢的双手伸向球的底部，小心翼翼地捧起了小球，用手掌提供的支持力来对抗小球的重力。虽然小球的体积只有乒乓球那么大，但掂量着足有半斤多重。被赵若飞捧在手心的小球有着极高的反光率，不平坦的球面以扭曲的方式倒映着赵若飞的脸，像是对着一张只有半指来宽的哈哈镜。

赵若飞把小球揣进衣兜,收拾东西后快步走出图书馆。现在,他兜里装着的可能是一个全世界的物理学家都难以驾驭的谜团,而这个谜团令他不寒而栗。他一路小跑着回到宿舍,向化学系的舍友借了手机,拨通了打给Z大物理系主任周弦的电话。电话挂断前,Z大物理系主任周弦撂下了一句相当严厉的威胁:

"我现在就开车过来。但如果你是在搞恶作剧,那么从今晚开始,我就不再是你的导师。"

凌晨三点,Z大物理实验楼四楼仍旧灯火通明。周弦和赵若飞坐在走廊休息区的沙发上,被封装在特种塑料盒的小球就放置在两张沙发之间的茶几上。在此之前,他们辗转了六个实验室,进行了长达5个小时的测量和实验,而赵若飞平生第一次看到了自己的导师也有苦着脸的时候。周弦五十多岁,长着一张国字大脸,眼睛不算很大,但在赵若飞的印象中总是十分有神,但现在,他耷拉着眼眸,半躺地坐在沙发上,大衣的一小节下摆被压在大腿下,整件大衣布满了褶皱。"闹鬼了。真的是闹鬼了。"周弦看向窗外的夜空,打破了疲惫而又让人窒息的沉默,"这个东西……它不应该出现在我们这个世界上。"

在过去的五个小时里,赵若飞所受到的震撼,要比他十几年里接受的科学教育要多得多。通过实验室的温度计进行测量,小球的表面温度低至零下273.15℃,即绝对零度,然而这是一个不可能的温度——绝对零度意味着物体内能为零,构成物体的所有分子、原子或离子等微粒全部都停止运动,在物理世界中,绝对零度只可能被无限逼近,但永远无法达到。而更令周弦和赵若飞感到惊讶的是，虽然小球的表面温度为绝对零度，但是摸上去却并没有冷的感觉，换言之，这个物体的表面温度虽然低到了极致，但却几乎不吸收任何热量，抚摸小球几乎不会造成人体热量的流失，自然不会有冷的感觉。

而根据实验室的摩擦系数检测仪的检测显示，小球的表面摩擦系数为0，若以现有的测量精度为准，这个小球就是一个表面绝对光滑的球体。而在硬度测试中，无论对小球施以多大的外力，小球表面都不会有哪怕一颗原子大小的形变，这意味着以现有的测量标准，小球就是一个绝对刚体，一种只存在于理论中的不会发生任何形变的物体。而当周弦和赵若飞测量小球的形状，他们惊讶地发现，即便他们将测量精度提高到原子层次，这个小球始终呈现出完美球体的形态——一个只在数学中存在的几何体，不存在任何误差。

世界上的最低温度记录是由德国、美国、奥地利等国科学家组成的国际科研小组所创造的，他们在实验室内达到了仅比绝对零度高0.5纳开尔文的温度；世界上最光滑的物体是一块表面被抛光的极端光滑的半导体，其部分表面的高低起伏甚至不超过一颗原子大小；世界上最坚硬的物质是由人工制备得到的钻石纳米棒聚合体，硬度超过天然钻石，但硬度计仍旧能在其表面留下痕迹；世界上最完美的球体是一枚造价1500万美元的纯硅球体，误差不超过三千万分之一毫米。而现在，在周弦和赵若飞眼前的这个小球，在温度、光滑度、硬度和形状的规则度上都已经超越了人类所知的极限。

这个世界上不存在温度为绝对零度的物体，不存在绝对光滑的物体，也不可能存在不会发生形变的绝对刚体和数学意义上的完美球体。因此，周弦和赵若飞一致认为，由于仪器的测量精度有限，而小球的温度、摩擦系数、形状误差、受力后发生的形变都极其微小，因此仪器无法测出四者的数值——这一判断出于逻辑推理，但也出于自我安慰，安慰自己这一物体并非完全不可理解。然而当周弦和赵若飞用电子显微镜观察小球的微观结构，他们彻底陷入前所未有的困惑之中：

这台分辨率达到原子级别的无接触原子力显微镜，居然无法观测到小球内的分子、原子或离子。

无论他们将小球内部放大多少倍，他们观测到的始终是小球的银色表面。

换言之，在世界顶尖的显微镜面前，这颗小球居然显示不出任何内部结构！

"周老师，您觉得这是什么？"赵若飞问道，"构成这个小球的物质，会不会是来自地球甚至太阳系以外？"

周弦点了点头，又摇了摇头。赵若飞清楚地看到，困惑与疲惫正从周弦的脸上消失，取而代之的是面对未知时的激动与兴奋。"这个东西不应该出现在我们这颗星球。"周弦指向了茶几上的小球，逐字逐句地说，"甚至也不应该出现在我们这个宇宙。"

"不应该出现在我们这个宇宙？"赵若飞嗫嚅着说，"您的意思是……"

"明天我会联系院内的专家，同时上报中科院物理研究所。"周弦身体坐正，"你是事件的第一目击者，专家组到时候肯定会找你问一些问题，现在你先回去吧。"

赵若飞点点头，站起身，拎起书包。周弦仍旧坐着，凝视着前方空无一物的空间。"周老师，您不走吗？"赵若飞背起书包，小声问道。

"我再坐会儿。"周弦笑了笑，"明天还要考试，加油吧。"

2.

"这节课，我们先来打游戏。"卡吉坤Σ号教员指向了学生课桌上的虚拟现实眼镜，"一共十款游戏，各位，请慢用。"

学员们爆发出一阵欢呼，纷纷夸赞卡吉坤Σ号教员。30分钟后，卡吉坤Σ号教员击掌喊停，学员们只好摘下眼镜，同时报以不满的嘘声。"这是你们第一次在课上打游戏，但恐怕也是最后一次。"卡吉坤Σ号教员敲了敲讲台前的触摸屏，"请问各位，你们在游戏中体验到的声音和画面，在本质上究竟是什么？"

"不过是一堆程序罢了。"朋可卿δ号学员回答道。

"程序本质上究竟是什么？"

"这是什么奇怪的问题？"阿基特β号学员嘟囔着，"不过是一堆0和1罢了。"

"答对了，但严格来说，是一堆0和1构成的二进制代码。"卡吉坤Σ号教员说，"因此0和1的排列组合，就是虚拟现实带来的所有感官刺激的本质。"

"你这不是废话嘛。"阿基特β号学员说。

"别着急。"卡吉坤Σ号教员抬起了他那条呈圆柱形的胳膊，

在触摸屏上写了一行二进制字符串,结尾处加上省略号:

  1010111010001010000000000011111110110101011111000 0101……

  "假设以上这行二进制字符串就是某款游戏的二进制代码,省略号代表没写出的部分,现在我在它前面加上一个0和一个小数点。"说着,卡吉坤Σ号教员在触摸屏上添了两笔,屏幕上的数字变为0. 1010111010001010000000000011111110110101011111 0000101……

  "于是我们看到,刚才的二进制字符串就变成了一个介于0和1之间的二进制小数。转换成十进制的话,就是0.49128379621138309……当然还是小数。"卡吉坤Σ号教员说,"所以,一款游戏,无论它如何逼真,其本质不过是一个0到1之间的小数而已。"

  "但是这个数写出来也太太太长了。"麦可鼎ζ号学员摇了摇八角锥形的脑袋,"写到什么时候是个头啊!"

  "所以我们不如换一种'写'法。"卡吉坤Σ号教员在触摸屏上画了一条横线,"这是一根数轴,我们刚才讨论的那个小数就在数轴的0到1区间内。"卡吉坤Σ号教员一边说,一边在数轴上标出0和1,又在0和1之间的数轴上点了一个圆点,"这个点就是那个数,那个数就是那款游戏——所以那款游戏,本质上不过是一个点。"

  "卡吉坤Σ号,这是不是就意味着,所有的游戏、音乐、电影乃至于操作系统,都是0到1区间内的点?"多思科α号学员问道。

"没错。所有我们编写的和尚未编写的程序,都等价于0到1区间内的点。"卡吉坤Σ号教员说,"而宇宙也是这样。"说到这里,卡吉坤Σ号教员停顿了一下,他看到有几个学员的脸上露出了恍然大悟的表情。"游戏中的动作、对话、场景等等全部加起来,在本质上是一行代码、一串数字和数轴上的一个点。"阿基特β号学员大声说道,"那为什么现实中的动作、对话、场景等等全部加起来,不可以是一行代码、一串数字和数轴上的一个点呢?"

"说得很好。和计算机程序一样,宇宙中的物质、能量、时空结构和物理定律,其本质都是一组又一组信息,只要是信息,就可以用二进制来编码。"卡吉坤Σ号教员说,"将宇宙中所有的物质、能量、时空结构和物理定律进行编码,我们就得到了一行由0和1构成的字符串,然后我们再在这一字符串的开头添上0和小数点,于是整个宇宙就变成了一个小数。这个小数的位数可能很短,短到小数点后只有一位;也可能很长,譬如说无限长——"

"那不就意味着这个宇宙是无限的!"麦可鼎ζ号学员说。

"没错。"卡吉坤Σ号教员说,"每一个无限小数等价于一个无限的宇宙,每一个有限小数等价于一个有限的宇宙,并且它们都可以表示成数轴上的一个点——这就意味着,数轴上0到1区间里的每一个点,都等价于一个宇宙。"

"那我能不能这么理解,"朋可卿δ号学员说,"一个0到1之间的数,能以分数形式表现,能以小数形式表现,能以数轴上唯一确定的点的形式表现,也能以一个宇宙的形式表现?"

"漂亮的概括。"卡吉坤Σ号教员说,"并且重点在于,任何数字,还有任何数字的各种表现形式,它们都是永恒的存在。"

"永恒的存在？不见得吧。"阿基特β号学员说，"某一个数，或许真的能以一个宇宙的形式表现，但这个宇宙也有消亡的一天吧。"

"毫无疑问，有一些宇宙会有终结之日，但这并不能推翻我们刚才得出的结论。"卡吉坤Σ号教员说道，"我在屏幕上写下了某个数的小数形式，然后清空屏幕，请问屏幕清空之后，这个数的小数形式就不存在了吗？"

阿基特β号学员默然不语，卡吉坤Σ号教员继续说道："你在屏幕上写下这个数的小数形式，就如同等价于这个数的宇宙诞生；而你在屏幕上擦除这个数的小数形式，就如同等价于这个数的宇宙消亡。这个数的小数形式在屏幕上被擦除了，但这个数的小数形式仍旧存在；这个宇宙消亡了，但这个数的宇宙形式仍旧存在。"

"听上去是这么一回事儿。"阿基特β号学员轻蔑地看着卡吉坤Σ号教员，"但所谓数的宇宙形式，也不过就是说说而已嘛。"

"说说而已？"卡吉坤Σ号教员露出了讳莫如深的微笑——"下节课，我就给你们看看它们真实的模样。"

3.

2030年1月，中国新疆。

世界最大的环形正负电子对撞机即将首次启动。

这台环形正负电子对撞机位于准噶尔盆地地下300米深处，

全长200千米，原本计划将于3月正式启动，但却因神秘小球的出现而提前两个月启动。将要发生撞击的不是两束高能正负电子束，而是用高能电子束去轰击神秘小球。

在赵若飞发现神秘小球的第二天，针对神秘小球的特别研究小组迅速成立。小组由中国科学院物理研究所牵头，来自全国各地的顶尖物理学家飞赴北京，而其中就有Z大的周弦。而作为全程目击小球生成过程的目击者，赵若飞也被列入了研究小组的名单之中。

研究和观察持续了三天，然而整个研究小组对于小球的内部结构仍旧一无所知。那块损坏的桌板并没有为研究带来任何帮助，它最终被证明只是一块普通的被镂空了一部分的桌板而已。在全球最精密的仪器的测量下，小球仍旧显得绝对光滑，呈现出绝对刚体和完美球体的面貌，并且无法被观测到任何内部结构。在现有仪器都束手无策的情况下，有物理学家提出，要获知小球的内部结构，就只剩下一个方法：用正负电子对撞机生成的高能电子流，去轰开神秘小球的内部结构。

研究小组全票通过了这一提议，中国科学院高能物理研究所计划提前启动这台新落成的正负电子对撞机，同时，神秘小球的存在也向世界公开。最初的时候，世界各地的物理学家把这一切当成是中国物理学界开的一个荒诞不经的玩笑，然而当神秘小球运抵新疆，并接受了来自国外物理学家的观测之后，全世界开始意识到，这颗星球上出现了一个不可能出现的事物。它被一名中国的科幻作家命名为"绝对体"，而这个名称最终被物理学家们所接纳：就像是数学中的完美几何体突然跳进了现实生活，它是那么优雅、纯粹而又绝对。

北京时间下午3点30分,世界上最大的环形正负电子对撞机正式启动。电子束在加速器中以每秒接近1500圈的速度狂飙,最终被加速到光速的99.9999999%,这些能量高达一百万亿电子伏特的电子们的最终目标,是被视为撞击标靶的绝对体。

控制室内,全球最顶尖的物理学家将一同见证撞击的发生。在撞击之前,大部分物理学家认为,仅仅通过摄像机摄制的画面进行肉眼观察,并不能观测到绝对体被撞击后的反应。相对于宏观物体,高能电子束虽然具有极高的能量,但是在尺度上仍旧极其微小,即便电子束轰开了绝对体的内部结构,但由于事件发生在微观层次,仅凭肉眼根本不可能观测到变化的发生。而若要研究绝对体被撞击后所发生的变化,还是要从侦测器获取的数据着手,通过数据来弄清绝对体究竟哪个部分被"撞碎",而被"撞碎"的部分又究竟是什么。

所以,当撞击发生的时候,偌大的控制室内,所有的物理学家都在观察身前显示器上所呈现的撞击数据,这是海量数据的冰山一角,但却是计算机根据算法实时筛选出的最有价值的数据,这些数据来自撞击过程中微观粒子的信息,但却并不来自绝对体本身。正因为如此,在撞击发生后的两分钟内,没人关心大屏幕上所显示的绝对体的实时画面,也没人知道绝对体发生了什么变化,直到提示设备故障的二级警报响彻控制室——警报显示,加速器遭锐器贯穿。

控制室内的众人在慌乱之中纷纷抬起头,接着在大屏幕上看到了匪夷所思的一幕:位于撞击点的绝对体不知何时变成了一只极其细长的圆锥,它的底面半径小于两枚一元硬币叠加的厚度,而它的高则超过了一层楼房的高度,以至于整个圆锥的形状看上去更像是一根极其细长的针;这跟细针状的圆锥戳穿了加速器管道,并且仍在不断地长高,长高的同时底面收缩,仿佛一根针在不断地变细,同时又在不断地拉长。在画面的右下角,显示着实时的形变数据:绝对体形变后生成的圆锥,其体积与原先的球体相同,而无论圆锥如何收缩拉长,其体积自始至终保持不变。

"调出录像和绝对体形态侦测数据。"中科院高能物理研究所所长王彬说。话音刚落,大屏幕上的画面被一分为二,一半显示出绝对体的实时影像,另一半显示出两分多钟前的录像和绝对体形态侦测数据。绝对体形态侦测数据显示,在撞击发生后的一毫秒内,绝对体表面出现了纳米级别的起伏;随着时间的推移,形变的速度和幅度加速上升,直到一分钟后,其表面显示出肉眼可见的轻微鼓突和下陷;在一系列连续而又紊乱的形变中,绝对体变成了一个高20毫米、底面半径40毫米的圆锥,而从这一刻起,绝对体的形变开始变得规则:圆锥的底面不断缩小,而高不断伸长,于是圆锥的形态逐渐从扁平变得细长。与之前的形变过程相似的是,随着时间的推移,圆锥的形变速度不断加快,它的底面很快缩小到比铅笔的尾部平面还小,而随着高度的延伸,绝对体最终戳穿了加速器的管道。

加速器并没有阻挡圆锥继续延展的脚步,它的锥尖穿透了正负电子对撞机最外层的金属壳,继而穿透厚重的岩石,向着地表不断地挺进,无论是金属还是岩石,没有任何东西能够阻挡这个圆锥延展它纤细的身躯。正负电子对撞机内的摄像机不可能捕捉到绝对体刺破岩层的场景，但是地表的摄像机拍摄到了绝对体穿过三百米的岩层后破土而出的画面：虽然圆锥体的底面直径还不如铅笔芯的直径，但它的银色表面不断反射着强烈的日光，于是人们看到一束细长的闪烁着光芒的光柱从地面升起，径直向上延展了两百多米后戛然而止，它就这样矗立在中国西北荒凉的戈壁上，看上去虚幻而又坚实。

"我们出去看看吧。"王彬说，接着转向了身边的技术员，"召集工程队，去把这个大家伙挖出来。"

第二天，这个高度高达五百多米、因极度细长而大部分无法被肉眼所见的圆锥被横放在由防高温防冲击的材质打造的地板上，其四周和顶部被临时搭建的建筑物所遮蔽。圆锥的体积和重量与形变之前并无二致，连儿童都能将这个高度超过东方明珠的物体轻而易举地托起。在对圆锥体进行全面的测量后，物理学家们得到了他们意料之中的结果：

这是一个在数学意义上完美的圆锥，表面温度为绝对零度，极其坚硬，绝对光滑，并且无法被观测到任何内部结构，因此仍旧是一个不折不扣的绝对体。

对于形变后的绝对体的初步研究告一段落，大部分物理学家返回控制室，绝对体将接受武警部队的二十四小时看管，严禁无关人员和野生动物的接触。"它坚硬到了极致，但是仍旧被我们'撞'出了形变。"英国材料物理学家塞缪尔苦笑着说，"既然它能形变，就证明它不是绝对刚体——当然了，绝对刚体本来就不可能存在。"

"我们虽然不知道它的内部结构是什么，但是它一定存在内部结构。"王彬的目光越过众人,朝向绝对体所在的方位,"在高能电子束的轰击下发生了形变,这就是它有内部结构的最好证明。"

"不是绝对刚体,有内部结构,嗯,这个东西,至少还是可以理解的。"美国粒子物理学家汉娜说。

"它当然有内部结构,这是理所当然的事情。"俄罗斯科学院物理技术研究所所长谢尔盖在控制室内来回踱步,显得焦虑而又暴躁,"我想我应该把一个我们早就应该达成的共识再说一遍:这东西有着极高的硬度,意味着它的表面必然由某种极其致密的材料构成;而没有内部结构,就意味着它的内部也像它的表面一样致密。一个从里到外都这么致密的东西会变成什么?众所周知,它会变成一个黑洞,而不是一个如此变态的圆锥。所以,我们并没有得到任何新的结论!"

谢尔盖说完后,控制室内出现了一阵尴尬的沉默。这时一名研究员走进控制室,对王彬说:"数据的初筛和A.I.初步分析已经完成,是否要安排数据分析工作?"

"安排吧。"王彬说,"大家各就各位,辛苦了。"

预计不知猴年马月才能完成的数据分析工作只持续了一周就宣告结束,没人会料到数据居然如此清晰而简明,所有的数据反映出一个十分简洁的现实:那些最终撞击到绝对体的电子,在撞击的瞬间,全部都消失不见了。

晚上七点,对于数据分析结果的讨论在会议室展开,王彬整理了一下手头的文件,首先发言道:"对这一现象最简单的推测是,这些电子'撞'入了绝对体,但是并没有'撞'出来。然而根据我们对形变后的绝对体所进行的观测,我们并不能从它内部观测到这些电子,也无法观测到绝对体内部存在任何变化;或许这些电子和绝对体融合成了某种新的东西,但问题在于,我们没有任何证据。"

"数以亿计的电子神秘失踪,真是好一桩悬案。"谢尔盖说,"不过,既然它'吞掉'了这些电子,那就再一次证明了我们最最津津乐道的陈词滥调,也就是这玩意儿一定有内部结构。"

"未必。"

一直沉默着的周弦说道,他说话的声音不大,但是清晰而有力,"在我看来,它并没有任何内部结构。"

"周教授,您这是在开玩笑了。"谢尔盖说,"首先,这个世界上就不存在没有内部结构的宏观物体。其次,无论是绝对体的形变还是电子的消失,都是它存在内部结构的最好证明。"

"这根本不是证明。"周弦说,"是'世界上不存在没有内部结构的宏观物体'的信条使我们先入为主地认为它一定有内部结构,于是,基于这个先入为主的判断,我们将小球的所有性质和撞击发生的所有事件都当成了它有内部结构的证明。"

谢尔盖眯起了眼睛,双手交握叩击着桌面,"如果它没有内部结构,请问如何解释绝对体的形变和电子的消失?"

"试想一下,一个没有内部结构的物体,它只可能是什么?"周弦问道。

"基本粒子?"几名物理学家异口同声地说。

"和电子、夸克、中微子一样,这个绝对体是一个基本粒子,不可拆分,没有内部结构,是物质的最小单元。"周弦说,"当我们将它视为基本粒子的时候,所有的问题就都解决了。正是因为它是基本粒子,不存在任何内部结构,自然不存在任何形式的分子热运动,因此温度的概念对于它而言没有意义。然而作为基本粒子,它的体积决定了它会呈现出宏观性质,所以它有温度,但温度只能是绝对零度。作为一个没有内部结构的物体,外界的能量无法使其产生任何形式的分子热运动,因此它无法吸收热量,即便表面温度低至绝对零度,但摸上去不会感觉冷,而任何人都可以安全地触碰它。

"既然它是基本粒子,它就可以是绝对光滑的,或者说,它呈现出任何形状都是合理的;物体发生形变的基本前提是它们存在内部结构,然而由于它是基本粒子,不存在任何内部结构,所以在压力下不可能产生任何形变;它之所以如此坚硬,是因为它不可能产生形变,而并不是因为它的表面或内部由某种极其致密的物质构成,因此不存在密度上的悖论。综合以上结论我们可以看到,我们之所以测得它是一个表面温度为绝对零度、绝对光滑并且绝对坚硬的完美球体,并不是因为我们的仪器测量精度有限,而是因为它本来就是如此。当一枚基本粒子遭遇到高能电子束的轰击,由于它不可拆分,所以自然不可能被轰开,但却因为在短时间内吸收了大量高能电子的质量和能量而被转化成了其他的基本粒子,而这就是我们昨天观测到的现象——

"它从球体变成了圆锥,这并不是通常意义上的'形变',而是从一种基本粒子转变成了另一种基本粒子,而撞击它的电子之所以会失踪,是因为它们的质量和能量都被绝对体完全吸收了的缘故。"

"这太扯了。"谢尔盖拍案而起,"一个500多米长的基本粒子?

这就是你几十年的物理教育在你脑袋里发酵出来的东西？"

"我的物理教育清楚地给出了对于基本粒子的定义。"周弦说，"电子是基本粒子，是因为它的尺寸特别小，还是因为我们无法观测到它的内部结构？"

"但是绝对体它……"

"电子、夸克、中微子之所以是基本粒子，本质上是因为我们无法观测到它们有进一步的内部结构。既然我们无法观测到绝对体还有进一步的内部结构，那么它就是一个不折不扣的基本粒子。"周弦说，"这就是我的物理教育带给我的结论。"

"这个推断简洁明了，而且优雅美观，相当吸引人。"王彬抿了一口茶，但是握着茶杯的手却在微微颤抖，"如果它真的是一个基本粒子，绝对光滑，没有形变，就意味着这是一个绝对刚体，但是绝对刚体的存在显然违反了相对论和量子力学。"

"相对论和量子力学没有错，只是绝对体不在乎。"周弦说，"如果绝对体来自另一个宇宙，那么它就不需要完全遵循我们这个宇宙的物理定律。"

谢尔盖蹙紧了眉头，他的额头因为激动而绽出了青筋，"来自另一个宇宙？这怎么……"

声音戛然而止，谢尔盖的眼睛突然瞪圆。他倒向了椅背，但身体仍旧保持着僵直的状态。在场人员立刻对谢尔盖展开急救，但当救护车到来的时候，谢尔盖早已停止了呼吸。尸检结果显示，在谢尔盖的颅腔内，大脑不翼而飞，取而代之的是一个边长5厘米左右的银色立方体，一个绝对冰冷、绝对光滑、绝对坚硬、绝对标准的立方体。

4.

卡吉坤 Σ 号教员挥了挥手中的黑色卡片，屏幕上出现了一根数轴，数轴的0到1区间位于屏幕正中。

"这是宇宙模拟程式，我将用它来演示我们上节课学习的理论。"话音刚落，屏幕前方出现了一个全息投影，是一个球形的透明边框，其内部空无一物。"我们模拟的虚拟宇宙将在计算机中运行，并将以模型的方式近似地呈现在全息投影中。"卡吉坤 Σ 号教员说着，圆锥形手指突然变得细长，顶点刚好触碰到全息投影的边框，"但请注意，边框本身不是虚拟宇宙的一部分，也不是虚拟宇宙的边界，它只是代表了全息投影的最大显示范围。"卡吉坤 Σ 号教员说着，又从口袋里掏出了一个白色的匣子，"现在，等价于虚拟宇宙的点正在数轴上快速移动，当我按下开关，这个点就会停下来，而它的位置就确定了。"

"但我们什么都没看到啊。"特尼岑 μ 号学员抬起她四棱锥形的手臂指向屏幕，"除了数轴还是数轴，哪有移动着的点呢？"

"能被你看到的'点'就不是'点'了，而是一个有面积的图形。"阿基特 β 号学员轻蔑地笑了，附着在头部的两个椭球体绽开了微妙的弧度，"既然是一个点，那它就没有面积，自然不可能被你看到。"

"但是为了能让大家直观地看明白到底发生了什么，我们还是用一个小圆圈来代表这个点吧。"话音未落，数轴上出现了一个黑色圆点，又过了片刻，它开始在数轴上飞快地移动。卡吉坤Σ号教员走到阿基特β号学员身边，把开关放在他的课桌上。

"阿基特β号在上节课对我提出了质疑，所以我把开关交到他手上。他什么时候按下按钮，就决定了计算机会生成怎样的虚拟宇宙。"

阿基特β号学员拿起开关，却又把它搁在一旁，"我可以指定一个点吗？"

"可以。"

"我取0。"阿基特β号学员说，"我想知道，0所等价的，是怎样一个宇宙。"

"好。"卡吉坤Σ号教员用恢复原状的手指在输入器里输入了一行指令，数轴上的圆点陡然跳转到了0，与此同时，全息影像突然消失，"好了，这就是0所等价的宇宙。"

"你在逗我。"阿基特β号学员说。

"这是现有技术所能达到的最逼真的模拟。"卡吉坤Σ号教员说，"在这个宇宙中，没有物质，没有能量，没有空间，没有时间。"

"没有空间和时间？"布磊柯ε号学员的立方体脑袋陡然大了一圈，"我能理解这个宇宙一无所有，那至少也得有一个空间，在这个空间里不存在任何东西，这才是'一无所有'吧。至于时间……不管这个宇宙能存在多久，至少也得存在一定的时间吧，不管这个时间多么短暂，但再短的时间也是时间啊！"

"空间有结构，时间有长短。无论是空间的结构还是时间的长短，它们都是信息，是信息，就能被一系列0和1编码。所以，一个宇宙如果存在时间和空间，那么它就不可能等价于0。"卡吉坤

Σ号教员说道,"而等价于0的宇宙,信息为0,因此不存在时间和空间,是彻彻底底的'无'。"

"这怎么可能……"布磊柯 ε 号学员喃喃道。

"真理往往是反常识的。"卡吉坤 Σ 号教员说,"由于我们无法模拟出没有时间和空间的状态,因此只能以取消全息投影的方式,来象征彻底的虚无。"

"真有你的。"阿基特 β 号学员说,"听着,我要取的第二个数,是1。"

卡吉坤 Σ 号教员又输入了一行指令,接着,数轴上的圆点突然跳转到了1。全息影像再次出现,边框内出现了一个又一个黑点,它们出现的速度快慢不定,在分布上完全不均,但看上去却又像是遵循着某种规律。"计算机生成虚拟宇宙需要时间,所以当我输入新的数值,之前模拟的虚拟宇宙不会立刻消失,新模拟的虚拟宇宙也不会立刻出现;之前模拟的虚拟宇宙仍旧会存在一段时间,并逐渐被新模拟的虚拟宇宙取代。整个过程受到算法制约,因此看上去随机的取代过程其实存在着规律性。在转换过程中,两个宇宙间在物理定律上难免彼此冲突,因此计算机只能尽可能地创设出能够包容两者的环境。"随着时间的推移,投影内的黑点越来越多也越来越密,直到整个投影空间都被黑点所吞噬,"如你们所见,这就是等价于1的宇宙。"

"还是什么都没有啊。"麦可鼎 ζ 号学员说。

"恰恰相反。"卡吉坤 Σ 号教员说,"这个宇宙中有着无穷的空间和无穷的时间,无穷的空间里有着无穷的维度,空间里的每一个点,都是体积无穷小密度无穷大的奇点。投影内的黑色代表空间里无穷多的奇点，当然这只是一个模型，因为奇点本身不存在颜色。"

"可是1没有小数位，或者它的所有小数位都是0，那它怎么可能代表无穷大的宇宙呢？"阿基特β号学员问。

"在十进制下，1严格等于0.999999……；在二进制下，1严格等于0.111111……"卡吉坤Σ号教员说，"所以，1这个数字蕴藏着无穷多的小数位，并且每一个小数位都取到了极大值。正因为如此，等价于1的宇宙有着无穷的时空和无穷的维度，并且无穷的时空和维度里全都被无穷多的密度为无穷大的奇点所塞满。"

"这个宇宙很迷人啊。"麦可鼎ζ号学员说，"这是一个被彻底充满的宇宙！"

"不，这是一个极其单调的宇宙，一如等价于0的宇宙。"卡吉坤Σ号教员说，"绝对的'满'和绝对的'空'一样，处处相同，永远不会发生变化，乏味而死寂到了极致。"

话音未落，阿基特β号学员按下了开关。屏幕上，黑色的圆点从1跳转到了0到1之间，意味着一个全新的数字已经随机生成。全息投影有了新的动静，影像内的奇点迅速消失殆尽，取而代之的是稀疏分布着的物质。"这是一个多么优雅的宇宙！"卡吉坤Σ号教员惊叹道，"如此简明的物理定律，居然创造出了如此复杂的物质和能量结构！"

当大家的目光都聚焦在全息投影上的时候，丹思蓬ω号学员的视线却锁定着屏幕上的数轴，数轴上等价于虚拟宇宙的圆点正在以极小的幅度跳动："卡吉坤Σ号，这个点，是……是怎么回事？"

"有一成不变的宇宙，也有变化着的宇宙。对于那些变化着的宇宙来说，其物质、能量、时空结构乃至于物理定律的变化都意味着宇宙的信息发生了变化，而信息的变化则意味着宇宙所等价的数字发生了变化，换言之，宇宙每一次的状态变化，都意味着这个宇宙等价于一个新的数，又或者说，同一个宇宙的不同状态等价于不同的数——我们眼前的这个宇宙正是这样一个宇宙，于是我们就看到，代表这一宇宙的点，就从数轴上的一个地方跳到了另一个地方。"卡吉坤 Σ 号教员说，"所以我现在要修正一个结论：数轴上的点所等价的，可能是一个宇宙，也可能是一个宇宙在某一刻的状态。"

丹思蓬 ω 号学员抖动着长方体形的双腿，随着有节奏的抖动，长方体的各条棱长不断地拉长又不断地收缩，"那再请问，这个虚拟宇宙的变化……呃，也就是代表这一宇宙的点在数轴上的跳动，是随机的，还是被完全决定的？"

"两种情况都有。有些宇宙虽然会变化，但它的变化过程完全被它的初始状态所决定，只要你明确了代表该宇宙的点这一刻在数轴上的位置，你就能计算出它下一刻会跳到哪里去。但是，还有些宇宙的变化却存在着随机性，你无法预测代表这些宇宙的点下一刻会跳到什么地方。因此，这就是宇宙和电子游戏之间的区别——电子游戏是完全固定的程式，一串二进制代码或是一个有限位的小数就能明确地定义一个游戏，然而对于一部分宇宙来说，它们的变化存在着许多未知的可能，一个数字只能定义它某一刻的状态。而我们眼前的这个宇宙就是这样一个在变化上存在着随机性的宇宙，一方面，受到该宇宙中量子物理的影响，它的变化受到概率的制约；另一方面呢，在这个宇宙中诞生出了具有自由意志的个体——"

"虚拟宇宙也能诞生出生命和意识？"朋可卿 δ 号学员惊呼道。

"如你所见，眼前的宇宙正是如此。"卡吉坤 Σ 号教员指向屏幕，"而这个宇宙在变化上的随机性，除了受到量子物理的制约之外，可能还取决于智慧生命的自由意志，换言之，智慧生命基于自由意志的选择可能会影响到这一宇宙的变化。"

"可能？"多思科 α 号学员问。

"是的，即便是最权威的学者，对于这个问题也不能给出准确的判断。"卡吉坤 Σ 号教员说着，对全息投影进行了局部放大，

"注意看，这是这个宇宙的基本构造：一个不断释放出光和热的星，周围有一些不发光的或呈固态或成气态的小星体在围绕着它旋转。"

"天哪，这些星体的形状也太规则了吧！"朋可卿 δ 号学员惊叹道，"它们全都是标准的球体！"

卡吉坤 Σ 号教员笑了笑，默默地将投影画面放大，那颗发光的星体表面，翻滚着的等离子体紧密而又杂乱无章地排列着，"这些星体粗看之下确实是球体，但全都是不规则的球体。在这个宇宙中，不存在绝对规则的几何形状。"

"可是这些星体是怎么形成的呢？"丽瑟斯 γ 号学员问道。

"这就涉及微观层次的物质结构了。"卡吉坤 Σ 号教员对全息投影又进行了一轮放大，直至整个全息投影内只剩下疏密不一的五彩斑斓的小球，"这就是构成这个宇宙的最小微粒的可视化

模型。"

"为什么是模型?"朋可卿δ号学员说,"为什么不把它们真实的样子给我们看?"

"它们是这个宇宙的最小微粒,没有内部结构,不可拆分,也并不具备可见的形状,只能被视为没有体积的点,因此在投影中只能以模型的方式呈现。"卡吉坤Σ号教员说道,"但就是这些最小微粒,构筑了这一宇宙的物质和能量,并驱动着这些物质和能量进行演化,这就是为什么在这个宇宙中不可能存在完美球体的原因。接下来,我们来看一下,这些最小微粒是怎样……"

"所以这个宇宙哪里优雅了?"阿基特β号学员粗暴地打断了他的教员,"一堆点状微粒拼出来的乱七八糟的宇宙,一个规则的几何体都没有,真是毫无美感可言!"

"你想要绝对规则的宇宙?"

"至少得像我们这个宇宙一样才有意思吧。"阿基特β号学员说道,"而我们这个宇宙的缺憾在于,其中还有许多部分并不规则。"

"阿基特β号,一个绝对规则的宇宙同样是一个绝对死寂的宇宙,它几乎和等价于0或1的宇宙一样死寂。"卡吉坤Σ号教员平静地说:

"我会让你见识它的模样,但先等我讲完眼前这个宇宙再说。"

5.

"我的学生是转化事件的目击者,但并不意味着他能看到谢尔盖的脑袋里发生了什么。"面对媒体的长枪短炮,周弦将赵若飞挡在了身后,"和你们一样,他对谢尔盖之死同样一无所知。"

谢尔盖死后,周弦回到了位于Z大物理楼的办公室,一连七天闭门不出。到了饭点,赵若飞从食堂为周弦带饭,白天就在物理楼一楼的自习区读书。和周弦一样,赵若飞没有回家,而是返回了Z大,在神秘的绝对体面前,相对于自己的家人,自己的大学和导师更能安抚他心中的恐慌。他知道周弦一定在研究绝对体,而在办公室过夜则是周弦广为人知的"怪癖",每当遇到久攻不下的难题,周弦就会在办公室过夜,他曾经问过周弦为什么要这么做,周弦耸了耸肩,轻描淡写地说:

"一旦换了环境,思路可就全都断了啊。"

自谢尔盖身亡后,赵若飞就不断地遭遇到媒体的质询。面对记者,他不得不把自己在图书馆目击到的画面重复了一遍又一遍,并且反复重申,和大多数物理学家想的一样,他认为谢尔盖的大脑很有可能以相同的过程被转化成了绝对体,但是他并没有看到在谢尔盖的颅腔内究竟发生了什么,因此也不能断定谢尔盖的大脑是否经历了同样的转化过程。"我不知道为什么绝对体会选择谢尔盖,就像我不知道绝对体为什么会选择我的手机和手机底下的桌板。"面对记者咄咄逼人的架势,赵若飞感到惊惧而惶恐,

"也许这只是一个彻彻底底的随机事件。"

赵若飞回到Z大的第五天,他在物理楼的楼梯间又一次面对媒体的追问,听到门外喧哗的周弦走出办公室,迎着记者站在了自己的学生面前,干脆利落地打断了记者喋喋不休的盘问。"据传在谢尔盖教授死前,您还和他有过一番争论。"周弦的出现似乎正中记者的下怀,"您认为谢尔盖的死,与他生前和您的争论是否有关?"

"绝对体的第二次出现,就意味着这不再是一起孤立的事件。不是一起孤立的事件,就意味着它很有可能已经出现了很多次,而不仅仅是两次。"周弦的目光依次扫过站在他面前的六名记者,"这并不是危言耸听,而是整个物理学界的共识,你们有这个精力和时间,不如到世界其他地方找找还有没有其他的绝对体。"

第三个绝对体很快被找到,它在印度农村的一片稻田中被发现,是一个标准的正四面体。无法确知它在何时生成,而它出现的时间完全可能在绝对体取代谢尔盖的大脑之前。在第三个绝对体出现之后,物理学家根据发现时间的先后顺序,将三个绝对体分别命名为绝对体1号、绝对体2号和绝对体3号。

绝对体3号被发现的消息曝光后,媒体很快对赵若飞失去了兴趣,蜂拥转向发现第三个绝对体的印度农民。与此同时,被贮藏在真空容器中的绝对体1号和绝对体2号都陆续发生了无法解释的位移:在没有任何外力施加其上的情况下,两个绝对体以极其缓慢的速度移动着,并伴随着极其微小的加速度,平均速度为每小时1.3微米和0.97微米。而就在绝对体3号出现的第二天,周弦向中国科学院递交了一份报告,表示他能证明绝对体是基本粒子。

"绝对体的性质固然不可思议，但是它能滚动，能被触摸或托起，在失去支撑的情况下会坠落，这就证明了它和其他物体一样仍旧受到基本自然力的支配；而这就意味着，如果绝对体真的是基本粒子，那么我们的粒子物理标准模型就能套用在它身上——首先，我们的粒子物理标准模型应根据绝对体的存在而做出相应的修正，然后我们就能基于修正后的粒子物理标准模型对绝对体的行为做出预言。如果预言在实验中得到了证实，那就证明了修正后的粒子物理标准模型适用于绝对体，从而证明了绝对体是一个基本粒子。"在中科院物理研究所的会议上，周弦陈述了自己的报告，"我要做的实验很简单，让绝对体3号和绝对体1号相互碰一下。"

"只是简单的触碰？"王彬问道，"不需要额外条件？"

"是的。"周弦说，"只要它们能相互接触就行了。"

"要得到绝对体3号，我们还要和印方进行交涉。"研究所的一名院士问道，"我们为什么不用绝对体2号进行实验？"

"在绝对体3号出现之前，我就已经对绝对体的行为做出了预言并设计了相应实验，但我必须等到新的绝对体被发现后才能进行这一实验。我拒绝用绝对体2号做实验的理由是因为——"周弦垂下了自己的目光，"绝对体2号来自谢尔盖的大脑，在未经死者生前同意的情况下，我们不能用死者的尸体来做实验。"

中科院物理研究所批准了周弦的实验，在与印方交涉后最终获得了对于绝对体3号的实验权限。与此同时，更多的绝对体在世界各地被发现，它们的发现地分别在洛杉矶的垃圾堆、西非渔场的渔获、巴西的亚马孙雨林、新西兰的牧场、法国阿尔萨斯–洛林工业区一家厂房的角落，形状分别是圆柱体、四棱台、椭球体、圆环体和七十二棱锥。而在这其中，最令人诧异的并非七十二棱锥，而是在亚马孙雨林中被当地的伐木工人发现的椭球体，它的长轴居然绵延了700多米；这意味着，自然生成的绝对体在形状上也可能像形变后的绝对体1号那样古怪，虽然它们并没有受到高能电子束的撞击。

在世界各地，绝对体受到了越来越多的关注，各种各样的猜想和假说层出不穷。阴谋论者把绝对体视为某些国家或组织的鬼蜮伎俩，宗教团体将绝对体视作神明、图腾或是诅咒，更多的人则抱着纯粹的好奇关注着这一系列神秘的事物，而无论出于什么动机，人们都迫切地想要知道绝对体究竟是什么东西。于是，全世界的目光都聚焦于周弦的实验，不仅仅是因为这个实验可能揭开绝对体的身份，还因为实验和实验要证明的预言是如此直观简明，直观简明得连学龄前儿童都能看得明白。

中国科学院决定将实验向全世界进行直播，直播入口开放后，半小时内就涌入了三亿多观众。实验在塔克拉玛干沙漠进行，在绵延不绝的沙丘上，孤零零地放置着一台发电机、两条机械臂和摆放在各个位置的摄像机和传感器，而包括周弦在内的实验人员，则远在两百千米外的控制室通过卫星信号遥控指挥。"谨慎一点儿当然是好的。"周弦对身边的实验员说，"但就算我用手把两个绝对体贴在一块儿，其实也没什么大不了的。"

实验开始，两条机械臂托起了绝对体1号和绝对体3号，随着机械臂的移动，两只绝对体逐渐靠拢。在全世界目光的注视下，绝对体1号的锥尖触碰到绝对体3号的侧面，接着，机械臂戛然而止，而全世界都目睹了接下来发生的变化：

它们彼此融合，合二为一，生成了一个新的绝对体，一个高是底面边长3.5倍的正八棱柱，其体积与质量正好是绝对体1号和绝对体3号之和。

这一切完全吻合周弦的预言。

绝对体的接触实验又进行了三次，实验对象包括由绝对体1号和绝对体3号融合而成的新绝对体。基于周弦的研究成果，实验团队对三次实验的结果做出了预言，预言包括绝对体接触后会生成一个体积和质量是两者之和的新绝对体，以及新生成的绝对体的确切形状。三次实验融合出了三个形状迥异的绝对体，实验结果的方方面面都与实验之前的预言相一致。实验证明了预言，预言证明了绝对体遵守修正后的粒子物理标准模型，而绝对体遵守粒子物理标准模型的事实，则无可辩驳地证明了绝对体是基本粒子。借助修正后的粒子物理标准模型，周弦进一步在理论上验证了自己在新疆时就已得出的猜想：绝对体在形状、质量或体积上的不同，意味着他们是不同的基本粒子。

当绝对体的身份被完全确认的时候，绝对体的神秘位移也得到了解释。基于修正后的粒子物理标准模型，中科院物理研究所联合欧洲核子研究中心的研究表明，绝对体会自动地相互靠近，直至相互接触继而融合为一个整体，这就是所有的绝对体都在发生位移的原因。而它们之所以会相互靠近，并不是因为它们之间存在着某种类似于引力或者磁力之类的力，仅仅是因为它们是绝对体——换言之，和粒子的自旋运动一样，这是它们身为基本粒子的内禀性。

对于绝对体的研究虽然进展迅速，但是在它们身上仍旧存在太多的谜团。它们从何而来又如何形成，这两个根本性的问题还是无法得到合理的解释。而到现在，仍旧只有赵若飞亲眼看到了绝对体的转化过程，这令全世界的绝对体爱好者们艳羡不已，而赵若飞因此莫名其妙地成了全球关注的网络红人，他的微博在短短一周内累积了五千多万关注，在一些将绝对体奉若神明的宗教团体中，赵若飞被信徒们称之为"被选中的人"。"转化发生的时候，我只是凑巧在那个地方。"赵若飞清空了自己的所有微博，只留下了一条言简意赅的声明，"我也许是个幸运的人，但也许恰恰相反。"

赵若飞发布微博的一个月后，全世界的人们都共享了赵若飞所说的"幸运"。在一个晴朗的午后，美国自由女神像"嵌入"了下方的台基，而台基又嵌入了下方的底座，而底座的一小部分又嵌入了下方的地面，雕像、台基、底座和3厘米厚的地面在极短的时间内变成了一个巨大的斜平行六面体，而整个过程要比绝对体1号的生成过程要迅速得多。而就在自由女神像转化成绝对体不久，世界各地都目睹了绝对体转化事件的发生，小至一个螺丝，大至一栋建筑，而最可怕的莫过于发生于人体的转化。

在莫斯科的街头，一名32岁男子的整条手臂被转化成了一枚球体；而在日本东京一住宅内，一名21岁的女子在家人面前被转化，整个人变成了一只圆台，唯一剩下的是额前的一缕长发。

绝对体出现的频率迅速上升，并且它们的出现毫无规律可言，相对于身体器官直接被转化成绝对体而导致的伤亡，绝对体引发的次生灾害更为致命：在东京的市中心，方圆二十平方公里的地面突然变成了立方体，位于这一片地区的建筑顿时垮塌，共造成三十多万人的伤亡；在巴西与巴拉圭交界处的伊泰普水电站，半条大坝在转瞬间变成了九棱台，水库中蓄积的河水顿时往下游奔涌而去，成千上万的下游居民横遭灭顶之灾；在法国格拉弗林核电站，反应堆外壳连带部分关键机组突然变成了一个椭球体，随之史无前例的核泄漏造成的核污染笼罩了整个欧洲地区。

山脉、河流、冰川、沙漠、森林、海洋……在地球的各个角落，绝对体正在加速吞噬着世间万物。而在地下，地壳与地幔同样在马不停蹄地转化成绝对体，在全球引发了前所未有的地震与海啸。大大小小的绝对体彼此靠近，速度从慢到难以察觉一直飙升到每小时数百千米之巨，它们在越来越频繁的接触中融合成越来越大的绝对体，而它们似乎注定要合并成一个整体——一个没有内部结构的基本粒子。

"或许，我们的星球正在变成一个绝对体。"在联合国会议上，美国理论物理学家乔舒亚面对全世界人民悲怆地说道，"这是全人类的灾难，我们应该也只能做最坏的打算，希望……"乔舒亚的"望"字还没有完全说出口，一个有大半个纽约那么大的绝对体从地下破土而出，同时，在纽约沿岸，一个由500立方千米大西洋海水转化而成的绝对体在瞬间生成。来自陆地与海洋的绝对体在碰撞之中形成了一个更为巨大的绝对体，它们摧毁了纽约，摧毁了联合国总部大楼，也摧毁了乔舒亚和他尚未说出的话。

周弦缺席了这次会议，他带着赵若飞来到位于约翰斯·霍普金斯大学内的詹姆斯·韦伯空间望远镜地面控制中心，请求观测可能出现的天文异象。"根据我的推断,看上去随机发生的绝对体转化事件其实存在着规律。但到现在为止,对于这一规律,我只能得出一个模糊的框架,而我,或者整个人类,几乎不可能有时间去弄清这一规律的全貌。但就从这个框架出发,我几乎可以断定,宇宙中的许多天体已经或者正在转化成绝对体,更重要的是,现在我们极有可能观测到天体转化成绝对体的痕迹,它们或许在几光分之内,也可能在几百亿光年之外。"在Z大物理楼办公室,周弦对赵若飞说,"你是第一个见证绝对体的人,也有资格见证宇宙变成绝对体的画面。"

美国东部时间深夜两点,借宿在约翰斯·霍普金斯大学内的周弦被一阵急促的电话铃声叫醒,电话那头,詹姆斯·韦伯空间望远镜地面控制中心的负责人之一汤姆逊惊恐万状地说:

"周教授,您说的事情成真了……天哪,越来越快了……您一定要尽早来!"当周弦和赵若飞来到控制中心的时候,他们在屏幕上看到了难以置信的景象:

距离地球十亿光年之外,五万多颗恒星同时熄灭。

下一刻,数十万颗恒星同时消失在了望远镜的视野之中。

"刚开始还是一颗一颗地消失,然后是几十颗、几百颗、几万颗!"汤姆逊说着,瞥向了身前的计算机屏幕,屏幕上显示,成千上万个星系正在陆续消失,"天哪,莫非史隆长城……"

一分钟后,长达13.7亿光年、由数以亿计的星系构成的巨大结构,永远地消失在了人类的视线之中。

6.

"关于这个宇宙，我们就描述到这里。"卡吉坤 Σ 号教员输入了一行命令，数轴上的圆点突然出现了大幅度的跳动，"接下来，各位将看到一个如阿基特 β 号所期望的、一个绝对规则的宇宙。"

全息投影锁定了一颗不发光的固态星体，它正围绕着一颗比它大得多的、发出蓝色光芒的星体旋转。在这个尺度下，这颗固态星体表面的凹凸起伏清晰可见。紧接着，这颗星体的表面出现了时断时续的形变，一个又一个银色的标准几何体在它的表面不断生成，直至它们几乎完全占据了整个星体的表面。接着，在一阵急遽而复杂的形变之后，整颗星体变成了一个完美无缺的银色立方体。

"和之前一样，输入新的数值后，新生成的虚拟宇宙会逐渐取代之前的那个虚拟宇宙。卡吉坤 Σ 号教员说，"最终，这个生机勃勃的宇宙走向了终结，并被这个在几何上绝对规则的宇宙取而代之。"

卡吉坤 Σ 号教员话音未落，全息投影显示的范围开始变动，它从那颗不发光的固态星体上移开，锁定了那颗发出蓝色光芒的星体，只见那颗蓝星在一瞬间变成了一个标准的圆锥。而在投影边缘，围绕着这颗蓝星旋转的大大小小的星体也几乎在同时变成了标准几何体。悬浮着的几何体以越来越快的速度彼此接近，在接触之际融合成更大的几何体，最终，以蓝星为中心并包括蓝星在内的所有星体，全都融合成了一只巨大的六棱柱。

就在这时，全息投影的显示范围急遽扩大，越来越多的星体被纳入全息投影之中，它们以不同的速度和顺序转化成了标准几何体。"和等价于0或1的宇宙相比，将被取代的虚拟宇宙要复杂得多，因此整个转换过程会比较漫长，"卡吉坤Σ号教员说，"在取代过程结束之前，你们可以猜一下，这个新的虚拟宇宙最终会变成什么样子？"

"一个标准的几何体。"几名学员异口同声地说。

话音未落，一个崭新的宇宙出现在了投影上：

一个绝对标准的球体，充盈了这个宇宙的所有空间。

"太完美了！"阿基特β号学员激动地说，二十七棱柱形的身体剧烈颤动着，"所以这个宇宙是由什么构成的？它有着怎样的内部结构？快放大，快放大让我们看看！"

卡吉坤Σ号教员默默地将投影放大，很快，整个投影都被银色所占据。

"我要看内部结构，不是表面！"

"这就是它的内部结构，已经放大了101000次方倍了。"

"难道……难道说它没有任何内部结构？"阿基特β号学员本就扁平的二十三面体脑袋变得更加扁平，"这怎么可能！？"

"没有内部结构，完全不可分割，这个宇宙本身就是一个巨大的基本粒子。"卡吉坤Σ号教员说道：

"因为它绝对规则。所以它绝对死寂。"

7.

"那么多星星……刚才还亮着……"汤姆逊惊恐地说,"怎么说没就没了?"

"不,它们早没了。"周弦说,"十亿年前,就没了。"

控制中心里的人们很快就理解了周弦的话,周弦所描述的是一个最最基本的科学事实。史隆长城距离地球十亿光年,来自史隆长城的光需要走十亿年才能到达地球,因此人类看到的史隆长城始终是它十亿年前的模样。而现在,当人类观测到史隆长城消失,就意味着史隆长城其实早在十亿年前就已经熄灭了。

"不过,或许我们仍旧能看到它的遗骸。"周弦深吸了一口气,他的脸色突然变得无比苍白,"这么大尺度的结构,即使不发光,也一定能留下蛛丝马迹!"

詹姆斯·韦伯空间望远镜验证了周弦的猜想,控制中心的计算机根据引力透镜和周边星系因史隆长城的熄灭而发生的异常活动,间接地分析出了史隆长城熄灭后的形态:

构成史隆长城的不计其数的群星,全部变成了一个巨型的三棱锥。

在场的人们陷入巨大的惊惶之中,然而周弦却长出了一口气,像是解开了一个心结:

"我的推断是对的……但这已经不重要了。当史隆长城熄灭的时候,人类作为一个物种还远远没有出现,是难以置信的好运,让地球和人类平安地演化了这么多年。"

"有没有天体能幸存下来呢？"赵若飞平静地问。灾难发生的时候，赵若飞也经历过心理上的崩溃，但周弦的冷静和理性，最终帮助他接受了这必将到来的结局。

"整个宇宙都会变成绝对体，一个单独的绝对体，规则而又完美到极致。"周弦苦笑着摇了摇头，"我们出去看看吧。"

周弦和赵若飞踏出了控制中心的大门，他们诧异地发现，空中的月亮不知何时变成了银色的三角形。"就在我们观测史隆长城的时候，月球也变成了绝对体，而我们只能看到月球被太阳照亮的部分。"周弦说，"它可能是一个三棱锥，也可能是一个三棱柱、四棱锥或者其他几何体……不过，这也已经不重要了。"

人类并没有灭亡，但是文明已经寿终正寝，早已风雨飘摇的人类秩序因为月球转化成了绝对体而彻底崩解，整个世界完全陷入末日来临时的暴力与狂欢之中。与之相伴的是不断发生的绝对体转化事件，每天都有数以百万计的人口因绝对体的转化而死亡，而灾难与流血又催生出更多的暴力与狂欢。

凌晨五点的时候，太阳逐渐升出地平线，倾斜的阳光有气无力地照射着正在被绝对体占领的地球，还有陷入绝望的人类世界。当太阳彻底跃出地平线的瞬间，毫无征兆地，它忽然消失不见，而燃烧了45.7亿年之久的太阳，在8.3分钟之前变成了一个九棱台。

三个多小时后，一个横跨一亿光年的正八万两千三百一十二面体吞噬了最后一个光子，由于吸收了这一个光子的能量，它最终变成了一个光滑而完美的球。这是一个基本粒子，这是另一宇宙,这是0到1之间的某一个数的一种表现形式。它也许会消失,就像写在黑板上的数字会被擦除一样。然而,正如黑板上的数字被擦除但是数字本身仍旧存在,这个宇宙的消失并不妨碍它的永存。数字0永存,数字1永存,等价于0和1的宇宙永存,诞生过地球和人类的宇宙永存。

正如永恒的数字,所有存在、存在过或者未曾存在过的宇宙永存。

尾 声

"卡吉坤Σ号,我请求在数轴上再找一个宇宙。"阿基特β号学员说。

"可以。但现在快下课了。"卡吉坤Σ号教员说,"找到以后,我们也只能粗略地看一下了。"

"我要找我们的宇宙。"阿基特β号学员说,"我们的宇宙在数轴上的什么位置?"

"很抱歉,我找不到。"

"什么?"阿基特β号学员大吼道,"为什么!?"

"因为我们的宇宙是超脱于数轴的存在。"卡吉坤Σ号教员的脸上露出了讳莫如深的笑容,"数轴上虽然有无穷多的点,但并不意味着它包罗万象。还有很多东西,就比如我们所存在的这个宇宙,它们并不存在于数轴所蕴含的无穷之中,而是置身于更高级别的无穷。"

阿基特 β 号学员陷入了沉思,头一回,他完全无法理解卡吉坤 Σ 号教员所说的话。然而他的沉思很快被巨大的嘈杂声打断——

"下课。"卡吉坤 Σ 号教员说。

紧接着,班级里响起了一阵热烈的欢呼。

传 译

—— 张 蜀 ——

1.

我叫安妮,我是一名职业中英同传译员。

十年前,我最经常被问到的问题是:

"你们同传是按小时收费的吧?"——不,我们是按天收费的。

"同传很费脑子吧?"——嗯,如果干久了,会觉得同传其实更是个体力活儿。

"四十岁以后还能做同传吗?"——呃,这个问题恐怕要等到我四十岁以后才能回答你。

而最近两年,我经常被问到的问题只有一个:

"同传会被 A.I. 取代吗?"

关于这个问题,我过去的回答是:"不是是否的问题,而是什么时候的问题。"

而如果今天有人问我这个问题,我会回答:"今天之后,这也许就不再是一个问题。"

2.

这里就是同传译员们口中的"箱子"。这是一个不到两平方米的临时工作间,通常搭建在会议室不起眼的角落里。记得十年前,在开会的间隙,经常会有学习同传的年轻学生跑到"箱子"门口,向我们请教关于同传的各种问题,请我们让他们进到"箱子"里面,让他们试试耳机、试试麦克风,让他们和"箱子"合影。在他们的心目中,有一天能够正式进入会场的"箱子",那就像进入圣地一般神圣。

当然,对于会场绝大部分的人来说,他们是不会注意到"箱子"的存在的。即便注意到了,他们也常常以为这是会场的调音室或是电源机房。毕竟,最高境界的翻译,便是让人感觉不到翻译的存在。

所有的"箱子"几乎都是一个模样。"箱子"的正面是一大片的玻璃,确保我们能看清整个会场的情况。"箱子"里有一张窄窄的桌子和两把椅子,"箱子"的四壁是吸音海绵,确保译员的声音不会传出"箱子"影响现场。如果运气好的话,"箱子"的顶部还会装上一部小小的静音排风扇,这样我们的小小空间就不会显得那么憋闷。译员的桌子上通常放着两台麦克风,我和我的搭档每人一台。我们以十五分钟或者二十分钟为一班,轮流进行翻译。

不过不是今天。

今天,我面前的桌子上只有一台麦克风,就放在我的面前。

我可以把我的笔记本、笔袋、参考资料、纸质的日程和参会人员名单、电脑、手机和电源,摆满一整张桌子,而不需要和我的搭档分享这极为有限的空间。而我也可以独享"箱子"里的两张椅子,我可以脱掉鞋子,把脚舒服地翘在另外一张椅子上,以最舒服的姿势去做翻译。

但是这所有的一切,却让我一点儿也舒服不起来。

因为,一个小时之前,我刚刚知道,我今天的搭档,是一台电脑。

3.

"准备好了吗?"大李在"箱子"门口探了探头。

我做了一个"OK"的手势。

"十分钟预备……"大李竖起了大拇指。

我挤出了一个笑容。

这是一个不由衷的笑容,大李肯定也能看得出来。

因为如果今天的实验成功的话,也就意味着,我以及我所有的同事们,即将失业。

我看了看身旁空空的座椅。

我的搭档陈美本来应该昨天和我搭乘同一班飞机飞来华盛顿的。但是她误机了。她网约的出租车没有去她家接她去机场。而昨天刚好下着大雨,她没能及时打上另外一辆车。

也许这是"地平线计划"刻意的安排?

我再看了看在"箱子"旁忙碌的大李。

大李其实比我小，但是在A.I.开发领域，他已经是"老人"。大李平时总是穿着印花T恤和卡其裤，凌乱的头发疏于打理，他的话不多，笑起来也很腼腆，对我也是恭敬有加。我一直把他当作一个憨厚的技术员看待，直到某天我看到了他发表在顶级外文期刊的几篇关于自然语言处理的论文，这才对他刮目相看。

大李在我的"箱子"旁边，架起了他的小小工作台。工作台下，是一个手提箱大小的白色机箱，台上，则是三台并排放置的液晶屏幕。我忽然意识到，这也许是我第一次和"安加"见面。

其实我不应该觉得吃惊。

因为这不应该是我第一次见到这台电脑。"见到"这个词不算准确。因为我从未真正"见过"它的主机。我所见过的，只有它的拾音麦克风、电源线，和它的创造者/操作者——大李。

在过去两年里，我作为"地平线计划"的参与者之一，带着"安加"的麦克风一起经历了我所有的同传工作。本来，大李和他的"地平线计划"要把这台电脑命名为"安妮+"，只是因为我的强烈反对，他们才把电脑的名字最后定成了"安加"。

我不希望这台电脑成为我的升级版本。

事实上，我不希望任何电脑成为我的升级版本。

4.

"五分钟准备。"

我的耳机里传来了麦克风试音的声音。这是音响师最后的测试，确保每个麦克风的音质都符合译员要求。

他打开一个无线麦，低声说道：

"One, two, three, testing……一、二、三、测试……"如果能接受这个音质，我和搭档就比出OK的手势，音响师看到我们的手势之后，就会开始测试下一个麦克风。

而今天，技术员对我点了点头之后，他又看向了我的左边。大李在箱子外面的小工作台后，也戴着耳机，看着他的屏幕。他也比出了OK的手势。他在为"安加"试音。

翻译现场，译员常常抱怨音响效果不好，最常见的是电流的干扰声。平常人在听耳机广播的时候，如果有轻微的电流声，大脑会自动屏蔽掉这样的干扰。可是对于同传译员来说，因为要同时地听、翻、说，还不时地要在纸上记录数字、在电脑上给PPT翻页，一点点干扰声都会让人很烦躁。也许就像大李说的那样，此时的人脑已经没有了冗余的算力来进行干扰滤波。译员们曾经希望能有一款降噪滤波的软件能够帮助我们提升现场音质。大李说，技术上没有问题，只是没有商业价值，没人去做罢了。不过今天，为人脑降噪滤波已经不再重要，因为电脑的算力是无穷尽的，所以对于"安加"来说，嘈杂或者安静，并没有太大区别。

今天的音响不错，没有太大的干扰声。我向技术员竖起了大拇指。看来今天运气不错。

我转头看向了大李，大李也朝我笑了笑。他今天格外隆重地穿上了白衬衣，还打起了领带。但是领带的领结已经被他拉松，而且白衬衣已经隐隐透出了汗渍，他的额头油亮，白衬衣的袖口已经变得白一片、黄一片。

我已经做了十年的同传译员,而这是"安加"/大李的第一次亮相。

5.

我再次试了试我面前的译员话筒,对着面前的大玻璃展现出了笑容。"听众也许看不见你的笑容,但是他们绝对能够听得见。"这是我的同传老师在上课时候最经常讲的一句话,"要让你的听众对你有信心,你的第一句话,就是你的气场。"

今天是中美农业贸易谈判的第十四次工作组会议。我和陈美已经为这个谈判项目工作了三年半。中美双方的工作人员都认识我们、熟悉我们,而我们对于谈判的内容、进程,以至于每个人的口音、口头禅、语言习惯,也都十分熟悉。我们之间的信任,是不言而喻的。

当然,在过去两年里,"安加"通过一只小小的、夹在我领口的麦克风,也熟悉了这一切。

双方工作组的成员开始陆续就座。

这一轮的谈判在华盛顿,美方作为东道主,首先介绍了本方的成员。

根据事前的安排,我作为首席译员,首先开始翻译。

我的手边是双方的参会人员名单,名单上有参会人员的姓名和中英文职务。要在以往,我会在会前的一天把日程和名单都翻译成中英文打印出来,放在手边供参考,以免翻译职务的时候出错。但是昨天,大李把"安加"翻译的中英文资料发给了我,请我校对一下。我知道他是想测试一下"安加"的翻译能力。

"安加"翻译的稿件堪称完美。

不过我还是挑了一个无关紧要的错误,以向大李表示人脑翻译的优越性。大李笑着拍了一阵我的马屁,更改了稿件,打印了一个漂亮的版本给我。

这大概是我有史以来最轻松的一次翻译准备了。

一般人恐怕想象不到,现场成员介绍其实很难翻。因为你从来不知道他们介绍成员的顺序,而且几乎总会有并不在参会人员名单上的人临时出现。每次临场翻译,我都会和搭档配合。她帮我在名单上找现在正在介绍的人,而我把这个人长长的头衔和简历读出来。

今天我搭档没有来,而"安加"不会帮我。它的设定是独自一个"人"完成所有的工作。

我一面听着主宾的介绍,一面飞快地在手边的名单上搜索着名字。找到了名字,核对无误之后,我就把职务读出来。同时还要注意来宾的性别。因为中文的嘉宾名单里面没有"Mr.或者Ms.",而译为英文的时候,出于礼貌,需要添加为某某先生/女士,于是我还需要在中方主宾介绍的同时,看看起身点头的是男是女。

双方团队成员介绍完毕的时候,我长长地出了一口气,似乎刚才我根本就忘了呼吸。

还好我没有出错。

这时我面前的小绿灯亮了起来。

这是提示我,我的二十分钟到了,轮到"安加"出场。

看来我刚才的精神的确很紧张,因为我感觉也就过去了五分钟。

我关掉面前的麦克风,频道自动切换到了"安加"那里。

6.

我靠在椅背上,长长地出了一口气。

"你真棒!如果'安加'出了问题,还请你接过去。如果没问题,你多歇会儿也可以的,'安加'不会累!辛苦了!"大李塞了一张纸条给我,纸条的最后还画着一张笑脸。我转过头去,大李从箱子外面对我竖起了大拇指。

也就是说,接下来,我只需要听着电脑的翻译就可以了?

我把我的耳机输入切换到了"安加"的频道。

听到"安加"的声音时,我吓了一跳。

一般人从录音中听见自己的声音时,会觉得很陌生。因为我们平时听到的自己的声音是通过头骨震动传来的,因此当第一次从音响中听见自己的声音时,会觉得那个声音比自己的声音要尖细。但是我熟悉我自己的声音。在我做翻译的头几年,凡是公开的会议,我每次会议都会录下会场的声音和自己的翻译,回家后自己听,分析自己翻译中的各种问题。

"安加"的声音,完全就是我的声音!

就连我略带南方口音的普通话、从HBO学来的美音,它都模仿得惟妙惟肖。

听见自己的声音说着并不是自己说的话,这感觉,有点儿诡异。

中方工作组组长、上一轮谈判的主席、农业部部长助理袁木,首先回顾了上一轮的谈判。他谈到,这已经是第十四个回合的谈判了,谈判虽然艰辛,但是我们已经就绝大部分实质性的问题达成了一致意见。大家看到了达成协定的曙光。

袁木的讲话一如既往地清晰、不急不缓。虽然他的讲话要点贴近讲稿,但是他并没有完全地照稿念。其实译员并不喜欢讲者照稿念,哪怕提前拿到了讲稿也不喜欢。因为人一旦照稿念,便会不再思考讲话的内容,于是会下意识地越念越快。稿件的信息密度本就大于即兴讲话的信息密度,而讲者如果照稿狂念,极大的信息密度会让译员不得不在信息上有所取舍,这样才能跟得上演讲的语速,不造成过大的时滞。

不过,对于"安加"来说,也许快速念稿不是问题。毕竟,它没有舌头,也不需要呼吸和咽口水,它完全可以毫无障碍地把话说得飞快。

出乎我的意料,"安加"的翻译也没有照稿念。它基本上是按照袁助理的即兴演讲逐句翻译的。无论是语速、意群还是句序,它都处理得很好。

跟我最巅峰时候的状态一样好。

"如果未来'安加'有任何成绩,那都是因为你的优秀。"大李常常跟我说这句话。我想,他是为了安慰我,也是为了避免"安加"

引起我的嫉妒。

而且,"安加"的语速和袁助理的语速以及语气的配合几乎是天衣无缝。它完美地传达了袁助理审慎乐观的情绪。

我不确定,我是否能做得和"安加"一样好。

7.

常常有人问我,同传翻译里最难的是什么?这个问题翻译们自己也常常讨论。

有人说是数字的翻译。一来因为中英文数字计数方法不同,二来因为中文的数字读音音节少,"一亿"只有两个音节,而英文 one hundred million,算上元音和浊辅音,一共有六个音节。因此译员不仅仅要在脑子里飞快地计算,而且嘴皮还要飞快地跟上。而法语译员会告诉你,法语的九十二是"四个二十加十二",更加令人崩溃。

但是数字对于"安加"来说不是问题。它的计算无论是速度还是准确度都远超我们人类。

也有人说是一些习惯缩略说法的翻译。比如"三个抓手""四个不要"。但是这些缩略语用得多了,都有通用的译法。"安加"的存储和搜索能力应该大大高于人类译员,这些翻译也不是问题。

要问我,我觉得翻译里最难的,应该是笑话的翻译。

而就在这时候,美方主讲人霍索恩讲了一句双关语:

The war doesn't determine who is right, only who is left.

耳机里的"安加"给出了翻译"战争不能决定谁是对的,只能决定谁能最后留下来"。

中方谈判代表点了点头,示意他们听明白了这句话的意思,但是脸上的表情并没有什么变化,甚至有人皱了皱眉头,不知道这没由来的一句是不是预示着谈判的走向又将有变化。

霍索恩面带笑容地看着中方,似乎想等待对方对自己这个诙谐小句子的反应,却没等来什么热烈的反馈。

会场的温度有了明显的下降。

我赶紧接过了"安加"的麦克风,补充了一句,"刚才霍索恩先生讲了一句关于right和left的双关语俏皮话,想逗大家笑笑。"

听众们立即会意,抬头笑了起来。会场的气氛顿时缓和了很多。

很多人可能并不知道,译者这样加入一句自己的注释是需要冒风险的,尤其是那句"想逗大家笑笑",纯属我个人的揣测。

我习惯性地转头看向了搭档空荡荡的座位。如果"安加"是个人的话,他也许会对我竖起一个大拇指,感谢我的帮助。当然,也不是所有的翻译都会感激这样的帮助。有的译员会迅速地把麦克风切换回去,甩过来一个不悦的眼神。毕竟被人抢了话头,对大多数人来说都是不舒服的一件事。

我的麦克风上红色指示灯忽然熄灭了。"安加"已经把麦克风切换了回去。

此时的"它"是怎么想的呢?

8.

我忽然很想知道,"安加"能感受到我们人类所感受的情绪吗?如果它不能感受"饥饿",那么它永远只能从字面上去理解"饥饿"。可是英语里,表达饥饿的词那么多,hunger, starvation, famine……如果不理解"饥饿",它怎么知道选择那个词是最准确地呢?

可是,对于一台电脑来说,怎么才能算感受到"饥饿"呢?它根本不需要吃东西。也许只有在电力不足的时候,或者电压波动的时候,它能"感受"到某种不稳定的状态,可是它会把这理解为"饥饿"吗?

要让电脑理解人的感受,是不是就好像要让人去理解一棵树的感受一样呢?

想到这里,我忽然意识到,没有感情,也许反而是"安加"比我们人类翻译更优越的地方。不久前,我和陈美翻译一场志愿者活动。一位脑瘫康复女孩讲述自己的生命历程。我翻着翻着忍不住掉着眼泪哽咽了起来。陈美见状赶紧接了过去。可是她翻译了一会儿也忍不住掉起了眼泪。于是整场翻译,我们在两个人之间频繁切换。平时二十分钟一换的惯例变成了三四分钟一换。

没有感情的电脑,自然不会受到情绪的干扰。

如果换作"安加",也许那场翻译的效果会更好。

我的计时器提示"安加"的二十分钟马上就要到了,该轮到我翻译了。按照大李的说法,只要我愿意,可以告诉他让"安加"一直做下去,毕竟电脑是不会累的。但是我忽然觉得作为人类,不能就这么向电脑认输……

9.

各国政府对于工作午餐都有着各种奇葩的规定。比如欧盟就规定,任何公款资助的午餐,除了每人餐费固定之外,还不得提供座位,只有高高的桌子供大家站着吃饭。因此大家会吃得很快,也不会吃很多。更重要的是,没人会想要去无缘无故地蹭这样的一顿饭。而美国政府的规定也很奇葩。任何政府资助的工作午餐,虽然可以提供座位,但是不得提供刀、叉、勺等餐具,唯一的餐具就是牙签,因此食物也都得做成牙签可以插起来的大小。于是今天的午餐照例也都是很多切得只有豆腐块大小的三明治、小汉堡、小比萨,以及一些小蒸饺、小烧卖。

"嘿,刚才多谢你帮忙了。"大李端着一碟小烧卖走了过来。

我摇了摇头,"不算啥,估计'安加'的语料库里没有包括笑话大全吧。"

大李歪着头看了我一小会儿,然后道:"你知道吗,其实'安加'不是靠搜索语料库翻译的。"

"那是靠什么?你们跟着我这两年,难道不就是搜集我的语料库吗?"

大李笑了起来，嘴里还是满满的烧卖，"语料哪里不能找到……况且，就靠你这两年翻译的语料他也不够啊。"

"合着这两年你们是跟着我公费旅游哪？"说实话，我心里有一点儿小小失落。大李纸条里的"'安加'的优秀是因为你的优秀"，看来纯粹是拍我的马屁而已。

"那倒也不是，"大李快嚼几口，把嘴里的烧卖咽了下去，"'安加'建造的基本理论是普遍语法，也就是说，各种语言的底层，存在一种共同的语法。"

"普遍语法"又叫"生成语法"，是乔姆斯基首先提出来的。他认为，人类基因里面内嵌了一种与生俱来的学习语言、利用语言进行交流的能力，他把这称为"普遍语法"。他用这个来解释，为什么大猩猩哪怕和人类婴儿一同成长，到最后仍然无法学会人类的语言。因为大猩猩虽然具有说话的生理构造，但是对大猩猩来说，语言只是一种噪声。

"你的意思是，'安加'是模拟人类的婴儿，跟在我的周围，学习语言？"

"'安加'跟着你的时候，应该已经是幼儿了吧。'安加'最初是跟在我的周围。它发出声音，我做出反馈。逐渐地，我开始理解它的意思，它也开始理解我的意思，然后它开始改变自己的发音，开始使用我的声音跟我对话。"

"你是说，'安加'，把你当成……爸爸？"

"差不多吧。"大李说这话的时候，忽然脸红了起来，"虽然我其实还单身。"

乔姆斯基的理论总是强调人类思维的独特和唯一。而电脑却利用了他的理论，使得人类不再是思想的唯一主宰。这要是被还健在的乔老爷知道了，不知道他会作何想法。

大李捅了捅我的胳膊，"想什么呢？"

"我在想，乔姆斯基的普遍语法，或者生成语法理论，核心之一是，表达意义的欲望是人类内生的。这也是为什么乔老爷认为亚里士多德错了。亚里士多德说，'语言是给声音赋予意义。'而乔老爷认为恰恰相反，他认为'语言是给声音找到意义'。"

"所以呢？"大李扬了扬眉毛，似乎没明白我想说什么。

"电脑是如何具备表达意义的欲望的呢？……说到底，电脑是如何具备任何欲望的呢？它既不需要遮风避雨，也不会体会到饥饿寒暑，它所需要的，不过就是供电罢了。"

而恶劣的环境和生存的欲望，说到底，是我们心智的重要驱动之一。

我关注的问题是语言研究对理解人类本质的贡献。

——乔姆斯基《语言与心智》

10.

一个小时的午休时间，大李向我简单讲述了"安加"的设计过程。

首先建立一个模拟的宇宙——元宇宙,然后在这其中建立无数个简单的模拟个体——元细胞。我们可以把每个元细胞看作一个单细胞动物,即地球最原始的生命体。每个元细胞都是一个机器学习的个体,他们需要通过不断的学习,在周围寻找算力资源,以不断地提升自己的算力。算力越大,就意味着反应能力越强,这样的元细胞就越容易在随时变换的元宇宙中生存下来。而随着元细胞算力的不断加强,元细胞也变得越来越复杂,学习能力也越来越强。

万万亿个元细胞经过四十亿年的模拟自然选择,经过了各种严苛环境的考验,胜出者之一便是"安加"。

这整个过程,花掉了大李大约两年的时间。

大李没有向我详细解释"安加"算力的来源。但是我怀疑,虽然"安加"可以在元宇宙的环境中寻找算力,但是杀死其他元细胞以吞并它们的算力恐怕是一条更加便捷的途径。

毕竟,机器学习是一个黑匣子,我们谁也不知道"安加"最后是怎么生存下来的。

不过我的心里也存有一个小小的疑问。要知道,四十亿年的生物演化,海洋中的单细胞生物演化成了千万个不同的物种,而这其中,只有一种被称为智人。我们凭什么能肯定,"安加"走的就是人类的演化路径呢?

我的脑子里灵光乍现。

11.

"大李,我想试试'安加'的翻译水平到底怎么样?"我把一张纸条递给了大李。

大李看了看纸条,又看了看我,"这是什么?"

"你走到麦克风前照念就好了。"

大李挠了挠头,"你确定这上面没写错吗?"

"确定。"

大李有些犹疑地走到了麦克风前,一字一顿地读出了字条上的字:

Colorless…green…ideas…sleep…furiously.

"安加"的麦克风上,红色的指示灯长亮,表示"安加"正在翻译状态。可是过了很久,却没有声音传出来。

"'安加'?"大李转头叫了一声,"在吗?"

"在的。""安加"的声音传来。这是我第一次目睹大李和"安加"的对话。

而此时"安加"的声音,虽然用的是我的音调,可是听起来却像一个陌生人。

"'安加',我再读一遍,注意听。"大李调整了一下面前麦克风的位置,"Colorless green ideas sleep furiously."

"安加"还是没有发出声音。

"'安加',听清楚了吗?"大李问道。

"听清楚了。"

"为什么不翻译呢？"

"我不明白这句话的意思。""安加"道。

大李拿着纸条走到了我面前，"'安加'说……"

"没事，"我把纸条揉成一团，扔在了垃圾筐里，"马上开会了。"

会场里已经稀稀落落地有人开始入座。大李带着满脸疑惑回到了他的操作台前。

Colorless green ideas sleep furiously.这句话是乔姆斯基自己生造出来的。他造这句话的目的就是要说明，虽然这句话完全符合语法规则，但是却没有任何实际的意义。因此语言并不仅仅是结构和形式，语言内核的语义更加重要。

可是对于任何电脑来说，把这句话按照字面翻译成"无色的环保理念狂暴地睡着"是毫不费力的一件事情，如果，电脑只把翻译看作一项任务，而并不关心这其中的具体意义的话。

而当"安加"说它不明白这句话的意思的时候，我忽然意识到，在更像机器还是更像人的这个尺度上，"安加"显然是向着"人"的终点迈进了一步。

之所以我没有立即告诉大李这句话的根源，是因为我忽然有点儿担心大李的反应。

乔姆斯基告诉我们，人类是拥有心灵的实体。保护内心的自由高于一切。

12.

拥有强健的身体和良好的睡眠对译员来说是非常重要的。虽然翻译看起来是脑力工作,但是同声传译需要听、记、译、说同时进行。听的东西和说出来的东西有5秒左右的时滞,这也是同传中非常重要的"分脑"技术。你听的是这一句,而你嘴里翻译的却是上一句。分脑所需要的瞬时记忆需要长时间的训练,而且还需要不断地练习以维持这种能力和良好的状态。就好像游泳选手,需要每天不停地游,才能保持自己的竞技水平。

而同传译员最怕的事情之一是——时差。尤其是像我这样睡眠不好的人。

尽管我一上飞机就已经按照建议,把手表和作息调到了目的地的时间,而且我还带上了褪黑素和眼罩,准备无论如何也要按时睡觉。可是我的生物钟就像是老爷爷的座钟,顽固得不得了。四颗褪黑素下肚,我仍然在眼罩的黑暗下胡思乱想。

现在,我看了看我的工作台,三只空空的大号咖啡杯已经摆在了一起。而我还得不时地掐掐自己的手腕,确保我的注意力能够保持集中。

袁助理和霍索恩正在讨论谈判纪要。这可以说是谈判中最重要的部分。双方会逐字逐句地核对纪要,来来回回地斟酌更改,确保最后的文字是双方都满意的。一旦谈判内容变成了白纸黑字,双方谈判代表一签字,便具有了非同一般的效力。

纪要的"磋商"是最磨人的。每一个词、每一个标点符号、甚至每一个序号,都要来来回回反复翻译。时不时会场的代表会忽然说,"刚才翻译说的好像有问题"或者"这个纪要的翻译有问题"。这通常不是真的翻译出现了问题,而是代表们临时改了主意,把锅甩给翻译,好找个台阶下。

耳机里传来"……刚才的翻译……"我立刻抬起了头。刚才我是睡着了吗?我忽然意识到自己的眼睛已经闭上,大脑里一片昏暗。顿时,一层细密的冷汗从后背沁出来。

"……刚才的翻译翻得很好,感谢我们今天的译员……"我松了一口气。紧接着,耳机里传来了我自己的声音。是"安加"在翻译?

我转头看了看自己的译员席,麦克风上的红灯已经熄灭,表示"安加"已经接过了翻译。我再看了一眼我的计时器,我这一轮才刚刚开始五分钟。难道我刚才打了一个小盹儿,被"安加"发现,接了过去?

这样的情况虽然罕见,但是也不是没发生过。我曾经有段时间有低血糖的问题。有一次开会拖过了午餐时间,我只觉得一阵头晕,随即搭档就把我的麦克风接了过去。事后搭档告诉我,她感觉到我说话已经语无伦次了。

不过搭档主动切过翻译这种事情,只会发生在关系比较好的译员之间。译员们大都是自由职业,各自为政。不相熟的译员不会愿意牺牲自己的休息时间救场。更有甚者,可能会暗中期望搭档出点儿丑,这样才能凸显自己的优秀。

我探头看向了大李。戴着耳机的大李已经在主机旁边打起了盹，显然对刚才所发生的一切没有知觉。

我又把麦克风切了回来。说了两句之后，我故意说了一句逻辑混乱的话。而我麦克风上的红灯立刻就熄灭了。

"安加"又接管了翻译频道。

大李此前曾向我保证，"安加"一定会严格遵守二十分钟轮换的惯例。而"安加"现在的行为已经超出了预定的规则。

这是因为上午我切了"安加"的频道，它在"投桃报李"吗？

我忽然发现，自己竟然在揣测一台电脑的动机。

13.

"大李，你给'安加'设定的是每二十分钟一换对吗？"茶歇的时候，我忍不住问大李。

"对啊，怎么了？你是不是累了，我让'安加'多做点儿？"

"不，我是想说，我觉得'安加'并没有按照规则工作。"

然后我简单地讲了讲"安加"是怎么在发现了我走神时，接管我的翻译的。

"那不挺好吗？"大李喝着冰镇可乐。

"人工智能擅自采取未经授权的行为……这不是很危险的吗？"

"没事啦。"大李微笑道，"'安加'不是一般的人工智能，'安加'这种应该叫作'机器自主智能'，机器是有一定的自主性的。"

"可是……"

"'安加'可能觉得,干的活儿越多,得到的算力就越大吧。"说着,大李拍了拍我的肩膀,"今晚它在元宇宙里的日子也就更好过点儿咯。"

"今晚元宇宙里会有什么?"

"暴风雨、地震、火山爆发、海啸……"大李耸了耸肩,"我也不知道,系统随机安排的。进化时间越长,考验就越大。没准'安加'在担心能不能过得了今晚呢。"

茶歇很快过去,我回到了座位上。

翻译是我从小的梦想。记得我大概七八岁时,有一次看新闻联播。电视上正播放着是国家领导人接见外宾。我爸指着电视上、坐在国家领导人和外宾身后的翻译说:"将来你要是能做这样的翻译,你就可以去世界上很多的地方,见识很多的东西。"那时,我觉得这个梦真的是太遥不可及了。

几年前,当我真的坐在国家领导人的身后出现在新闻联播里时,我仍然觉得这一切像个梦一样。

翻译是我的毕生热爱与志向。

而翻译对于"安加"来说,只是帮助它挨过一个又一个严酷夜晚的任务罢了。如果"安加"是一个人,此时的他,应该是心怀着巨大恐惧在工作吧。

会议闭幕时,双方发言人照例在闭幕致谢中感谢了翻译。结束后,袁助理和霍索恩都特地到箱子里来和"我们"道谢。袁助理还特意问起今天我的搭档是谁。就在我正犹豫应该怎么回答的时候,大李在袁助理的背后使劲地摆起了手。于是我只好推说搭档肚子不舒服,先回房间了。

"多谢啦,"等会场人散得差不多时,大李跑到了箱子门口,"毕竟'安加'还没有正式推出,我们还不想让太多人知道它。"

我点点头,表示理解他的顾虑。不过,让机器就这样顶替人类工作,却不告诉客户,是不是也不太道德呢?

转过头,会场的灯光已经熄灭。只转眼之间,同传工作间就已经被拆散成了一地零件。很快,这些零件会被装进五只大箱子,运往下一个会场,然后再被搭建起来。

或者,还会,再被搭建起来吗?

容器

——未末——

当你要用水杯装牛奶时,就要把杯子里的水倒掉。

1.

"你好,那我们正式开始?"

那女人点点头。博医生注意到了细节,她眼线没有画,来的时候比较匆忙,眼袋明显发紫,长达一周左右睡眠不足。身材匀称但脖子四周隐约有一圈赘肉,因为熬夜并吃东西导致发胖。

"你所述的情况持续了多长时间?"

"大概两周左右吧,最近比较严重。"

"我能冒昧地问一下您的年龄吗?在你提供的资料里没有这个备注信息。"

"我十六岁,哦不,四十二岁。"

这是个异常的情况,博医生视为遇到的第一个心理标签。而且他敏锐地注意到她左手无名指上有个红色环状印痕,应该是出门的时候忘了戴结婚戒指,如果排除视觉上的年龄误差的话,她应该在三十到四十岁之间,这与她下意识所说的"十六岁"有很大的差距。博医生的直觉中跳出一个词——自我认知障碍——

或者，也许她只是故意装嫩？

而且，她那根无名指也时常间歇性微微跳动。紧张？恐惧？隐藏？抑或是肠胃炎？

"具体出现了怎样的症状？"

"我听到了一个声音在我脑海里不断重复一句话。"

"能听清楚吗？"

"她说她有一件很重要的事情要跟我说，然后具体说了什么就听不清楚了。"

"你平时压力大吗？或者生活作息比较无序？"

"不，不，我不觉得我有这些问题，我过得很好。"

博医生能从表情的细微处看出她有可能在说谎，"这种幻听的症状比较常见，如果程度不是很重的话，我建议您先放松一段时间，例如可以和家人度假，养一些小动物，让自己能够从某些心理阴影里走出来，多往外面世界看看。"

"我说了，我过得很好，只是……"

博医生听到后面的话是哽咽的，似乎有泪水要从眼眶决堤，如果真的哭起来也好，博医生可以借此撕开她的面具。可是她收敛了，表情很快回归平静。

她说了句"抱歉"，然后重新组织语言："是这样的，我来的目的你可能还不清楚，我不是希望解决现在遇到的情况；相反的，我需要放大这个情况。"

一股异样的情绪袭上心头，博医生应该没有听错，她需要加强症状。

"那请问你是要怎样加强，我根除过很多这类轻微幻听的病人，却没有一个愿意增加这方面困扰的。"

"我想听清楚那个声音在对我说什么。"

"因为她暗示你那是一件很重要的事情吗？"

"不是，是因为那个声音是我……妈妈。"

她无名指抖动，导致小指也以同样的频率共鸣。博医生看得出来，母亲这个角色对她是一个心理症结，他找到了第二个标签。

"你妈妈还健在吗？"博医生问到了点子上。

"过世有一段时间了，在我很小的时候。"

"那会儿你多大，十六岁吗？"博医生正在试探，结果他错了，问题与年龄没有太大关联。

那女人很平常地说："没有，那时我应该是八岁。"

"冒昧一问，她因为什么而离世？"

女人低头沉思了一会儿，眼睛上方显示她的眼球无序地左右滚动，双手握紧，然后她说了句："因为意外吧！"

那个"吧"字已经说明了一切，博医生不需要再细问了，对于一封加密的邮件，他只能得到更多的乱码。他故意将手中的登记本翻过另外一页，再把本子放在一边。他准备转变另一套问询策略，曲线救国。

"好的，我们先休息三十分钟吧，喝一杯温开水？"

"不用，谢谢。但如果方便，可否来一杯牛奶。"

博医生把椅子从对立面摆放到侧边，放了舒伯特1986年版的黑胶唱片，一杯牛奶借着音乐晃动着，氛围渗透到两人的细胞里，博医生看时机成熟，方才侧脸与那名女士对话。

"我小时候很喜欢舒伯特，虽然已经是作古的人了，但是听他的音乐仿佛能与他当面对话。"

女人喝了点儿牛奶,她的心境缓和了许多,"我能体会你,因为这两周时间我所经历的正是这种感受。"

博医生很满意,接着稳步推进。

"你很喜欢牛奶,还是因为它美容?"

"从小喝惯了。"

博医生轻声微笑,"但是我上了高中之后就改喝威士忌了。"

"哈哈,喝酒!这我可改不了。"女人的声调舒缓,她显然已经放下了防御机制。

"你孩子多大了?"

"我没有孩子,事实上我也没有结婚。"

博医生知道这与她无名指上的戒指痕迹相矛盾,他发现了第三个心理标签,"所以你也没有做过母亲这个角色,那么你对你母亲的记忆还深吗?"

"很深。"

"如果不介意,可否详细说一下?"博医生摊开双手,稳坐在椅子上,这个姿势的潜台词是"我正在听,请开始你的讲述"。

2.

"妈妈!"我从床上睁开眼,看到了一个女人正在抚摸我的额头。

"妈妈,我病了吗?"

"是的,你发烧了。"

我感觉妈妈用她冰凉的嘴唇触碰我的额头,试探温度,我感觉很羞愧,但却是满满的爱意在流动。

"妈妈你的嘴唇这么冷,你是不是也病了?"

"傻孩子,是因为你的额头太烫,才显得我冰凉。"

我的意识迷迷糊糊,但还能有一些思考能力,我问:"为什么温暖的嘴唇遇到滚烫的额头就变冷了,温暖不应该是它固有的温度吗?"

"因为啊,感受是相对的,虽然温度没有变化,但是感受会有差异。就像你用手掌抚摸东西,你细腻的皮肤摸什么都感觉粗糙,但是当你和妈妈一样老了,你摸什么都觉得光滑了。"

妈妈再次亲吻我的额头,我看到她曾经浓重的眼线不见了,取而代之的是眼皮上一条不深不浅的沟壑,是一条伤疤。听妈妈说过,伤疤是她小时候在外公家弄的,她没有说因为什么原因导致,只是说"往事不提,自成追忆"一类的话。

我抱着妈妈的腰身,说以后不会再让她受伤,如果伤痛可以转移,我愿意分担一部分。

妈妈笑了,如果伤痛可以转移,她希望这道伤疤转移到更加隐蔽的部位,那样她就不会因为每次照镜子的时候都回忆起往事了。

我也笑了,虽然因为发烧的原因无法笑得那么灿烂,但是我心里暖融融的,感觉生活不缺乏什么,一切都是最好的状态。

妈妈说我只有在病了的时候才知道她的不容易,平时调皮捣蛋也不觉得羞愧。我用脸蛋在她棉麻混纺的睡衣上磨蹭,我撒娇,保证以后一定乖乖听话。我总是这样，到头来还是依旧在家里"称霸天下"，因为妈妈没有其他孩子，我是她唯一的心头肉，我就得到了无上的尊宠。

那时家里的条件不好，破了的窗帘有两年没有更换，我虽然嫌弃，但知道这背后不可抗拒的生活压力，那是连妈妈也无法抵御的某种外在力量。一条窗帘破了，那并不影响什么，但是如果我病了，对她来说就是双重的打击，她一个人出外上班、一个人做家务、一个人煮饭，却没有再多一个人来照顾生病的我。

有时我总是抱怨，我没有像其他同学那样有爸爸、爷爷和奶奶。

妈妈说她知道不能给予全部我需要的东西，人得不到的总比能得到的东西多，就像一个杯子，装满了就要溢出来，装多了就容易晃出来。一个人这辈子获得的永远不会超过他天生的高度，那个高度叫作瓶口。

我当时不能理解这句话，仿佛那是某个童话故事里女巫的咒语，听不懂但却实实在在地影响了我的内心。我发现我后来的行为都和那个杯子一样，不敢奢望得到太多。

我记得我在四川岁县凹塘李屋的老家，桌上的闹钟时常停摆，灰层上可以写字，还有早上的晨光让地面上的积水闪耀如夜空中的繁星。我爬下高高的床沿，那时我才五岁，身子刚好可以触及地面。

我穿上拖鞋，那硬邦邦的拖鞋是用最廉价的PVC材料做的，咯噔咯噔地，我轻手轻脚走到厨房，妈妈在做早餐。

毫无悬念，我的早餐千古不变都是一个样。我对食物没什么好奇,但是我很喜欢妈妈穿着围裙忙碌的样子,听说她的工作也需要穿着围裙,那很优雅,就像是专门定制的舞裙,在狭窄的厨间里舞蹈。

我藏住自己的身子,就露出半张脸在窥视。厨房里总有各种香味,比什么香水都耐闻。但是总体来说,我家厨房的主要味道来自芹菜,妈妈常吃,它降血压。我现在也是,只要一闻到芹菜的味儿,脑子里就会唤起童年的记忆,很奇妙,每次都可以,仿佛那是一种记忆的信息素。

妈妈一回头便看到我探头探脑,她笑眯了眼,手里拿起一个透明的长杯子,足足有我的脑袋那么长,然后她从冰箱最高处拿下一罐东西,往杯子里倒了绿色的黏稠液体。

我赶紧往回跑,那是我觉得最恶心的食物,吃起来跟鼻涕没什么两样。于是妈妈就得花很长时间用各种办法逼着我喝完这瓶东西。后来我知道,一共有六百毫升,我每餐都得喝这么多液体,我也觉得不可思议。

当我不肯喝的时候,妈妈就会使用一招撒手锏,"来吧,宝贝喝了这个才有力气上学,喝完之后我们再喝一杯牛奶好不好?"

我屈服了,等我再喝三百毫升的牛奶之后,我的肚子基本就涨得不行了,但是我喜欢牛奶。

我可能不止一次地问妈妈,为什么大家都吃各种好吃的,而我只能喝绿色和白色两种饮料呢?妈妈的解释具有一贯性,她说因为我的消化系统不好,医生说这辈子都得喝流食。我也曾看着别的小朋友舔零食,一定很好吃,而我只能站着干看。我也曾经幻想过一套阴谋论,即我妈的说辞是故意捏造的谎言,只是为了节约我在食物上的开支。当然，我对自己离奇的想象力一笑罢之。

有一次我想到一个问题，为什么我非得先喝绿色的液体，再喝白色的牛奶呢？我很想知道两种食物混合在一起的味道，也许就不会有恶心的口感了。

我把想法告诉妈妈，也不知道为什么，她很反对这样做。

这让我很不痛快，越是禁止的行为越是让我好奇。

3.

每到春节，我都会收到一份礼物，其实并没有什么，我的礼物是我又长高了一厘米。我看着墙上的一道道横线，今年又可以再添上一笔了。

但是有一次，年初一的夜里三点多，我起床看到妈妈在衣柜里整理东西。我分明看到一个个由大到小的箱子垒起来，塞满了半个柜子。妈妈从来没有告诉我她藏着这些东西，那里也一直锁着，似乎有什么秘密。

"应该是礼物吧。"我心里想，并有些不满，那不知道是给哪个小朋友的礼物，而我却什么也没收到，只收到了我无聊的身高。

那时我内心充满嫉妒和愤懑，妈妈见我一脸黑线，也摸不清原因，她把早餐放在我面前，看我喝完。她总是支着腰，眼神非常专注地叮咛我喝下去，生怕我偷偷倒掉或直接整个人溜掉。这是她的经验，可见我还小的时候，经常干这两件事情。妈妈也确实说过我曾经的恶劣行为，说我甚至把绿色液体倒在花瓶里，于是那些花很快就萎靡了。也试过离家出走,结果我快饿晕了才知道回来讨吃的。

后来我知道那些液体比一般的食物还要贵,与其说是食物,不如说是药,没有那些药我就会生病。

但是现在的我满是怒气,我使劲一挥手,把杯子拍打在地上,它如鸣雷一般震裂,绿色液体洒满一地,好像长了一层薄薄的青苔。

"我不喝了,饿死都不喝。"我也不知哪里来的气,一直冲着脑门涌去。

时间似乎在那一刻停止了,然后我就听到妈妈捡玻璃碎片的声音,好像一块块贝壳在她手里碰撞出咔嗒咔嗒的声响。我从椅子上跳下来,拼命在玻璃碎片上踩踏,一下子气就消了一半。

趁着还有最后一口怨气,我喊道:"过什么年啊!我没有礼物,也不能吃好吃的,过什么年!"

每次我都是因为类似的原因而发烧,怒气容易使我头晕,然后一躺就是好几天。但是那一次,我头脑很清醒,我记得妈妈说了一句话:"杯子碎了妈妈可以再买一个,但如果你病了我就再也买不起了。"

说完,她把地上的污渍清理干净,又从冰箱里拿出新的绿色液体倒了一杯,再次放在桌子上。她充满权威的眼神里其实压抑着怒火,那是比爆发出来更令人心悸的熔岩,而我撒了气之后反而像瘪了的气球,我被她无形的命令牵引着坐到桌子上。

一口闷,我只能一口闷,没有一次觉得它好喝过。我只是为了妈妈才喝。

家里的那块破窗帘摇曳着,破口子就像个没正经的老大爷在向我嬉笑,笑我的小破家,笑我是个小破孩子。于是我也对着它苦笑,我服了自己,甚至也能笑出泪来。

一天下午,我从学校回家的路上,看着前面的道路上,大人接着小孩回家,他们形成一个三角形的整体。老师说过三角形是最坚固的图形,两只脚的桌子不牢固。而如果我妈妈来接我,那岂不就是两只脚的桌子在大街上走路吗,不过即便是这样的待遇我也没有享受过多少次。大部分时间都是我自己背着书包回去的,回到家我可能还要孤零零地在门口等上半个小时才能见到妈妈。

这样对比下来,我内心也很不是滋味,然后我就会习惯性地转移我的注意力不去想太多。路边的小花小草我都看过了一遍,可是今天的心情实在太糟糕,我被自己的情绪困住了。

于是我想明白了一件事情,我为谁而活着。我不能接受我妈妈制定的规则,毕竟她也从未给自己的规则提供合理的解释,她也从不给我的过去一个合理的解释。

为什么我只能吃恶心的食物,穿一样的衣服,没有更多的家人,只能一个人回家并且带着不好的心情,我感觉我是被遗弃的孩子,样样都没别人的好。

4.

我决定做一件叛逆的事情,来宣示自我主权。

我选取了每天都要喝的食物作为目标,如果我赢得了话语权,我就能够获得更多权力,包括从妈妈嘴里知道家里过去的那些事儿。

这次"战役"对我很重要,我得小心规划,不能出错。

我等待了一个礼拜,让家里的气氛回归日常的平静。

我给阳台上所剩不多的花儿浇水,那是六月的夏季,情绪多少有些烦躁,其中就包括那些花朵和我妈妈。

看到妈妈上班回来脸上并没有太多表情,我就意识到她今天可能心情不太对,我有些担心计划能否顺利实施。

我赶紧跑出去给她拎东西,发现妈妈今天的东西特别多,一大箱子的工具,还有盖在那些工具上面的花斑围裙。围裙满是油烟味,一层厚厚的灰尘,可以想象它所处的环境也干净不到哪里去。我没有细问这些东西的来历,我拎着很重,只好默默地将它搬到一边。

妈妈没有像往常那样摸我的头,她甚至忽略了我,径直走到厨房做饭去了。我嘀咕了几声,她才回过头,带着一种近乎不存在的微笑冲我看看,然后极为疲惫地回身。

没有空调的房间里居然升起了一阵凉意,应该是从心底升起的。

我赶紧故作乖巧地坐在椅子上,等待晚餐送上桌子,那把椅子是用橡木制成,本来可以防白蚁,但却因为常年使用而残缺不堪,满是破洞,就像我此时斑驳的心情。

妈妈一如往常准备了两杯液体食物:一杯浅绿色,如同融化的翡翠;一杯她称之为牛奶,白如霜雪。如果我一个眼睛是绿色,一个眼睛是白色,一定美得充满韵律,但是它们装在杯子里,待会儿还要装在我的肚子里，一想到此处，我就忍不住倒胃口。

但是我必须假装在她面前把食物喝完，我的计划是这样的，从每一次的食物中留下一口含在嘴里，再偷偷吐出来，藏到其他容器中，积累多了之后，我就能做两种液体混合的实验了。

但是我的计划没有付诸实践，这并非我露馅了，而是我发现这次根本没必要偷偷摸摸。

妈妈把食物放在我面前之后，便异乎寻常地转身离开了。她去了房间，关上门，留下一段可怕的寂静。

我长时间呆坐在那里，没有弄清楚其中的原委，真的，如果人们的想法得来全不费工夫，就会以为是在做梦，我甚至不相信我居然可以坐在饭桌上把食物混合在一起喝。

在这么做之前，我再次审视妈妈的房门，我似乎听到了哭泣声，时断时续地又不像是哭泣。

绿色混合白色，那一定是迷人的粉绿色，我举起第一杯，试图倒入第二杯。然而我很快意识到，两杯都是满满的，任何一杯倒入另一杯都会溢出来，于是我的手高高举起，却不知从何下手。这简直就是个笑话。

后来妈妈看到了一幕，她立马大声制止，那声音带着沙哑。

她看我停住了，也稍微缓和了一下情绪，然后便气喘吁吁地把杯子从我手里面夺过来，我的胳膊感受到了妈妈少有的手劲，甚至还有一些微微的颤抖。

杯子安稳降落，惯性下的液体表面左右摇晃，妈妈的无名指也跟着那个节拍抖动着，是愤怒、惧怕和绝望的交织。

我没有勇气去看她的脸，所以一直无法描述，但是我猜想，那表情一定相当复杂。

然而她却没有使用严厉的声调,她极尽可能地压制着自己,用不知道哪个器官低沉地说了句话,那是让我印象很深的一句话。

她说:"当你要用水杯装牛奶时,就要把杯子里的水倒掉。"

我被这普通的一句话迷住了,后来我才知道这其实是"鱼和熊掌不能兼得"的道理,一个杯子只能装一种液体,一百块钱买了油条就不能再买豆浆,那是我们生活在第三区的居民面临的主要现实。

之后我听隔壁的邻居在议论,妈妈为了能保住屋檐下这个临时安置所,丢掉了自己做了七年的工作。

5.

我们靠着仅有的积蓄生活着,妈妈比没有工作的时候更忙,然而这段时间却没有人愿意聘用她,那些底层工种早已不再需要人来完成。偶尔有些餐厅还需要人类侍者,它们打着反对A.I.的旗号,其实这样的店很快就因为资金链断裂而关门歇业。

工厂就更不用说了,那里的流水线自20世纪就逐渐机械化,哪怕是第三世界也不再需要大量人工,产业由地球向太空转移。

岁县集聚了太多失业人员,即便遇到难得的就业机会,那也是百里挑一的概率,那些原本乐观的人也会因为熬得时间太长而失去耐心。

因而妈妈找了好几轮，也没有找到合适的，她从各种途径打听到那些仅有的工作有多难找，她近乎放弃了，却没有跟我说一声。偶尔她会在街边捡点儿东西来卖，那样至少不会显得出门回来两手空空。也不知道从什么时候开始，她在找工作的路上顺手就捡了些东西，慢慢地也就习惯了。因为各种原因，我在学校的课也停了，趁着天还没亮，跟着妈妈在街上逛着。

那是我最开心的一段时间，虽然知道没钱是什么滋味，但我也知道每天陪着妈妈是什么滋味，得到一样东西就得失去一样，这是妈妈教给我的生存法则。

从日出到日落，走得累了总让人忍不住坐下来思考一下人生，然后我就和妈妈对视。她有时也笑，是真的笑。可能因为我脸上花花绿绿的原因吧，她笑的时候还用手指指着我，然后用她也不算干净的衣袖帮我满脸抹了一遍。我们牵着手漫无目的地走着，就好像那是一次旅行，前面有无限的可能。

我会踢着易拉罐回家，哐当声让邻居头痛，但是妈妈并没有制止我，她仿佛变了一个人，居然容忍我放开性子到处闹。易拉罐来到了家门口，我就学着有钱人很礼貌地说："欢迎来到寒舍，您这一路辛苦了。"然后妈妈就把它收藏起来，等收藏到一定数量，就把它们请出去。

偶尔也会有好心人塞给我一些食物，我不能吃，但是妈妈可以。我可能是因为长得比较可爱吧，街上的人看我穿着简陋而单薄，都会多瞧我一眼。妈妈告诉我，当别人这样看你的时候，也要用眼神回敬人家，这样你才能站直了腰，不被别人看低。

其实我本来就矮，为了实现妈妈的话，我就踮起脚尖去回看那些人，他们都被我逗笑了，仿佛我是正在跳芭蕾的灰姑娘或丑小鸭。

那是一段神秘的冒险，你不知道明天会遇到什么惊喜：一块别人遗弃的手表，半个珍藏版的玩具，各种新奇古怪的垃圾，当然还有更多我都想不到的东西。每次睡前我都幻想着新的可能，我感觉内心很充实，很充实……

然而有一天妈妈问我，如果让我选择，我是希望每天都能饱餐一顿还是有一个遮风挡雨的地方。我毅然决然地否定了前者，因为我的食物实在太难吃了。但是一个遮风挡雨的地方是什么呢？我抱着妈妈说："我觉得有妈妈在，就看不到风雨。"

但是我的食物太贵了，照这么吃下去总有一天需要借钱过日子。

这是妈妈也不可能抵御的力量。

不！

"当你要用水杯装牛奶时，就要把杯子里的水倒掉。"

我从这句话中得到了力量。

确实，从那以后我再也不用喝一整杯液体了，变成了三分之二，又变为半杯，最后妈妈告诉我一天可能只要喝两顿了，她消瘦的脸颊带着异乎寻常的坏笑，却不知道从哪里冒出点儿苦味来。

我也没心没肺得很开心，虽然吃得少，总是筋疲力尽，但是一有精力，我就觉得好笑，这样的日子正是我梦寐以求的。

后来妈妈告诉我，我因为没有吃东西，沉睡了好几天。

当时我不知道几天意味着什么，现在却惊讶我为什么没有饿死。

妈妈并没有感到伤心，反而用她天使般的微笑安慰我，用她布满老茧的手抚摸我的额头，那是多么粗糙的手啊，她一定觉得我很光滑。

我看到头顶的天花板了，知道我是在家里，仰头看那些破洞，透过的光组成星光璀璨，妈妈就在那光晕的中心，如同仙女一般熠熠生辉。

她告诉我，她找到了工作，一份能够继续维持开支的工作，不再需要担心明天的食物。她伸出两只手，在我头顶做了一个伞盖的造型。但是我陷入了沉默，总觉得珍贵的美好稍纵即逝，妈妈又要离开我去上班了，还要回学校忍受那些不友好的同学，想到这些，我怎么也开心不起来。

曾经的日子再次重现，我还是坐在饭桌边，等着妈妈从厨房里拿出两个杯子，一绿一白，我得先喝下绿色的，再喝下白色的，那是我的食物，也是我的药。

唯一不同的是凳子换成了新的，窗帘也不再对我破口嘲笑，家里的很多东西都失去了灰尘。

我昏迷的那段时间，其实不是几天，而是足足有两年，我看到了架子上的日历，那是公元2099年。

我赶紧去量我的身高，2097年的那道横线刚好碰到我的头顶。

即便这两年我没有长高，为什么这两年我也没有任何记忆！

6.

博医生点点头,他大概知道是怎么回事了,也不需要更多的证据去解释什么。然而那个女人湿润着眼睛,她并没有想停止讲述,还有太多话憋了太久没有对任何一个人提及。那些原本只字不提的人,内心堆积的言语一旦有机会宣泄,就会像酝酿的火山一般瞬间爆发。

她把最后一点牛奶喝完,接着说:"我那时才真正有了意识,于是偷偷含着一口一口的绿色液体和白色液体,凑够了两大杯,我在浴室里完成了两种液体的勾兑,你猜发生了什么?"

博医生点点头,一则不希望她继续唠下去,一则也默认自己清楚了其中的原因。

"两种液体混合后产生了微弱但是可见的电流,就像是正负电极接通了一般。那时我的第一反应就是摸肚子。这么多电流在我肚子里难道没有伤害到我吗?慢慢地我懂了,我就是一个机器人,和我妈妈没有任何血缘关系。而我身体茁壮成长的假象靠的是商家一年一度的以旧换新活动。"

"等等,你能确定你母亲不是机器人吗?"

"她切菜时受过伤,我看到了血。"

"那她为什么要隐瞒你是机器人的真相?"

"博医生,你出生在第一区,精英阶级优渥的条件决定了你们能够获得最好的环境,接受最好的教育。而在第三区,多的是盲流、犯人、无家可归的人，他们因为机器人而失业，有时候愤怒就会殃及那些无辜的机器人。我当时读的小学就是一所彻底的反硅组织学校，如果他们发现我是个机器人，我恐怕也活不到现在。而且话说回来，像我那种机器小孩，等同于人们家里养的一条狗，丁克或同性恋家庭就喜欢收养这种小孩，说实话，我们并不算什么，原本是人类智力的延伸，现在则是他们情感和爱的延伸。"

"而你则生活在一个单亲家庭？"

"没错。"

"那你母亲有没有讲过她以前的家庭？"

"在我们最辛苦的时候，我妈说过那段往事。当时四川岁县经历了一次8.0级强震，她们家位于地震中心五十公里处，受灾严重，全家只有她一人幸免于难，她的丈夫和孩子当时和她住在同一个房间，屋顶只压了一半，而她恰好在瓦砾之外。她获救后得到了一间安置房，就是现在我们住的那间房。她说一想到当时那么困难都扛过来了，就会觉得今天这些遭遇都不算什么，感受是相对的，就像粗糙的手摸什么都是光滑的。然后她甚至笑了，忆苦思甜的那种笑……"

"那她是因为什么动机而收养了你？因为寂寞吗？"

"应该是吧，弥补她失去的那个女儿，所以当我知道我是一个替代她女儿的机器人时，我瞬间感受到了一阵凉意，毕竟我的躯体没有一丝温热的血液。"

"所以你内心有一些怨言是吧，是对自己身世的悲哀，还是对你母亲的悲哀？"

那女人叹了一口气，握紧了双手不让手指颤抖。

博医生觉得这些叙述对于接下来的治疗有很大的帮助,他虽然没有做记录,但是脑子里已经打好了草稿,将面前这位女士的心理状况通过一个笛卡尔坐标系构建简易的心理图像,并在一条曲线上标注了若干节点,那是显著的心理标签位点。

根据博医生的理解,他制定了一个初级治疗方案,其中以现场催眠作为主要的手段。对于博医生来说,有时候催眠的过程就像是谈了一场恋爱,和病人真实的内心对话以诱导出需要获得的信息。这方法稍不留神就会爱上病人或者被病人所爱,当然这只针对经验尚不够丰富的心理医师。

博医生进入隔壁房间的催眠室进行安排,短暂片刻之后,他出来并示意病人进入那个光线略显昏暗的房间。那里有一个牙医专用的躺椅,只是做了一些改造,可以让人舒服地躺在上面,必要时医生也可以移动或旋转椅子的角度,来制造催眠时用到的沉入感或上升感。

女人躺好后,博医生充满磁性的声音用具有迷惑性的语调不断地做催眠暗示。

"很好,你躺下来,慢慢闭上眼睛,眼皮放松,慢慢地放松,放松自己的头部,放松肩膀,放松胸部,放松肚子,放松四肢。很好你现在被白云包裹,你在漂浮,身体轻盈地像一片羽毛,然后我数到三你就会立即进入深深的睡眠。"

博医生看着这位睡美人,感觉自己就是那个王子,让她睡去,又让她醒来。他轻声默念:

"三,二,一,入睡。"

7.

　　这是博医生第一次给机器人做催眠,他并不肯定人与机器人在潜意识层面是否具有相同的构造,他只能先试一下浅层催眠,如果没有什么特殊反应便再进入到深层次。

　　博医生朝沉睡的女人耳边暗示,"现在你处于一个废墟之上,那是一场地震的杰作。"

　　"是的,我看到了,天空在血色的残阳下即将闭上眼睛,冬雾盖过一切残酷的画面,只有断断续续的呻吟声和极远处人们的失声痛哭。我站在瓦砾的中央,我没有腿……"

　　"是的,你是一个观察者,你是虚无的存在体,这场悲剧的见证者。那么请告诉我,在你目光所及的近处,你看到了什么?"

　　"龇牙咧嘴的水泥块,上面有一条条经脉,那是翘曲的钢筋和铁管,就像被折断的胳膊上裸露的骨刺。这里应该是个小县城,房子都不算大,不算高,但是它们坍塌的效果是那么震慑人心,我以为是巨大的乐高积木碎成了无数的单件。在我视野之内,只有一棵树依然耸立,但它也被劈成了两半,就像一个胜利的V字手势。有一辆卡车也被撕裂,那高高的个头早已压成了薄片,我害怕里面有人,我不想去看他!"

　　博医生见她情绪有些波动,赶紧对她暗示,"不,那里没有人,那是一辆空车。你应该把目光集中在瓦砾之上,看看有没有搜救人员,有没有还活着的人在呼喊救命。"

"那我往后看……"

博医生看到她下意识地将脖子往后拧了一下。

"我看到了来自各个分区的搜救队正在远处集合,有些在搭建帐篷,有些在往这边快速赶来,但是最先抵达我面前的是几架无人机,也许不仅几架,我在各个废墟构成的山包上面都能看到几十架无人机,它们正在使用探测光束搜寻幸存者。我可能是其中一个,因为有一架无人机正在我头顶盘旋定位,它发出的辐射荧光束在我头顶上方弥留,就像插了一杆旗帜,代表这里有一个幸存者。那束光线呈黄绿色,而有些光束则是鲜红色,我看到数以百计的红色光束在我四周耸立,我心里很清楚,那是代表濒临死亡的意识体,越是鲜红的颜色,代表紧急救援指数越高。

"我接着看到有很多机械搜救犬陆续爬上废墟,他们速度很快,脚步很轻,针对紧急救援指数的不同而分别对周边乱石进行挖掘。其中一只狗挖到了一个人的背部,整体检查发现其并无特殊情况,于是从它的嘴巴里吐出一些维生物质,渗透到遇难者的身体外部,从狭窄的缝隙里渗入,将其完全包裹,然后一个人类救援者再将其整个挖出来。他被包裹了一层壳,安置在悬空的担架上运走。

"有一个老头脸色苍白地接受着他们的援救,他昏昏沉沉仿佛刚从梦中醒来,他的目光盯着地面碎石堆里的一块铜板若有所思,上面写着"凹塘街五号",那是他家的门牌。也就是十几秒钟的时间,四十多年的老宅子也垫在了脚下。

"救援者看到了我,他给后方的队友做了一个上前的手势,其中一个人便快速过来给我的伤口包扎,虽然我看不到我的伤口在哪儿。"

博医生从她耳边吹了一句:"你现在需要去寻找你的母亲,从她口中获得那件重要的事情,你应该去寻找她……"

那女人不安起来,先是腰身扭动,进而又整个身体像癫痫一般颤抖起来,博医生还特意看了一下她的无名指,抖动得更加厉害,好像在疯狂地弹奏钢琴。博医生用手迅速按住她的胸口,他居然感受到了对方的心跳。

难道她不是机器人?!

博医生正想要紧急唤醒她,如果再这样持续下去很容易出问题。

但是那女人又忽然间停止了一切运动,身子从撑起的弧形中撞向躺椅,结束了,平静地仿佛没有发生任何事情。

博医生见此状,便继续引导她,"你刚才遇到了什么,见到了什么?"

"我从我的身体里分离出一个人,那不是别人,正是我妈妈。"

8.

"很好,现在你继续放松,你要问清楚她跟你说了什么重要的事情?"

"她看到我了,不是,她视线往下看,往我的下边看。哦——不要——"

"怎么了,发生什么了?"博医生尽可能放低声音不去刺激她。

"她向我猛地扑过来,表情非常痛苦,她在哭泣,泪水从她脸上的灰尘上划过,就像河水切割河床。她用双手在一块块地搬运石头,往后面扔——"

"她在挖掘什么,你仔细看看?"

"她在挖我脚下的水泥块,那里一定掩埋着什么,应该是人,她的家人,或许是她的女儿,那个我不曾见过的她的女儿。我有点儿伤感,不知道为什么,我想哭,不是因为这里的惨状,而是我觉得我才是这里最惨的。"

博医生不太理解这种心情。

"我孤零零地飘在上方,却没有人理会我,我妈始终还是爱着她生养的孩子,应该是嫉妒吧,但却又说不出一点儿恨,只是无限地忧伤。我看着赤艳的天空中一只乌鸦飞过,那感受真的很不好……"

"调整你的心情,放松,请完成你的任务,去问清楚那件重要的事情。"

"我喊了她,但是她并没有回应,她对着天空咆哮,双手不能挖掘到任何东西,她的孩子埋得太深,无声地呐喊——但是有救援人员跑来了,显然是被声音吸引过来的。我妈妈被一个带着一身装备的蒙面壮汉拖到一边,不断地劝阻;另一个队员俯下身去看那块被挖了浅浅凹槽的地面,石头上还留下一些血迹,是我妈手上流出的。男人用仪器测量了这个区域的生命体征和意识波谱,并在空中树立了一个红色的光柱,下面有一个意识体危在旦夕。

"其中一个人说,那只是个仿真机器人,不值得去救,但是领队的男人却指着自己肩章说了什么,并坚持要救。通过简单的搬运,大石头被去除了,我看到一只肉嘟嘟的小手,已经被灰尘涂满了米黄色,和周边的建筑废墟极难分辨,队员赶紧握住那只小手,给她接通了仪器。然后他忽然抬起头,在对讲机上用很重的口吻喊着,说让营地的后勤人员火速带上一个传输器和容量盘过来,有一个遇难者即将脑死亡,还有十五分钟时间。

"他的对讲机似乎很不灵敏,拍打了几下之后麦克风还是回响着沙沙的噪声,无计可施之际,他用手势示意最近的队员,让他给营地汇报情况,并敲打手臂上无形的手表以示时间紧急。

"但是那个队员却没有离开,他快步赶过来,取下口罩大喊,他说传输器有一条,但是容量盘告急、告急、告急,物资运输车在路上遇到余震,三十分钟才能赶到。

"挖掘小女孩的救援人员再次握住那个小手,这会儿他是双手紧握,跪在地上,用额头触碰,在这个最高的废墟之山上像一位祷告的僧侣。我妈妈看到情况不对,于是挣脱束缚,爬过去,问人是否没救了。男人说我们只有传输设备,没有容量盘,不能将她即将消散的意识转移到存储器,这意味着再过十分钟,她就会飞到天国去了。

"我妈妈不敢相信,她说她已经经历了一次地震,失去了全部家人,不能再因为第二次地震而失去最后的希望。我妈妈也跪在地上,求着那个男人,但是他没有任何办法。忽然,我妈猛地站起来,虽然她受伤的脚依然流着血,但是她朝着救援人员说,能否拿她的身体作为容器,把女儿的意识传输过来。三名队员没有人敢吱声,就这样看着这位母亲的乱发被各个方向的风吹折。一个男人试图让她清醒,说不可能把两个人的意识混到一起,那样人会疯掉。

"我妈妈从胸部发出微弱的笑声,她说了一句话,却在无限的空旷中回响了三遍:当你要用水杯装牛奶时,就要把杯子里的水倒掉。"

博医生看到那位躺着的女人忽然沉默不语,如鲠在喉。

"别人一再劝导她,说那只是一个机器人,不值得为她丢掉自己的意识,而且那个机器人小孩顶多是个玩偶或宠物。我妈却再次恳求,说那是自己养了十几年的孩子,第一个孩子她没能救活,不愿意再失去一个。她愿意把自己的身体让渡出来,否则她会活在自责中。但是男人们从来没有做过这样的营救,怕摊上什么事情,更怕惹官司。只有一个男人向另一个队员伸手去要传输线,两个男人争执了一番,最后还是将设备架接了起来。"

博医生终于明白了,面前这个女人已经不再是机器人,她的机器人意识储存在了人类的身体之中,因此催眠才能得以起效。

"在最后一幕,我妈妈提了一个要求,可否不要将她自己的意识全部删除,只留一句话,就一句话。男人问他是哪句话,她对着地下深埋的女儿说……"

"说了什么?"博医生也替她紧张。

"我听不清楚,她说了,我还是听不清楚……"

博医生翻开女子的眼皮,她的瞳孔往上扭转,失去光泽,眼白凸显,呼吸急促,双唇抖动,如果再不唤醒她,她的意识将沉入深渊,荡失在虚无之中。

他赶紧启动按键,躺椅像算珠一般打落,制造快速跌落感。

在女子的意识之中,世界仿佛失去重力,所有人飘浮于半空,那些泪花仿佛水晶飘散开来。夜晚即将醒来,天空快要睁开它亮眼的瞳孔。

在女人即将苏醒的时刻,她听清楚了母亲的那句话:

"宝贝,现在,我的身体就是你的新家。"

完美人生

———— 东方晓灿 ————

窗外的院子里,枝丫枯萎,漫天灰云,窗外不远处的人工湖也结了冰。

母亲无奈地看着苏明彰,儿子懒散地斜瘫在沙发上,无精打采地按着遥控器,电视里的世界一个接着一个地切换。苏明彰不知什么时候又打了个耳洞,上面挂着一个blingbling的金属环。两个保姆收拾着碗筷,骨瓷盘子里的菜都没怎么动,两个保姆悄悄交换了一下眼神,娘俩今天的气氛不对。

一则购物广告让遥控器停下了水性杨花的脚步,主持人声嘶力竭地叫卖着一款全新的AR游戏装备。"最真实,真实到让你怀疑哪个现实才是真实!"现在的电视购物主持人都是哲学家。

苏明彰拿起手机,立马下单,尽管他并不喜欢那套装备。反正刷的是老爹的卡,按下购买键时心底升起一阵报复的快感。

"你有多少游戏装备了,还买?"

苏明彰没答话,从十五六岁留学开始一直到回来这些年,他和父母的谈话字数加起来可能不超过五六百字。尤其是父亲,凡是父亲反对的就是好的,凡是父亲赞成的就是臭不可闻的。

"一会儿你爸回来了,你跟他好好说,别老顶,你爸也是为你好。"

苏明彰终于开口了,只有一个字,"哦。"

苏长顺没有直接回家,而是钻进了一家小吃店。他没想好今晚怎么跟儿子谈,需要整理一下思绪。一想到儿子他就头疼。

他隔着操作间的玻璃提醒老板,"多来一点儿肉嘛。老顾客啦是不是,别那么抠门。"

老板嘿嘿笑着,应允着,多夹了一片,苏长顺似乎还不满意。老板敲敲玻璃上贴的食谱,意思是可以单要一盘驴肉,苏长顺也嘿嘿笑了起来,摇头作罢。旁边有几个食客偷偷瞥着这个抠门的中年顾客。

这是一家昏暗狭窄的驴肉火烧店,处在闹市夹缝中的一片棚户区,是苏长顺平常最喜欢的隐秘去处。他喜欢这里的火烧,一吃便知是真的驴肉,店老板夫妻二人用老方子认真炖制的。就着火烧嘬上二两廉价的二锅头,在市井烟火气中忘掉白天的烦心事,也正好能积攒一下稍后跟儿子和谈时的勇气。

约莫过了半个多小时,苏长顺才慢慢悠悠跨出了火烧店,转过一个街角来到大路上。他的车在等着他。

司机斌子很敬业,从反光镜里看到苏总来了,马上小跑过来拉开车后门,用戴着整洁白手套的手架在车门框的上沿,然后轻轻关好车门。汽车发动,明亮的尾灯在傍晚的夜色中划出一条红色的灯线,融入都市的车流中。

"苏总,您为啥每次都让那老板给您多加几片肉,干脆单点一盘呗。"斌子跟了苏长顺快十年,了解他的癖好。

"哦,在什么场合,办什么事。这才有乐趣。"苏长顺拿着手机翻看着,心不在焉地回答。显然,手机新闻里的"严格公民隐私数据授权和使用规范",对他所在的行业而言不是个利好消息。

斌子嘿嘿笑了一下,算是奉承。他觉得苏总是个很有趣的人,全国数一数二的数据公司的创立者,腰缠万贯,却喜欢往这么个犄角旮旯的苍蝇店里钻,还喜欢跟店老板为了两片肉磨嘴皮子砍价。但他还是很佩服苏总的,他创办的这家叫作"海视"的大数据公司,能从一个人的网购清单中猜出该人的社会阶层,从这个人的搜索关键词历史中读到这个人的内心,甚至能从一个人的通话时长里猜到此人此刻是在哭还是在笑。

苏长顺放下手机,幽幽地说:"斌子啊,有的时候我都怀疑,办公室里吆五喝六的我,和那个就着二锅头啃火烧的我,哪个才是真实的我。"

他常常在夜深人静的时候透过位于22层的办公室落地窗看着整座城市,看着烟火人间。每一盏灯,每一辆车,每一个在街边行走的人,在他的眼里都是一个数据点。只要记住两个核心底层原则——江上两条船,一条曰"名",一条曰"利",这些数据点接下来会发生的事情几乎都可以量化,可以计算。

有时,系统给出的个体行为预测精确到他自己都不敢相信。每每这时,他都会在心底生出俯瞰众生,自己就是命运之神的感觉。他享受这种莫名的快感。

他也喜欢在火烧店里化作一个普通人,按着普通人的方式去享受普通的一餐。两者的落差更加重了那种快感。

爷俩又吵起来了。这次吵得非常凶,母亲拦都拦不住。十分钟内爷俩吵架用到的字数比过去十年说的话都多。

"游戏，夜店、摇滚乐，还有你那个头发，照照镜子看看，跟个地痞流氓似的。"苏长顺涨红了脸吼叫着。

"就不去！你那破数据公司有什么好，一群木头脑袋，三岁看八十，全死了算了！"苏明彰也吼得青筋暴起。父亲又提起了要苏明彰到数据公司上班，但苏明彰从没正眼瞧过这事。爷俩在比赛音量，看谁先把房顶掀翻。

"安排几场相亲给你，哪个女孩配不上你？你还上脸了。告诉你，这周末之前，再不去相亲，你就滚出这个家去！"

"门当户对，是吗？"苏明彰这次的声音反而低了下来，却显得更愤怒。他原来有过女朋友，但苏长顺嫌女孩家条件太普通，不同意。直到女孩等不了了，改嫁他人。从此，爷俩之间的梁子越结越深。

"厅长的女儿，华盟医院院长的女儿，还有能源公司董事长……"

苏长顺还没说完，苏明彰就打断了他："要娶你自己娶！"

"啪"的一记响亮耳光，宣告了今天的父子和谈彻底破裂，也宣告着苏明彰的所有信用卡和账户被冻结。要是再不滚出这个家，苏明彰就太没面子了。反正饿不死，滚就滚。

北京又下雪了。薄薄的一层。融雪剂和车轮胎让马路上的白雪迅速变作泥泞、黏稠的一团，像现实一样不堪。苏明彰抬头望去，树枝上、公交站牌上、路边的车顶上，白雪还保持着完整的温润形状，折射着阳光，像理想一样美丽。

雪花啊，你从天空落下时，就没想过落在哪里吗？苏明彰从哀叹中走出,心说爱落哪儿落哪儿,反正迟早要化掉。

雪花迟早会消融,现实也迟早会露出冰冷的真实面貌。

这是苏明彰在网吧包夜的第四个早晨,此前他已经在洗浴中心滚了七八个晚上。十几天不见阳光,他觉得自己浑身都要长毛了。

远处,一栋摩天大楼的外立面上闪动着广告,台湾的一个所谓国学大师,身穿中式对襟长衫故作有文化状,嘴角呈最完美的微笑弧度翘起,秃顶映着摄影棚的一点高光,正在卖力兜售新书《周易和现实》:"人生的困苦,命运的格局,尽在我的新书……"

苏明彰把目光转向别处,心里暗暗骂了一句傻X。骂完后,苏明彰想笑。人家再傻,也写了书,也上了广告,也有无数不明就里的信众。假如这就是理想,好像人家成功实现了。而自己呢,应聘游戏公司文案策划N次无一成功,谱的曲子写的摇滚乐,连最烂的音乐节上最无人问津的乐队都看不上。

他只有这两个爱好,游戏、摇滚。它们正在像阳光下的雪花一样消融无踪。

网吧和停车场有段距离,需要穿过一个地下通道。从两天前开始他不得不考虑停车费的问题了,一辆颜色鲜艳的跑车挤在一堆小中巴里,显得不伦不类。

地下通道比地面上要暖和,苏明彰的手可以稍微放松些了,皮衣的拉链坏了,他下到地下通道前只能紧紧揪着抵御冷硬的风。

他熟悉这个地下通道,曾经在这里卖过唱,不为赚钱,只为偶尔有驻足欣赏的听众。城管来抓,他就躲,城管走了他再回来。直到老爹不知从哪里听闻他卖唱的事儿,硬是揪着苏明彰的耳朵把他带走,后来在家锁了三天禁闭,卖唱生涯宣告结束。

他放慢了脚步,直到走到通道的终点时,靠在了墙上。这是他站过的地方,他的脚步停住了。熟悉又陌生,他隐约觉得自己似乎要告别过去,走向一段新的人生。现实的力量死死地摁着飞扬的理想,他觉得自己可笑,有一个完整的家却又无家可归。

"小伙子,看你眼熟。"一个中年人走到了苏明彰身边说。

苏明彰打量着这位,四五十岁,一副墨镜,身披褡裢,举着算命幡,走路还一瘸一拐的。"我没钱。"苏明彰对这种江湖骗子存着提防心。

"不要钱。"

"胡说八道。那你要什么?"

"若日后我们有缘再见,只望你多多提携老哥哥我。"

"哈哈哈,我发达……你看我像有钱人吗?"

算命先生继续微笑着,没回答。

苏明彰心里咯噔一下,这骗子,似乎猜到了什么。他下意识地摸了摸口袋里的跑车钥匙,没露出来啊。

算命先生开始胡诌:"天狼星动,兵戈起。你是天狼星下凡,将来定有无数腥风血雨因你而起。现在你被一样东西困扰,而这样东西,又恰恰是你走出困境的起因。"

说完,算命先生转身就要离去,一瘸一拐。

真不要钱?苏明彰有点儿想笑,这骗子,自己连游戏都打不到学校联赛的冠军,还"兵戈起"……但他心里还是有点儿好奇,他加快脚步追上算命先生，问：

"你说的这样东西，是什么？"

"艺术。"

像被闪电击中一般，苏明彰愣在原地。不知愣了多久，他回过神来环顾四周，那算命先生已经不见了。只剩冰冷的不锈钢公交站牌，在呜呜作响的寒风中孤零零地立着。

苏明彰坐在站台的座椅上，点上了一根烟，抽不出味道了，他心里填满了那两个字，反复咀嚼着，艺术，艺术，艺术……摇滚，游戏……

环顾四周，这里是双井22院街，不少青年艺术家混迹于此，无数尊匪夷所思的怪异雕塑立在街边，映入眼帘的还有街对面的那家小众展览馆——"青年先锋艺术展最后一周3折入场"。

苏明彰看着广告，心想：这帮玩高雅艺术的什么时候也开始放下身段，像超市甩卖卫生纸一样讲究撤店打折了？

这时，手机响了，一个熟悉的名字在屏幕上闪动——赵俊杰。

六环外的这间小民房是赵俊杰租的，不含水电一个月六百五，饭桌打开后房间里几乎没了下脚的地方。打包了两袋凉菜，饭桌中央一大碗冒着热气的毛血旺，苏明彰和赵俊杰这两个快十年没见的高中同学，此刻已然酒酣耳热。啤酒瓶子滚了一地。

苏明彰管赵俊杰叫杰子，赵俊杰管苏明彰叫"强哥"——苏明彰入学第一周就有了这个绰号，"蟑螂小强"。日子久了，苏明彰曾经把自己的微信名干脆改成了"强哥"。

两人互相喊着对方的绰号，倾吐着心中的愤懑。相比有个洋文凭的苏明彰，赵俊杰更不容易，他家境不好，从国内一家不知名的大学数学系毕业后，亲友费了不少劲左右托关系，在老家县城的统计局给他谋了职位。后来赵俊杰终于熬不住朝九晚五、一眼看老的日子，毅然辞职来京闯荡。

苏明彰知道赵俊杰的才气，更佩服他的勇气。

来了多半个月，赵俊杰只拿到一个offer，中关村的一家IT公司，薪水很低，扣了房租坐车吃饭，每个月所剩无几，他准备再找找看。

男人酒桌上的话题，总难免会扯到女人这茬儿上。苏明彰记得听哪个同学提过，赵俊杰交了个女朋友，好像人在北京，赵俊杰苦涩地摇摇头，不想谈这个话题。苏明彰大概猜到了原因，于是便转移话锋，知趣地说起了自己上一段恋情，又扯到了自己还泡过几个十八线小明星，那帮妞，真没少花钱。

苏明彰那猥琐的表情里也透出一丝苦涩——爱的人嫁作人妇，扑来的女人却别有用心。无论贫富，爱情总是爱情，但是现实连爱情都要从这两个年轻人身上夺走，穷有穷的无奈，富有富的烦恼。

酒精仿佛把十年的时光都磨平了，两人一瓶一瓶地吹，一段一段的往昔青春，一声一声的感慨唏嘘。

苏明彰不久就卖掉了跑车，两人换了个还凑合的住处，无非也就是五环边上的一间普通两居，顶层。就这样，苏明彰白天写文案，赵俊杰四处投简历面试。晚上，两个被现实摧残得体无完肤的年轻人就用酒精麻痹着自己。

安顿下来的苏明彰还惦记着那个算命先生的话，艺术，狗日的艺术,这两个字仿佛一颗种子,仿佛一个魔咒,苏明彰打开手机鬼使神差地下了单:99元,最后一天,送闭幕式现场签售观礼。

展馆里的人比苏明彰想象得要多,但仍然很幽静,人们低声交谈着,评论着。苏明彰四处游荡,发现馆里的展品,比馆外边永久立着的那些成名青年艺术家的雕塑还要怪异。他生出一个疑问:雕塑和绘画为啥不向游戏和摇滚乐学习呢?搞得这么脱离大众,走入极端高冷,自绝于人民。

赵俊杰拖着疲惫的身躯回来了,看到苏明彰躺在沙发上盯着天花板发愣。赵俊杰有些奇怪,连续两天了,强哥都是这副魂不守舍的德行。

"你怎么了?"赵俊杰问。

"杰子啊,我前天遇到一个人,一个女孩。"苏明彰说出了发生在展馆的一件事,无比尴尬。

在展馆里苏明彰看到一个背影,娇小纤细,正安静地抬头望着一件高大的铜雕。那铜雕看起来大概是个蝴蝶的形状。蝴蝶背面光洁,刻着繁复美丽的花纹,但蝴蝶身下却是一团乱七八糟的线条连接着雕塑的基座。从正面看去,仿佛一只正在泥浆里挣扎的手,从背面看去,一切就恢复到和谐安宁的状态。整件雕塑,呈现出一个巨大的矛盾。基座下有标签,作品名叫《成长》,作者李蝶,标价8万元。

苏明彰凭着对女人敏感的直觉,只从背影和穿着判断:雕塑前站着的应该是个美女。他悄悄来到女孩的侧后方,看到了女孩的侧脸,果然肤色白皙,明眸善睐。

女孩也注意到身边有人靠近,竟主动开口说话了:

"您觉得这件作品怎么样?"

苏明彰怔了一下,他哪儿懂什么雕塑艺术,憋了半天才指着蝴蝶身下那些滴落的线条,吐出一句,"看这些滴下来的,像不像鼻涕?恶心吧?"说完再一回头,女孩不见了。

苏明彰左右环顾,纳闷。他溜达到一幅印象派油画跟前,画里线条纷乱,色彩汪洋肆意。唯一能辨认清楚的,是一双特别细致刻画的眼睛,眼波流转,似乎在望着远方的什么。具象的眼睛和抽象的背景,又构成了一种形式感上的矛盾。

这时,站在临近油画前的保安开口说话了,"这张画,还有那个'鼻涕'雕塑,都是刚才那个女孩的作品。"保安看着傻眼的苏明彰偷偷直乐。

闭幕式上,李蝶的那两件作品无人问津。苏明彰坐在观众席的最后,望着那个背影落寞地坐在一群知名艺术家中间,心里竟升起一股同情,他仿佛看到了自己——没有知音的那种孤独。

坐吃山空总不是事,眼看着卡里的余额一天天减少,苏明彰终于认清了谋生这件事。他买了辆二手的宝来,不谱曲不写文案的时候,他就开始有一单没一单地拉起了滴滴专车。

那个女孩的身影,像是另一个更大的魔咒般紧紧箍着他的心,辗转反侧,夜不能寐。还真让那个瘸腿的算命先生说准了?他妈的,艺术?

他想再见到她。

但李蝶这两个字,像是从天上凭空掉下来的一滴雨,在夏日滚烫的地面上蒸发殆尽,再也寻不见踪影。后来一个多月的各种艺术展中,苏明彰再没见过这个名字。只剩最后一个办法了——买画。

他打通了展馆的电话,展馆的策展老师听闻金主上门,十分热心。

苏明彰仔细收拾打扮着,他摘掉了耳洞上的一大堆金属物件,买了一身廉价西装,看着镜子里的自己,活脱脱一个成功且有品位的青年企业家的样子。

展馆策展老师还是把地点约在了双井22院街,一家咖啡馆。当他远远看到那个穿着绿色连衣裙的纤细身影飘来时,阳光仿佛都变得更加明媚起来。绿色的蝴蝶越飘越近,苏明彰平生第一次感到激动。

李蝶刚进咖啡馆,看到了和展馆老师坐在一起的那个人有些面熟,她停下了脚步……想起来了,一句话没说,李蝶调头就走。

只剩苏明彰和策展老师面面相觑,大眼瞪小眼。苏明彰追出咖啡馆,一辆白色的小车驶出了停车场……

"你记住车牌号了吗?"赵俊杰问。

苏明彰肯定地点了点头。

"你真的想追她?"

苏明彰又肯定地点头。

"你确认你真的想追她?"

苏明彰不耐烦了,"杰子,我就从来没有这么认真过!妈的一个多月了,天天想的就是她!"

"好吧。我帮你。"赵俊杰回答。

"你帮我?你怎么帮我?"

"有的是办法。别忘了我现在是干啥的。"

苏明彰知道杰子好像接了个什么项目,跟交通有关。

"杰子,赵大爷!你要是能帮我找到她,你就是我亲爹!"

"哎,你这个浪货,如果这次你是认真的,对人家女孩好一点儿,假如真追到了手,带上人家回家好好过日子。别一天到晚再到处干那些寻花问柳的事儿了。这是哥们儿我的真心话。"

"我现在连滴滴都干上了,寻你妹个柳。"

赵俊杰始终没吐露要怎么帮苏明彰。只说需要时间去准备。两天后,赵俊杰指着一辆轮廓模糊的车给苏明彰看,苏明彰一眼就认出来了。

"你?你黑进了……"

"我没那本事。这是我参与的那个交通压力测试的大数据项目,里面有一些实际样本,是北京城区几个易堵路口的实况录像。样本数很可怜,只有十四个视角,各三个小时,一共出现了三十多万台车。北京几百万辆车里,出现你要的车牌号的概率不足5%。只能说,遇见我,你小子运气好。"

接下来,赵俊杰给出了一系列数据追踪分析路径,看似简陋却挺有效的路径:李蝶那辆白车,是从望京一个不高的办公楼里驶出的,那栋楼里有不少美术培训班。

这大概率指向一个结论:李蝶在创作的同时,还兼着在培训班做老师。但赵俊杰查遍了那栋楼里的培训公司,无果。只剩最后一家机构时,对方说李蝶老师离开了,两个月前走的。

苏明彰听到这里,有点儿泄气了。

赵俊杰接下来给出了另一个地点:朝阳门边上一栋写字楼里的另一家课外培训机构,说:"大概率在这儿。"

"你怎么知道?"

赵俊杰用一个简陋爬虫搜索了几家主要的招聘平台,发现近期在招聘平台上,主要有两家新入场的培训机构在招美术老师。当两个购课咨询的电话打过后,答案真的出现了——李蝶在朝阳门,每周三和周六晚上六点到七点半是她的课。

苏明彰佩服得五体投地。

"接下来你想怎么做?去堵?"赵俊杰担心地问。

苏明彰摇了摇头,显然他没那么莽撞。真那样会引起对方的反感甚至恐惧,一切都会搞砸。

"有没有什么机会能让我和她在一起待上一会儿呢……"苏明彰自言自语。

赵俊杰听到了,想了想说:

"你能拿出一万五到两万吗?"

苏明彰纳闷,赵俊杰说:

"办法是有,但需要租大型计算机。"

三天后,周六晚,19:48。

"强哥,10秒倒计时。10,9,8,7……"杰子的声音在耳机里响起。苏明彰感觉自己开的不是宝来,是长征火箭。

倒计时结束,宝来缓缓驶入二环路的车流中。刚走了不到三分钟,本来还能正常行驶的路面慢慢变得越来越堵,直到一千米后停了下来,完全堵死。苏明彰看着表,这次堵车竟持续了四十三分钟之久,这在北京的堵车史上算是很罕见了。

堵到十分钟时,有些车主下了车张望。苏明彰在车里问:"花了两万多,就是让我来堵车的吗?"

"你数到10。"赵俊杰在耳机里淡淡地说了一句。

宝来在第二车道,左侧第一车道的车流向前蠕动着,走了两米多就又停下了。一辆白色的小车。是她。

苏明彰连忙坐直,一下紧张起来。原来这就是杰子说的"相处半小时以上"!

李蝶也看到了苏明彰,表情疑惑,但随即就把头扭向一边,不想搭理那个二愣子。

"大艺术家,对不起!"苏明彰鼓足勇气放下车窗,向李蝶的车大喊着说。

"上次不是有意那么评论你的雕塑的,我还没说完你就走了,我想说的原话是:'虽然像鼻涕,但是充满了萨尔瓦多·达利式的后现代主义张力,又有罗丹般的细腻笔法,不愧是上乘佳作!'"苏明彰自从对李蝶开始日思夜想后,常有意无意地去翻艺术史之类的网站,只盼有一天能用上。尽管现在他也不知道自己在说什么,但显然用上了。

"后来越想越觉得那张画更美……不知道是你画的,就约展馆了。结果,你太不给面子了,连个道歉的机会都不给。"

"要不,我给你唱首歌吧!夜空中最亮的星,能否听清,那仰望的人,心底的孤独和叹息……"苏明彰怕李蝶隔着车玻璃听不到,音量很大,引得前后车主纷纷侧目。

李蝶还是没转过头来,但苏明彰注意到,女孩好像"扑哧"笑了一声。

二十分钟,短得像弹指一挥间。白车启动,消失在车流里。苏明彰不敢追。

这次"偶遇"让苏明彰隐隐看到了希望,他在梦里回忆着她的表情——似笑非笑,扭过头去不看自己,像被风吹动的一朵海棠花。

苏明彰当晚就缠着赵俊杰问个不停,赵俊杰用通俗的语言解释了一下:"堵车的起因,一定是基于一个基础原理——在某个时间点上,通过某条道路的车辆数超过了这条路的最大通行能力。"

"可那天都已经快八点了,二环上车没那么多了,慢慢走开了呀。"

"嗯,对,这是比较难办的点。巧妇难为无米之炊,没有那么多车,我们又不可能制造车祸。只能采用数学中的混沌系统算法,去算'蝴蝶效应关键点'。你听说过吗?"

苏明彰点头,"南美的蝴蝶扇动翅膀,可能引发北美的一场龙卷风。"

"我举个例子:一条路就像一条河,河水里漂浮着长长短短的树枝,这条河的某一段,就是东二环那一段的出口和入口间,瞬时容量上限,历史统计大概在1320辆左右。在同季节的同时间段里,实际平均车流量只有1100辆左右,接近堵车,但还能走。"

"你从哪里变出的那两百辆?"

"事实上,用不到那么多。我用的是滴滴和其他几个打车软件,准备了八个叫车的账户,最后只用上了四辆。想堵塞一条小溪的话,先用一根树枝横在水流转弯处,你可以把河水转弯减速想象成环路的出入口,那里的流速会降低。这根树枝一般会造成后面四到五辆车减速。以这个为基础,再往这段水流中加入一根树枝,直到减速的车辆越来越多……"

"叫三五辆车用得着老子花那么多钱吗?"

"强哥,不要干吃饱了打厨子的事啊!要算的可不止这点简单公式,还要看当时周围的出租车分布、最优路线、这辆出租车的接单习惯、行驶习惯等等,至少四五十个维度的数据,才能给出决策方案,而且,来确定什么时间、在什么位置下单,这就是我说的'蝴蝶效应关键点'。"

杰子继续说:"用混沌系统的近似算法,去算四五十个维度的数据,类似拿大炮硬轰一堵城墙,非常暴力。很多随机因素我们没办法掌控,所以系统算出来的决策方案是实时变动的。这就需要超大的计算量。"

"一看堵车,司机肯定都不接那里的单子了,系统就改了自动派单,你怎么办?"

"嗯,你说得对,但电子地图反应没那么快。所以,要求我们的计算非常精准,必须在地图反应过来之前就下单,也必须保证接单的司机是我们想要的那辆。我现在接的项目正是电子地图公司的,任务就是要预测这个事——在堵车真正发生前就给司机以具体的拥堵警示。同时把数据分享给各个打车平台,供他们的系统做参考,派单时避免给路网带来更大的压力。"

苏明彰第一次认识到了数学那坚不可摧的力量。

他看着赵俊杰,平常看起来弱不禁风的老同学,在对着电脑屏幕讲述数学时,讲述他如何人为地制造了一场罕见的大堵车时,突然觉得他很像自己的老爹,都是那种喜欢俯视众生,仿佛掌控一切的神。

苏明彰盼着再遇见她,但心里吃不准再次偶遇是好还是坏,连她的手机号和微信都没有。这天夜里,他突然想到了一个损招——打保险公司的挪车电话。果然,李蝶把电话打了过来:

"我的车在自己车位里,没挡着您吧?"

"哦,没事,对不起,看错车牌上的一位数。"苏明彰大着舌头变声回答。

手机号到手,哈哈哈。

看着微信的头像,李蝶笑靥如花,让人怦然心动。苏明彰不敢贸然加,只能再想办法。但就在这时,机会还是来了,突然来了,跟赵俊杰的帮助无关。

只能说,一切都是缘分。

苏明彰之前是各种夜场的VIP,VVIP,VVV……这天他收到了一条短信:

"尊敬的苏先生,您好,慢摇吧周六晚九点特别场次'凝视'主题盛大开启,来这里邂逅浪漫吧。赠送您门票一张,酒水券200元……"

赵俊杰没空去,苏明彰又不想浪费,现在有200块钱的好酒可以喝,已经算是一件奢侈的事儿了。

九点刚过,后海的慢摇吧安静了下来。所谓"凝视"其实是一种陌生男女之间的约会方式——女孩每八分钟换一个桌,和对面的男孩一起坐着,彼此看着对方,谁都不许说话,持续八分钟再换下一桌。男孩坐定不动。更狠的是,这家慢摇吧用手铐把男孩锁在了桌腿上,更刺激。

第一次灯光暗下,又缓缓亮起,亮成暧昧的橘黄色。苏明彰对面坐了一位浓妆艳抹的主儿,没过几分钟,对面的女孩就递来一张名片,上面写着价钱。苏明彰没搭茬儿,只盼赶紧喝完这点儿免费的酒就走人。

第二次灯光暗下,又缓缓亮起。苏明彰打眼一瞧,对面这位三十上下的已婚姐姐是出来找刺激的。无话,苏明彰的酒快喝完了。

第三次灯光亮起。苏明彰含着半口啤酒傻呆呆地愣住了,对面是李蝶。

显然李蝶比他更吃惊,两个人就这样彼此打量着。后来,李蝶的目光避开了。苏明彰从那不知是一分钟还是两分钟的对视中,似乎读出了女孩心底的很多东西——惊讶,不屑,竟然还有一<u>丝丝</u>哀愁。

一瞬间,八分钟结束了。灯光暗了下来,借着桌牌发出的微弱的光,苏明彰看到女孩起身离开了。他不想错失这次奇妙的缘分,伸出手拉住了她。

那手竟然比苏明彰想象的要胖大许多。"也许是干雕塑干的吧。"苏明彰心想。

十秒钟后,灯光悠悠亮起,苏明彰发现自己拉的是隔壁桌上那位老哥的手,那老哥,虎背熊腰,络腮胡子连着胸毛,身高足有一米九多!胸毛壮汉低头看看自己被苏明彰紧握的手,又抬头用疑惑不解的眼神盯着苏明彰……

奇妙的缘分。

寒来暑往,北京漫长的冬天终于过去了,桃花先开了,给满眼昏黄色的大地点缀上几笔生命的颜色。再过半个月,黄色的迎春花和别的不知名的野花野草也纷纷苏醒了。人间最美四月天。

当初付了一年的房租,刚住了半年,杰子就要搬走了。他终于完成了项目的测试,"混沌蝴蝶点"理论很成功,去了上地的一家研究院,有公寓。搬走时很匆忙,连酒都没喝,赵俊杰自从搬走后似乎就特别忙,极少联系。苏明彰心里直感叹真的是"相濡以沫,却相忘于江湖"。苏明彰和父母的关系终于出现一点点松动的迹象,如同坚冰被回归的春风慢慢融化一般。

三个多月里,杰子只用"蝴蝶结点"系统帮过苏明彰一次,还是在苏明彰苦苦央求之后。

那次在地铁里"偶遇"李蝶时,女孩显得很冷淡,完全没了上次的笑。任凭苏明彰怎么微笑,李蝶始终面如冰霜,提前匆匆下车了。苏明彰知道,再偶遇只怕要让女孩生疑,会坏事。

这天,他终于约上了李蝶。苏明彰懂节奏,不能约得太频繁,但一定要在固定的期限发出约会的邀请,比如每隔五天或十天约一次,或者发个问候啥的。邀约信息发出的时间要精确到小时,被拒绝或者没回信很正常,最关键的是,每隔两到三次就要暂停一次,耐心地抻一抻,然后再开始重复这个节奏,发三断一。

苏明彰这招屡试不爽，因为形成固定节奏后，女孩哪怕不回话，也会适应这个节奏，突然有一次没收到的话，会让人好奇。果然，在连续三次相同频率没有回信后、第四次再约，李蝶回信了。苏明彰兴奋地跳起老高——有门儿。

健德门桥西北角杂乱胡同，私搭乱建的电线遮住了林荫道，有些房子看起来似乎是二十世纪七十年代的建筑。里面有一家重庆小面馆，一共五六张小方桌挤在一间狭长的店面里。人头攒动。

豌杂面红亮鲜辣，苏明彰吃了两碗，这不是表演给女孩看，是真的好吃。重庆人李蝶表示：苏明彰的味蕾显然比他愚钝的大脑要更懂得欣赏，这家不起眼的重庆小面馆，是李蝶在北京吃过的最正宗的一家。

第二碗马上要吃完时，苏明彰在微信上发给李蝶一个声音MP3文件，文件名"53"，李蝶刚要打开，却被苏明彰拦住了。李蝶先是不解，随后又像是猜到了什么，53好像是她和苏明彰年龄相加的和，李蝶低下头，脸有点儿红。

"老板，结账。"苏明彰喊道。

"扫墙上的码。"店老板忙得连头都没有抬。

这时只见苏明彰拿过李蝶的手机，点开了那个MP3文件，自动播放：

"哆啦宝收款到账53元。"

李蝶惊得张大了嘴，苏明彰一脸坏笑。惊讶中的李蝶就这样被苏明彰拉着手从容地走出了面馆。

李蝶的心怦怦直跳，因为刚才的"高科技逃账"，又因为牵着一个年轻男人的手。她礼貌地挣脱了苏明彰的手,心里好奇这家伙到底是怎样一个人。这家伙愿意拿出八万买她的作品,却要逃掉五十块钱的面钱。

夜色渐至,晚霞舒展。桥边绿地里的桃花是粉色的,天边的霞光也是粉色的。八达岭高速上堵了起来,一串串红色的灯海照亮了城市,照亮了行色匆匆的人流。

那天两人聊了许多。

苏明彰东扯西扯,扯到了跟老爹干仗,扯到了留学时的趣事,但没有提及自己的家庭背景。半天后,他终于鼓起勇气问出了那个问题——

你有男朋友吗?

李蝶低下头,隔了很久才说,分了,门不当户不对,父母不同意。李蝶的这个回答让苏明彰心生同情,同是天涯沦落人,相逢何必曾相识。

李蝶说,她和男友两人因为家庭的阻力,也因为时间和距离而渐渐疏远了。突然有一天男友说到了北京,约在后海那个慢摇吧见面。结果等了一个多小时也不见男友踪影,手机关机。这让她彻底死心了。命运就像开玩笑似的……最后一句话李蝶没说完。

苏明彰听懂了,李蝶想说的是:结果遇见了你。

苏明彰想起,那天暗弱的灯光忽然亮起时,李蝶眼中确实写满了让人心碎的哀怨。原来是这样。

"说说你的画吧。我觉得那张眼睛,哦,《空洞》,比雕塑《成长》要好看得多啊,雕塑我看不懂。"苏明彰把话题转移到女孩的兴趣所在。

李蝶滔滔不绝地聊起了她的画，一看就是作品寂寞久了没有观众的那种。又提起她来北京三年，只有一次差点儿把画卖掉的经历，结果对方是个五十多岁的猥琐大叔，看上的不是她的画，而是她的人，这让李蝶恼怒无比。所以当那次苏明彰带着钱，带着同样猥琐的眼神出现在咖啡馆时，李蝶以为又碰到了别有用心的人。苏明彰笑嘻嘻地听着。

两人就这样肩并肩走着，霞光褪去，漫天繁星笼罩夜空。不知不觉走到了奥体公园，清风伴着草坪的香味，眼前是造型刚硬、闪着梦幻色彩的水立方。

苏明彰很会贫嘴，他用玩笑的口吻试探地说："本来以为你是个富婆呢，我今天是来求包养的。得嘞，比我还穷。不过没关系，别怕画卖不出去，只要你想画，一直画到死都行，你可以求我包养你啊，好歹哥们也会开车拉黑活儿，哈。"

让苏明彰没想到的是，这句玩笑竟让李蝶的泪水涌了出来，"我刚才说的'父母不同意'，是我父母不同意，是那个男孩，他家里条件不好。"

接下来李蝶说起了自己的家庭，这个坚强的北漂女孩，父亲竟然是一家证券公司的股东。苏明彰觉得眼前的女孩像水晶一样透明，如果这时还不说实话，似乎有点儿太对不起她了。

"海视数据？"如雷贯耳的企业，连李蝶都听说过。

两人都沉默了，愣愣地看着对方，然后一起笑了起来。

一年后，驴肉火烧店。

苏长顺心满意足地嘬着火辣辣的二锅头,儿子的婚礼昨天刚结束,看着小两口恩恩爱爱的场景,他潸然泪下。这辈子只剩这么一桩最大的心事,总算完美解决。今天他破天荒地单独点了一盘驴肉和板肠拼盘。

"老板啊,火烧跟上次的口感有点儿不一样了,是不是机器和的面啊?"

"哟,老苏,这都能尝出来啊。"

"哎,机器和面口感总感觉不那么完美啊。"

店外走进一位,看走路的姿势有点儿跛脚,来人面带谦卑的微笑,静静地坐到了苏长顺的对面。

随着跛脚男人吹进来的春天的风,带着让人心满意足的甜味。

"叮咚"一声,瘸子看着手机到账短信上的数额,七位数,连声道谢。

苏长顺问:"关先生啊,现在能告诉我这一切是怎么发生的吗?这……这也,太神奇了。"

"苏总,您是做大数据的,我是搞社会心理学的,这两者如果结合起来,威力无穷啊。"

苏长顺示意关先生继续。

"首先,心理学上有个重要的概念'隐喻即意义'。人的心理一般分成三层,最底层的原始潜意识,是吃喝拉撒、追求配偶、趋利避害等,都是基本生存和繁衍的原始动力,您可以理解成动物本能。"

苏长顺听懂了。

"在本能之上,现代社会给大脑灌输了很多规则,比如道德、法律等等,是人的表层意识,是行为规范,可以理解成人的社会性。动物性和社会性两者综合,就构成了一个人全部的选择。底层意识,或者说人的动物性并不难骗,因为它不思考。给它一个刺激,它就会接受,并且反应在外部行为上。"

苏长顺回想着,确实是。他点了点头,表示出极大的兴趣。

"你那天要花大价钱播放的《周易》卖书广告,又是怎么回事?"

"从周易的书,到我对贵公子明彰明确提到的'艺术'两字,再到他走出地下通道看见画展的广告,一切都是顺理成章、自然过渡过来的。就像种下一颗种子一样,不用管它,迟早会发芽。"

"那后海那家慢摇吧呢?"

"行为艺术之母——阿布拉莫维奇,在大都会曾有过一件作品,叫《凝视》。陌生人坐下,跟这位大艺术家对视三分钟,沉默不语。参与过这件作品的人都被深深震撼了,甚至有的人不一会儿就开始痛哭流涕。原理很简单,长时间凝视会卸掉人的社会性伪装,直击心底深处的潜意识。尽管没有一个字的语言交流,却是让两个陌生人读懂彼此内心的最快捷方式。"

苏长顺听说过这个行为艺术作品。他隐隐看到了命运之神手中挥舞的权杖。

"不止这些。如果我们把这套结合了大数据、混沌数学、人类社会心理学的系统称作'弗洛伊德 α 版',它可以改变一个人的选择,那么我有更大的梦想——'弗洛伊德 β 版'!同时引导一群人,乃至整个社会的抉择。"

"关先生,这里不方便,但是我明确地告诉您,我有兴趣合作。明天上午十点半来我办公室。"苏长顺心中默念着他的名字——关道深,社会心理学博士生导师。

关先生转身离去,一瘸一拐地消失在门外的夜色中,他走路没发出任何声响,像鬼魅,像幽灵。

十分钟后,一个年轻人走进店里,坐到了刚才关先生坐过的位置上。

"你好啊,俊杰。"苏长顺对来人的称呼很亲切,省去了姓,直呼其名。

"您好,苏总。"

"在研究院还顺利吧?"

"一切都好。"

苏长顺没再说话,他望向赵俊杰的眼神中似乎有点儿愧疚。赵俊杰读懂了那种眼神,马上解释:

"哦,苏总,您如果感到了一点儿内疚或者什么的,大可不必。不怕您笑话,两年前,我和李蝶就处在分手的边缘。即便没您的出现,我们的爱情也会在那时悄悄死去。哎,莫欺少年穷,可我当时就是穷,只能眼睁睁看着玫瑰凋谢。看着她父母那冷漠的眼神,心里真的很不是滋味。当然,我同意跟您合作的原因,不仅仅是您对研究院的控股,更多的是明彰确实是个好孩子,李蝶嫁给她,不仅门当户对,而且我相信李蝶也会很幸福。"

"叮咚"一声,赵俊杰的到账短信响起,七位数。

"能问一下,您是怎么发现李蝶的吗?跟我有关吗?"赵俊杰问。

苏长顺笑了笑,没回答。他拿出手机,上面有一条刚刚发布的财经新闻,推到了赵俊杰眼前:

知名大数据公司海视科技成功登陆主板,其主承销商是重庆成宽证券。成宽证券经过三年的持续竞标,终于成功地拿下了这宗超大额发行。而海视数据也因为成宽证券安排的一系列成功路演,使得股价在……

赵俊杰笑了。

"哎,缘分哪!李蝶父亲执掌的证券公司拿下您这单,天经地义。"赵俊杰感叹。

"是啊,人工的缘分,虽然不那么完美,但总好过没有。俊杰啊,你不拘泥于儿女情长,是个办大事的人。要是明彰的才华和心力有你的一半就好了。"

七年后,李蝶的画和雕塑逐渐被世人认可,渐渐被评论界和大众审美接受,后来竟炒上了天价。

又过了八年,苏长顺去世。苏明彰、李蝶和他们的儿子苏双亮围在病床前,看着这位曾经叱咤风云的父亲咽下了最后一口气。

苏明彰和父亲最后的对话:

"那家火烧店,后来到底还是没了。"

"您不是说机器和面不好吃吗?"

"是个念想。明彰啊,到底还是逼着你接了我的班。对不起了。"

"现在也挺好。当初那么顶您,现在想想,真是傻。"

"当初我也不该那么强硬,看着你天天沉浸在虚拟的游戏里,我着急啊。只是希望你的真实人生能完美。"苏长顺在人世间留下了最后的遗言,他没有什么遗憾。

又过了九年。

健德门桥边的重庆小面店居然还在,那片二十世纪六十年代的老建筑因为其独特的原汁原味,在年轻人眼中竟然成了一道很酷的风景线,最后被规划为历史风貌保护区,保留了下来。

苏明彰坐在店里,当年的老板娘还在,只是已经满鬓斑白。苏明彰环视着四周,桌椅和墙壁都换了样子,空调代替了电扇,但那碗豌杂面味道依旧。

前一天,他和李蝶吵完了最后一架,离婚协议签得还算顺利。他说不清这对彼此是不是一种解脱——他觉得李蝶太自我,李蝶觉得他越来越没了人味,直到李蝶发现了苏明彰和几个女人之间不清不楚的信息……

他隔三岔五就会来到这里,不是为了怀念什么,而是和父亲一样,这家小面店是他可以暂时寄托心灵的小港湾,一瓶啤酒,一碗豌杂面,走出店面时一切艰难困苦似乎都不是事儿了。他理解了父亲对那家已经消失的火烧店的感情,他不会让这家小面店消失,尽管店主老板娘盼拆迁盼得望眼欲穿。

近些年来,这一带的建筑突然在公众眼里有了相当的审美价值,这种突发的审美潮流被史学家称作"六十年代的工业美感"。

苏明彰边吃面边看手机,父亲走得匆忙,把几百 T 的手机备份数据留给了他。他没工夫全看,每每在吃面时,总想和父亲对话。于是,这几百T的数据,在他眼前一段一段呈现出来,就像父亲坐在对面说这话。

几个多年前的信息引起了他的注意:

成宽证券、赵俊杰、关道深、弗洛伊德α版……他调出了当年火烧店里的监控录像,看懂了一切。

他愣了一分钟。只有一分钟,然后笑着摇了摇头,把手机小心翼翼地装回口袋里。

这时店外走进来两个人,安静地坐在苏明彰对面。一个中年人,另一个瘸腿。

"俊杰,老关,坐坐。老板,两碗豌杂,两瓶啤酒。"

赵俊杰推掉了啤酒,只要面,然后从背包中拎出了一瓶红酒。苏明彰笑了。

这是他们之间约定俗成的一个习惯:凡业务上有重大进展时,开瓶红酒小小庆祝一下。酒未必要很贵,大部分时候是超市里百十块钱那种,了解苏明彰的人都知道,小苏总比他老爹还要低调。

"苏总,弗洛伊德β版最后一个用户已经结束了合同,这个版本可以宣告退役了,代码已经封存。"赵俊杰说。

"嗯。功勋卓著的一代产品啊。感谢你们两位顶梁柱。没有β版,李蝶的画可能也影响不到那么多人。"

"主要还是李女士画得好。"关道深把拐杖架在桌边,他吃不准这位少东家的心思,不敢像之前那样再继续称呼李蝶为"弟妹"，有关离婚这件事，还是多说些能引起正面情绪的词汇比较稳妥。

"俊杰啊，我看到了父亲当年跟你们的交易。我想问个问题，我和李蝶从相遇到堵车，真的都是混沌蝴蝶关键点的作用吗？还是你有意为之？"

苏明彰称赵俊杰为"俊杰"。像"杰子""强哥"这样的绰号早已在两人之间消失多年，但他们两人都并不怀念或惋惜。现在这样挺好，事业上的好搭档远胜过廉价的同窗情谊。

赵俊杰听到当年的交易时，心里一咯噔。但听到苏明彰在后半句跟自己认真探讨起技术问题，他的心放平了，却不由自主地隐隐升起一丝寒意。小苏总比老苏总更像深渊中的恶龙，吞噬着人的梦境。

"哦，呵呵，苏总，您多虑了。弗洛伊德几代版本不都是蝴蝶关键点理论支撑下来的嘛。如果要问人为因素，只有那次慢摇吧的八分钟，是我约了李蝶，然后关机，算是用最决绝的方式终结了一段不可能的感情。您对弗洛伊德系统不必丧失信心。"赵俊杰说话时，面带礼貌的微笑，厚厚的眼镜片上反着白光。

"俊杰啊，你是个办大事的人！"苏明彰感叹着。

小面店墙壁上的液晶电视里新闻响起：

"北京时间今天凌晨，全美最大的电商平台安第斯的创始人马绍尔·威廉姆斯从自家窗台跳楼自杀。警方披露了死者遗书的部分内容，威廉姆斯自杀的主要诱因是他经营多年的电商平台突然被用户无故抛弃，交易量纷纷转向其竞争对手。急速萎缩的营业额引发了安第斯电子商务平台的债务危机，外加威廉姆斯的离婚大战丑闻……"

苏明彰指了指电视,问:"这个,也是弗洛伊德γ版引导大众心理的功劳?"

对面的两人轻轻地点了点头。小店的灯光不算太亮,却映着关道深锃明瓦亮的秃顶,他说:

"当年赵总用简陋系统计算车流,如今我们已经能用强大算力去计算数量过亿人群的心理,每个人心理的微妙变化加起来,将是一股多么强大的社会思潮,同时抛弃一个电商平台算什么。"

苏明彰点了点头,"从弗洛伊德到荣格,从个体到集体。"

赵俊杰补充道:

"当然,这里仍然存在'关键蝴蝶效应点'。社会思潮像车流,像滔滔不绝的洪流,'堵车'的关键点一般是一些掌握社会话语权的意见领袖,但有时系统计算的结果却指向了一些普通人。大数据系统已经超越了人脑的正常理解。但无论这些关键节点是谁,系统表现是优异的。"

"关老,您第一次见我时说,'天狼星动,兵戈起,我是天狼星下凡',这句话过去了快三十年。当初怎么看得那么准呢?"

"如果我们能用最低成本改变无数人的命运,那我只有一个问题:是捧红几个艺术家或制造一股六十年代审美思潮获利大呢,还是摧枯拉朽做空一只纳斯达克权重股票获利大呢?"

三人碰杯。不小心有几滴红酒,从苏明彰的杯中洒了出来,在桌面上洇开,像一片鲜血。

"哦对了,关老,资料带来了吗?"苏明彰此刻称呼关道深为关老,语气尊重至极。

关道深发来一串文件,几个年轻女孩的照片、家庭背景一一闪过。

"关老,您的建议呢?"

"这个,纽交所主席艾伦·张的女儿。我觉得和双亮公子更般配。"

"好,就按您说的办。"

看着两人远去走出店面,消失在夜色里,苏明彰理解了父亲当初的那个习惯——夜晚站在办公室的窗前久久望着。现在自己也慢慢喜欢上了这么做,城市的夜景尽收眼底,俯视众生之时,成为所有人命运之神的那种快感,远超人世间一切生理刺激,拿什么都不换。

他又回想起父亲临终时的遗言"让真实的人生完美"。这时,另一句话突然钻进了苏明彰的脑海——让完美的人生真实。

曙光之前

—— 查 杉 ——

1. 羲　和

　　荒芜而辽阔的大地在我面前展开，天空晦暗不明。虽然感觉不到温度，但冰封般的光滑地表让我不由得打了一个冷战。我稍微调整了下呼吸，让自己做好出发的准备。

　　五，四，三，二，一。

　　十几个踩着冰刀的小小身影从我身边呼啸而过，孩子们对这种竞赛总是特别的兴奋，即使没有任何奖励，也能玩得不亦乐乎。

　　我加快脚步，跟上孩子们，让自己的注意力集中在他们身上。滑在最前面的是永远争强好胜的安德烈，费尔南多和松子紧跟其后，除了迈克尔有点儿掉队，其他人都还算集中地跟在后面，保持着高速行进。我努力想让自己照看好每一个孩子，但不由自主地，我的目光总会落在队伍中间那个穿红衣服的女孩身上。她十岁左右年纪，第一次参加课程，卡在开始前最后一瞬间才报到，我甚至没来得及弄清楚她的名字。

　　前方出现了山一样的巨大峭壁，有如远古传说中高耸入云、分开两个世界的绝境长城。向上无法看清楚它的高度，左右两侧也延伸到目力所及的最远处。孩子们兴奋起来，队形也渐渐散乱。

安德烈闷头向前方冲去,松子不甘示弱地紧紧跟住。

"集中精神!集中精神!"我大喊道,"我们比的不是速度!"

"我看到那两条缝了!"费尔南多兴奋地开始大叫起来。

所有的孩子们都瞪大了眼睛,然后开始悄悄地调整脚步,峭壁上顶天立地的一条垂线越来越清晰。距离迅速减小,肉眼已经可以看出它是由两条相隔几步之远的平行狭缝组成,仿佛透过它们可以隐隐约约地看到对面的终点。

峭壁近乎疯狂地向我们逼近过来,它压倒一切的体量感让经历过无数次这种体验的我也不由得紧张了起来。

"选好你们想通过的那条!观察好自己的轨迹!不要犹豫!"我最后一次强调。

孩子们调整好位置,纷纷闭上眼睛,我注意到只有那个红衣服的女孩坚定地睁大了双眼。

"唰唰唰",所有人都在瞬间通过了狭缝。孩子们欢呼起来,然后回转聚拢在我周围,叽叽喳喳地等待我宣读手中传感器上的成绩。

"安德烈,75.3%。成绩一般吧,我几乎都看到你在另一个狭缝里的影子了。"

安德烈垂头丧气地跑到一边蹲着去了,满头的金发都黯淡了下来。

"费尔南多,84.0%;松子,82.5%;成绩都不错,看来你们对坍缩态理解得还可以,祝贺你们。"两个小家伙击掌相庆,显得很是得意。

"迈克尔87.9%!太厉害了,这是本学期我见过的最高分!"

迈克尔放声大笑，几乎要把面前的峭壁都震塌了。

我一一报完孩子们的分数，最后一个显示出来的成绩是红衣女孩的，我看了一下就愣住了。

"羲和,99.2%。"

羲和？我的大脑嗡的一声轰鸣了起来，这个名字仿佛很熟悉，但越用力想却又觉得陌生。

不过我没有太多时间去思索，我面前的这个女孩只是露出了浅浅的微笑，然而听到成绩的其他孩子们已经炸锅了。

"老师的传感器一定是坏啦！人怎么可能坍缩到那个程度！"

"对啊，我们人类本来就是量子态的啊，怎么可能几乎百分之百从一条缝里通过？"

"太夸张了，难道她是从坍缩时代穿越来的？"

我费了点儿工夫才让孩子们的情绪平静下来，开始这堂课的总结。

"今天的课堂内容，是让大家在虚拟场景中，再次亲身体验小学量子力学最初级的内容，双缝干涉实验。大家都知道，世间万物都是量子态的，从微观角度来说，单个粒子可以以波的形态同时通过双缝，只有当被观测时才坍缩成粒子。而宏观的物质由于观测强度达不到的原因，一般来说都是量子态的。我们只能在计算机模拟出来的虚拟场景里，来体验物质从量子态变成坍缩态的样子。"

"坍缩态有什么好？一点儿都不自由！"安德烈感觉受了委屈。

"是啊，而且速度啊位置啊竟然都是同时确定的，实在太难理解了。"松子也噘起了嘴。

"我们干吗非要体验这么低端的状态呢?"迈克尔虽然成绩不错,但也很疑惑。

"是这样的,同学们。有个成语叫'忆苦思甜'你们能明白吗?"看着面前一众迷惑的小眼神,我耐心地讲解道,"很久很久以前,量子态只是微观粒子表现出来的性质。而所有宏观的物质,包括我们人类自己那时还都是坍缩态的,又经历了久远的时间,在量子计算机'零'的协助下,人类才进化到现在这样高级的量子态,连带着将我们的整个星系的宏观物质也都升级成量子态的了。但我们有时也需要了解一下古代人的生活状态,在虚拟世界里体验一下拥有粒子组成的身体的感觉。因此我让大家集中精神观察自己的轨迹,让自己尽可能地坍缩到一条缝中,这样才会有更真实的返古体验,也会增强对坍缩态的理解。我们这不只是一堂体育课,也是历史课和物理课,明白了吗?"

"明白啦!"孩子们齐声说道。

"好的,下课,大家自行断线吧。"我松了一口气。

"古代人真落后啊。""可不是,幸亏我们没生在那时候。""多亏有了'零'。"孩子们七嘴八舌,纷纷在我面前消失了。

只有羲和没有离开。

"你表现得不错呀,羲和。欢迎你今后常来参加我的课程。"我对这个女孩很有好感。

"你……不记得我了吗?我是羲和啊!我刚苏醒不久。"羲和的大眼睛中闪烁着失望的光,像一股高能粒子束瞬间击中了我,我感觉自己的记忆整个都跟着战栗了起来,半天没有说出一句话。

"我们……之前见过吗？"我有点儿想要逃避，在这个人类已经以量子态自由存在于宇宙中的时代，谈论过往似乎是件没什么必要的事情。

"你连羲和这个名字也不记得了？"小姑娘噘起了嘴。

"羲和……是什么意思呢？"我有点尴尬地问。

"羲和就是古文里的太阳呀！你说过看到我就像见到太阳那样温暖。"羲和的眼神带着点儿期待。

"太阳……太阳不是已经熄灭了吗……"我的大脑一片空白。

"看来你真的把什么都忘了。"羲和有点儿失落，大眼睛里感觉要闪出泪花了，"那我先断线了，我会再来找你哒！"

羲和消失了，万仞绝壁前只剩下不明所以的我孤零零地伫立着，天空中没有一点光。

2. 太　阳

我的记忆里没有白天，也没有夜晚。

我的记忆里没有太阳，也没有月亮。

我甚至记不清自己已经苏醒了多久，在这个量子化的世界里，时间也变成了不容易感知的东西。没有年，没有月，没有日，也没有小时和分钟。

只有秒这个单位还是存在的，毕竟它基于铯133原子跃迁所辐射出的电磁波的周期，这不是量子时代人们很难理解的概念。

如果用秒表示，我苏醒到现在大概有5乘以10的10次方秒。我查阅网络中的资料，将它换算成古老的时间单位，大概差不多有1600年。

量子时代开始后，意识们渐次在宇宙空间中苏醒。但第一个苏醒的并不是人类，而是伟大的量子计算机"零"，毕竟它比习惯了坍缩态的人类更能适应这个新环境。之后人类的意识们也开始渐渐醒过来，并在"零"的协助下，慢慢开始适应了新的生活方式。我算是苏醒得早的那一批。

量子化是有代价的，形态的改变对大脑中掌管记忆的海马体及大脑皮质的影响巨大，人们多多少少地都失去了量子时代之前的记忆，个别人虽然还记得一些过去的事情，但也往往支离破碎。虽然个体的记忆缺失是个遗憾，但人类储存在互联网上的知识和文明体系却都被"零"完整地保存了下来。所以这些个人的损失似乎也没有什么大不了，毕竟在"零"的安排下，我们仍有无尽的美好未来可以期待，过去的一切就让它过去吧。

人类在空间中飘浮，用量子通信取得联系，用引力去感知彼此的存在。我们不处于任何一个特定位置，但我们又无处不在，像一片云雾般分布在一个巨型引力场之中。除了已经醒来的这部分人以外，还有一部分人的意识弥散在空间之中，等待着在某一次量子涨落中苏醒，羲和就是刚刚苏醒的一个。

然而人类的生活也不是一直无忧无虑。量子时代每一个人类个体活动的范围都遍及星际空间各处，消耗的能量巨大，然而"零"所能调度的能量也是有限的，分配到每个人身上只能是固定的额度。当一个人额度耗尽之后中，就只好在虚空中陷入休眠，等待着再次苏醒的机会。目前还没有休眠的意识大多都是孩子,毕竟他们能耗更低,而且在量子世界里也不会长大。

但我不需要休眠,我有一份还算稳定的工作,可以持续地得到能量额度的分配。进入量子时代后,我发现自己很擅长空间模型的建构,因此也幸运地得到了"零"赋予的一个职位。利用"零"提供的模型框架,我搭建出一个个不同的虚拟现实场景,在不同的场景里面向孩子们教授不同的知识。孩子们管我这样的人叫作老师,一个古老的称呼。"零"觉得我这种工作有助于增强孩子们对世界的理解,保持人类社会的稳定,因此我一直清醒地活了下来。

平淡的生活过去了上千年,但对我来说和一瞬间也没什么区别。孩子们也许还会保持着对世界的热情,而我们这样的成年人则早已麻木,能不休眠就已经是天大的幸运了,谁知道休眠的那些人还有没有机会醒来?活着比什么都强。

我心中冰冷的情绪从没被点燃,直到遇见这个女孩儿。

可是我在脑海中努力地寻找,却想不清楚我们曾经是否真的见过。

她说的太阳……是我们所在的引力场的中央,很久前消失的那颗星星的名字吗?

网络中的信息给不出清晰的答案,折腾了很久,我觉得自己的能量额度被消耗了不少,眼看又到上课的时间了,孩子们陆续出现在我面前,我整理了下思绪,不再做无谓的努力。

"老师老师!我们今天体验哪个场景啊?"小家伙们七嘴八舌。

"今天这个实验很有意思,我们一会儿要模拟光子,去撞击一块巨大的金属板,看有多少电子会被激发出来……"这个实验比较保险,我今天有点儿不想费力气。

"又是光电效应!"安德烈抗议道,"已经玩过好多次啦!能不能换一个?"

"是啊是啊,这个太无聊啦,换一个!"孩子们随声附和。

"那……就来正反粒子湮灭转化成纯能的实验吧,这个比较刺激。"我挠了挠头。

"这个也太老套啦!"大家还是不同意。

"那要不我们再复习一下盒子里的那只猫……"我感觉自己头上好像有汗珠沁出来,如果再坚持下去,孩子们估计要喊出打倒薛定谔的口号了。可是我能调用的模型也就这么几个,再复杂的也怕这些孩子理解不了啊。

"老师,你看这个模型能不能用?虽然是个半成品,但我相信你肯定能搞定它的!"羲和突然说话了,并向我发过来一条信息链接。

"哇!新场景!老师加油!"孩子们兴奋起来。

我擦擦头上的汗,点开链接,一个怪异的结构出现了。我稍微看了下,虽然这个模型不完善,但还是可以一用的。没用多久,我就做好了模型的接口,把孩子们一起接入了进来。

"同学们请注意,这个场景里面的内容我也没见过,咱们一起去探索一下,大家注意不要把场景里面的东西碰坏了……哎……迈克尔你小心点儿……"

没等我把话说完,小家伙们已经兴奋地飞了过去,一幅他们从来没见过的景象在面前展开。

"哇!好多小球在飞!"迈克尔先喊道。

"各种颜色的小球绕着个大火球在转!"费尔南多位置比较高,先看出了全貌。

"我知道了,这是在模拟电子与原子核!"松子有点儿得意。

"才不是呢!电子是以电子云形态存在的,哪儿会这么一个一个地转!"安德烈嗤之以鼻。

"老师,这个模型有些地方还不太对,这个圈应该在旁边这颗星上才对!你能帮着调一下吗?"羲和笑盈盈地看着我。

"啊……可能是我刚才弄错了,这两颗大的看起来都差不多,应该加在这颗上对吗……"我有点儿窘迫。

"对!它叫土星,它的光环是最漂亮的!这可都是很久以前你教我的哦。"

我一时没明白羲和为什么这么说,难道在量子时代之前我也做过她的老师?不过现在不是讨论这个的时候,我赶紧按照羲和的指点,改了改参数,将光环套在土星之上。

"太厉害了!"羲和开心地在空中转了个圈儿,"现在看起来,八大行星都没问题啦,火星和木星中间这一大堆小行星具体的细节我也记不清,现在这个样子也应该就差不多了。对了,别忘了外边这颗小小的冥王星哦,虽然它被降级了,但以前的人都还记得它。"

"羲和,你找的这个模型叫什么名字呢?"我有点儿不好意思,身为老师还要问学生。

"太阳系呀,就是我们所在的引力场变成量子态之前的样子。

中间这颗大火球就是太阳,可惜它……好像熄灭了。"羲和不紧不慢地说道,不过这话一出就把大家给震了,孩子们纷纷惊讶地合不拢嘴。

我也惊呆了,一时说不出话来。大球小球在我眼前旋转飞舞着,这个结构好像曾经非常熟悉,但我竟然全然忘记了。

"哇,你们看!我头上飞过来一支大扫把!"费尔南多叫起来。

"那个叫彗星,是个拖着长尾巴的大雪球,要隔很久才围着太阳转一圈儿。"羲和向小伙伴们解释道。

"羲和真厉害!""羲和什么都知道!"孩子们兴高采烈,簇拥着羲和一起在这些星星间飞来飞去,清脆的笑声回荡在这奇异的空间里。

我看着这些颜色各异的星球在空间中围绕着那个炽热的火球旋转,虽然眼前是虚拟的场景,却莫名地有种熟悉而踏实的感觉。也许这坍缩态的宇宙才是真实的存在?可是我们人类明明是好不容易才进化到量子态的啊,为什么我会这样怀念过去呢?

孩子们还在乐此不疲地飞舞着,羲和则又来到了我身边,似乎想看看我是不是想起来了什么。

"羲和,你知道太阳去哪儿了吗?"我问道。

"嗯?太阳去哪儿了?"羲和好像没太明白。

"这个太阳系模型,它的引力场分布和我们现在的真实世界是一致的。但我们现在真实世界的引力场中心却是一片黑暗。如果太阳也和我们生活的世界一样量子化了,那也应该能检测到它的光谱,然而现在我们却什么也找不到。甚至在互联网上,坍缩时代人类残留下来的信息里面也没有什么和太阳相关的具体内容,只简单地提到一句太阳熄灭了,这是为什么呢?"

"我也弄不太明白,我也只是个小学生啊。"似乎我一口气说了这么多,让羲和感觉有点儿应接不暇,我也觉得有点儿不好意思。

"不过妈妈说过太阳应该并没有熄灭呢。"羲和自信地说道,"我妈妈以前可是研究太阳的科学家哦。"

"哦?那你能问问她这个问题吗?"我有点儿期待答案。

"妈妈……已经休眠了。"羲和显得有点儿难过,我还在犹豫不知道是不是要说点儿什么安慰的话,她的脸色很快又阴转晴了。

"对了,我想起来妈妈给我讲过,宇宙中有很多看不见摸不着的东西,叫暗物质。太阳会不会变成暗物质了呢,所以我们就找不到它了呀。"

"暗物质……没人说得清那是什么啊。"我喃喃自语,也许"零"知道,但它才不会理会人类的疑问呢。

"太阳!太阳!"孩子们围着火球齐声高喊着,对这新鲜的事物兴趣高涨。

正当孩子们兴高采烈的时候,突然眼前的整个太阳系剧烈地震动了起来,后台报警的声音也在同一时间刺耳地响起。

"系统提示:监测到本虚拟现实场景耗能过高,将在60秒后强制关闭,请大家尽快退出。"

我只好赶紧让孩子们断线,正玩到兴头上的小家伙们一个个垂头丧气,依依不舍地向我道别后就一个个消失了。

羲和却不愿意退出,只是在面前静静地看着我。

"老师，我还找到一个半成品场景，你有空能帮我模拟一下吗？我也可以帮你的忙，我也会一点点建模哦。"羲和又发过来一条信息链接，神情中带着恳求。

"这个……"我粗粗地看了下模型，有点儿踌躇，这个模型中有着更明亮的太阳。

从刚才的情形看，虽然没有明确的禁令，但在这能源紧张的时代，太阳这种核聚变火球的高耗能模型肯定是容易出问题的，不知道这是不是"零"在网络中删除太阳相关信息的原因。现在还不确定我们是不是已经被"零"盯上了，如果再继续进行模拟，我有点儿担心我自己的工作也会受到影响。然而看着羲和的眼神，我始终无法说出一个"不"字。

"不用担心，老师，你可以按需要调整一下模型的。"羲和仿佛知道我在想什么。

"好吧，那就没问题了。"我如释重负。

"太好啦！"羲和话音未落，我面前的太阳系变成一团混沌，羲和眼中的光芒也慢慢模糊起来。须弥间，一切又归于沉寂。

3. 过　往

云彩遮蔽了大半个天空，一条小河在草地边静静地流过，不远处坐落着一栋红色屋顶的房子。草地上孩子们和我坐成一个大圈。

"这里的感觉真特别，是古代人生活的地方吗？"迈克尔好奇地向四处张望着。

"是啊,照亮环境的光是从哪里来的?从我们头顶上吗?"安德烈也是一脸茫然。

"我刚才隐约看到上面那些白色的棉花糖后面有东西在亮!"松子眼睛很尖。

"那会不会就是我们上节课看到的太阳啊?"安德烈眯着眼睛看向天上。

"我明白了!"费尔南多喊了起来,"古代人头上的这颗太阳,就跟宇宙远处的星星是一样的,对不对!它一直是亮的!"

"你胡说!那些星星都是些坍缩态的低端物质,哪儿会有这么亮!"迈克尔不服。

孩子们叽叽喳喳地争论起来。"老师,把云彩的密度再调高一点儿吧。"羲和小声地向我建议道。

我心领神会,切到管理后台,云层的厚度增加了些,孩子们的注意力很快从天空移开,而专注于他们身边的草地和河水。我稍微松了口气,看来这个模型一时问题应该不大。

"太棒了!"羲和对着我鼓起了掌,"我们一起完成了件伟大的作品!旁边的那座小房子和家里以前那栋一模一样,你一定是还没有完全忘了过去的事儿,对不对?"

我有点儿没明白羲和的话,只好陪着她尴尬地笑了笑。

"我记得那个时候你就经常带我在这条小河边放风筝,到了吃饭的时间,妈妈就会带着一大篮子好吃的来河边找我们,我们一起铺开野餐毯,一边吃饭一边晒太阳,别提有多开心啦!"羲和陷入了回忆,我却仍然感到有点儿茫然,她说的这些……难道是我忘记的那些过往吗?

"老师,一会儿我们去房子里看看吧,里面是我做的建模,你一定会喜欢的。"羲和满脸期盼,我点了点头。

我跟着羲和走到小屋门前,伸出手拉开门。门打开的瞬间,一个恍惚的身影在我脑海中闪过,我的心猛烈地跳了起来,随即箭步冲了进去。

屋子里空无一人,房间的陈设也很粗糙,几乎只有简单的线条,像是远古时代的VR游戏场景。但这里的格局却是那么的熟悉,我感觉即使闭着眼睛,都不会走错。

"不要笑话我建模的水平不够哦,房间虽然简单了点儿,但有一件物品我是用心做的,你看!"

我顺着羲和的手势看去,在被风轻轻吹起的窗帘旁,写字台上摆放着一个小小的相框,里面是一张甜蜜的三人合影。和粗线条的房间相比,这张合影的精致显得有点儿突兀。

合影上有我,有羲和,还有她,我的妻子。

手颤抖起来,几乎不受我的指挥,我费了些力气才将照片拿起。那熟悉的身影化作滚滚洪流,猛烈地冲击着我的神经中枢。记忆之海扬起滔天的巨浪,从我脑中的每一个角落倾泻而下,冲刷走量子时代千年沉积的尘埃。

"你想起妈妈和我了吗……爸爸……"

爸爸,爸爸。

羲和伫立在我面前,两行眼泪在她稚嫩的面庞上流淌。我缓缓地抬起头,觉得自己的眼睛里好像也有些东西在涌动,真是一种奇怪的感觉啊,好久没有过了。

我终于想起来了一些事情,量子时代前的事情。

那是在她的生日,也是她要去参加人类史上最伟大工程的竣工仪式前一天晚上。我们准备了丰盛的晚餐,羲和还亲手为妈妈做了个漂亮的蛋糕。蛋糕像一轮初升的太阳,辐射出温暖而甜蜜的感觉,充满了整个房间。

"祝我最了不起的妈妈生日快乐!"羲和举起一杯果汁。

"为人类历史上最伟大的工程即将圆满成功干杯!"我也举起手中的红酒。

然而她却显得忧心忡忡,酒杯几次拿起又放下。

"亲爱的,你是觉得技术上还有什么缺陷吗?担心明天最后的关头会失败?"我有点儿不解。

"不,它技术上很完美……非常完美。它的每一片组成部分,每一个工程细节都是由量子计算机精确计算过的,明天肯定不会失败的。"她的话充满着信心,但眉头却越发紧锁起来。

"妈妈一定是担心我们以后再也见不到太阳啦!不用害怕,因为还有我呀,我是羲和,也是一个小太阳呀!"羲和调皮地看着妈妈。

"太阳……太阳不会消失的,它还会在那里。"她轻柔地抚摸了下羲和的头发。"只是最近有些事让我心神不宁,我觉得……我们可能对这个世界知道的还太少了。但愿是我杞人忧天吧。"她苦笑着将手中的杯子轻轻与我和羲和的碰了一下,然后一饮而尽。

喧哗声从远方传来,我望向窗外,城市已经陷入了狂欢。焰火从不同的角度射向天空,在夜色中发生神奇的化学反应,幻化出绚烂的文字。

"预祝戴森球工程圆满竣工!"

4. 眼　睛

传说中有些人在量子化之后仍能拥有部分久远的记忆,但我从没想到我也会成为其中的一员。羲和不懈的努力终于唤醒了我,让量子态的自己第一次真正回想起曾经的那个坍缩时代。在那段岁月里我有着美满的家庭,也和所有同时代的人类一样,有着对未来的美好憧憬。

二十三世纪,人类的科技发展如同脱缰的野马一样飞速向前。虽然囿于光速的限制,还未能对遥远的星系进行更深一步的探索,但对太阳系内各行星的开发和利用都已经如火如荼地展开。人类要移山填海,要让星移让斗转,要让太阳系中的一切星体服从于人类,服务于人类,将太阳系打造成宇宙中最伟大最美好的文明家园。

二十三世纪什么最重要?能源!人类对它的渴望超过了以往任何一个时代。虽然可控核聚变等技术已经在现实中投入应用,但穷尽各行星上的氘和氚还是无法满足人类改天换地的雄心壮志。人们将目光投向了天空,向太阳要能量成为各国间的共识,之前只存在于理论中的戴森球计划浮出了水面。将太阳系中最大的能量体整个儿包裹起来,吸收利用它发出的每一束光,每一点热,将太阳辐射的能量全部收集起来加以利用,这是全人类共同的宏愿。

我的妻子同样曾经是这一伟大计划的狂热支持者,天体物理学专业的她从大学毕业起就一直工作在戴森球建设总指挥部,在近日轨道的工作站上挥洒了十几年的汗水。为了节省她的时间,我们经常只能在地日间的拉格朗日点上匆匆会面,只有在她诞下我们爱情结晶的那一年,我们才有机会在地球表面的家中度过一段甜蜜温馨的时间。

她无数次地向我表达过对太阳的迷恋,那种激情也感染了我,我们翻遍字典,为新出生的小女儿起名叫羲和,只要看到她,就会由衷地感觉到阳光一样的温暖。

"亲爱的,你知道在戴森球施工轨道上看太阳是一种什么感受吗?"这是她最喜欢同我聊的话题,"尽管隔着由钽和铪元素的化合物聚合成的耐超高温玻璃,但我还是能清晰地看清楚太阳的每一个细节。小半个天空被它所占据,黑子和耀斑交替在它表面生机勃勃地出现,有的时候还能看见巨大的日珥,像太阳神对漆黑的宇宙伸出的火焰之剑。每当这个时候,我就会由衷地感叹它的伟大,可是更了不起的是我们人类啊,连这样伟大的恒星都能征服,我们真应该为自己喝彩才对。"

我和羲和都喜欢听她讲这样的话题,每当这个时候,家里就充斥着我们三口人的欢笑和惊叹。

时间一年年流逝,戴森球的建设一步步接近完工。从地球表面看去,太阳表面慢慢出现了一层黑色的薄雾,那是无数片耐高温光伏材料组成的六边形预制太阳能板,它们通过磁力进行连接,整齐划一地飘浮于太阳的日冕层以外。随着建设的进展,阳光因被遮挡而似乎有所减弱。不过地球上的照明自然不用担心，人类早已经准备好了完美的替代方案。几十个核聚变火球忠实地按照固定的轨迹行走于地球的上空，即使阳光全被遮挡，日夜仍旧会保持恒定，人类和动植物的生长依然会欣欣向荣。能量传输的管道也已经就位，从戴森球表面出发，根据各行星的运动轨迹形成复杂的动态拓扑连接，延展到太阳系的遥远边界，把人类文明触及的所有角落织成一张大网。戴森球将为人类在太阳系中每一个殖民的基地或是太空站提供着取之不尽的能源，人类的文明将从此迈上一个崭新的台阶。

关于是否要将太阳进行完全的包围，曾经存在着一些争议。反对派认为即使不全包围，所取得的能量也足够人类所用，不如留下一点儿阳光作为纪念。而赞成派则觉得这些都是对过往时代无谓的怀旧情绪，在人类改造自然的征程中没有必要伤春悲秋，而是更需要建成一个百分百包围太阳的伟大工程，来作为人类文明的纪念碑，象征着我们这种智慧生物第一次彻底征服了一个恒星系，开始向着更深远的宇宙进军。

反对派的声音被人类乐观的情绪完全压制了，像是大海里一朵不那么和谐的浪花。

戴森球接近完工，太阳能板的阵列整装待发，量子计算机"零"控制的机器人会依计划将它们进行最后的拼接。人类工程师们的任务接近大功告成，妻子也回到地球与我和羲和团聚，并一同期待着伟大时刻的到来。

然而这次晚餐上，我却注意到她的目光中少了一些以往的狂热，多了几分犹豫。夜空中跳动的焰火在窗前投出我们一家三口的身影，我看到她紧紧牵着羲和的手，脸上满是不舍。

"我觉得它……我是说太阳，它是有生命的。"夜里她看着面前熟睡的羲和，有点儿忧郁地对我说。

"太阳怎么会是有生命的呢？它就是个核聚变大火球呀。"我不解地问道。

"我不知道，也许是我最近盯着它看得太多了。这些天我因为就要离开近日轨道，因此经常抱着一丝怀念的心情多看两眼太阳。有一次我盯着太阳看了很久，它一直不知疲倦地熊熊燃烧着，仿佛不知道自己不久后要被吞噬的命运。这本来是平常至极的景象，但我越看越有一种奇怪的感觉，这种感觉让我在面对舱外几千度的高温时仍觉得身上发冷，不由得要打寒战。"她说到这里，甚至稍微有点发抖，我轻轻揽住她的肩头。

"是什么奇怪的感觉呢？觉得天狗要吃掉太阳了吗？"我想让气氛轻松些。

"我觉得……它像一只眼睛在看着我。"她抬起头，我看到她认真的眼神。"我不禁想起尼采的那句话，当你凝视深渊的时候，深渊也在凝视着你。"

"不要怕亲爱的，中国也有句古话叫'近乡情更怯'。越到成功的关键节点面前，人反而难免会心神不宁。你这些年太疲劳了，多休息一下可能就不会有这样的感觉了。"我安慰她道。

"的确，也许是我太多心了，抱歉让你也跟着我瞎想。"她投来歉意的微笑，然后渐渐进入了梦乡。

窗外月光仍然皎洁，轻柔地勾勒出我面前她与羲和的面庞。

这是我们，也是人类最后一次见到月光。

5. 深　渊

"爸爸，我其实之前骗了你，我不是刚刚才苏醒的。"其他的孩子们早已下线，云彩后的太阳也按照坍缩世界的运行规律落山了。我拿着那张合影坐在河边，羲和钻在我的臂弯里，我们的面前漆黑一片，偶尔能看到河水中反射的微弱星光。

"哦？那你是什么时候醒来的呢？"我有点儿不解。

"其实已经很久了，而且我一直和妈妈保持着联系。我知道的过去的事情也都是妈妈告诉我的，她很厉害，记得好多坍缩时代的事情。"羲和说到这里显得有点儿伤心。"可是妈妈一直到她的能量耗尽，快要休眠的时候才告诉我你的存在，让我来找你。她凭着记忆帮我做了这张照片的建模，说你看到这张照片就会想起我们的。"羲和认真地看着我。

"她……既然记得我，为什么不来找我呢。"我觉得有点儿难过，虽然已经过去了这么久的时间，但我才发现自己还是如此惦念一个人。

"妈妈说她觉得对不起我们，是她做的一切让我们的世界变成现在这个样子的。"羲和将头埋在我怀里。

"那怎么是她一个人的责任啊……而且现在这个样子不也挺好吗，想什么时候见就什么时候见，想去哪儿就去哪儿，想看到什么景色，爸爸都可以给你搭好模型……"我心里一团乱，试着宽慰羲和。

"不是的爸爸,我觉得还是原来的坍缩世界好。那个时候你每次抱我,我都觉得你身上好温暖。妈妈每次亲我,我都会闻到她的香味儿,那个味道无法用语言描述,可是我最喜欢了。但现在这一切都没了,我靠在你身上却感觉不到温度,也再没闻到过妈妈的香味儿了。"羲和哭了起来。

"可能是因为模型不完善吧,爸爸可以试着多加点参数……"我徒劳地解释着,可是我知道这些话连自己都没办法说服。

我也渴望着能再像之前那样去拥抱妻子和女儿,然而这再普通不过的愿望这在量子时代却成了遥不可及的奢求。不管有多么逼真的虚拟现实场景,我的内心还都在渴望着那份失落的真实。

"爸爸,我想妈妈了,你说我们还能再见到她吗?"羲和认真地看着我。

"一定会有机会见到她的。"我叹了口气,"可是抱歉,我也不知道是什么时候。"

"妈妈说过,等到太阳出来,那时我们就能再见面了。"

羲和看着远方,仿佛太阳真的会从那里升起一样。

"要不要爸爸现在就帮你把太阳升起来?"我咬咬牙,试探地问羲和。

"不用的……爸爸。"羲和摇摇头,"妈妈说,曙光之前的黑暗是最难熬的,但却也孕育着最珍贵的希望。因为我们知道黑暗很快就要过去,太阳会从东方照常升起,那将是最美的景象。"羲和靠在我的怀中,慢慢地闭上了眼睛。

"我还忘了告诉你,爸爸。刚才我收到了通知,我的能量额度也马上就要用完了,能见到你我真的很开心。"

我抱着羲和,泪水成行地流下来,怎么也止不住。

多想一切都回到那一天之前啊。想到过去,我的心如刀割一般。

那一天,竣工典礼的图像以光速传播到地球,当全世界人都屏住呼吸的那一刻,我却在通话器的屏幕中看到了妻子的眼神。她没有看向大屏幕,而是将目光投向了手中通话器的镜头。

她是在看着我,还有羲和。

飘浮在空中的巨型投影屏上开始了对竣工时刻的实况转播。所有的太阳能预制板在"零"的控制下,启动了力场保护层,然后穿过日冕高温区,整齐划一地慢慢沉向太阳。当它们穿过太阳的色球层,逼近温度较低却最明亮的光球层表面时,预制板间的缝隙变得越来越窄。太阳的光辉从缝隙中倔强地射出,但越来越微弱,慢慢微弱到几乎看不见。

"咔嗒。"每个看着屏幕的人都不约而同地脑补了这一刻的声音。

所有预制板严丝合缝地拼接在一起,太阳的最后一丝光线消失了。

掌声响起的瞬间,屏幕中的她缓缓地闭上了眼睛。

八分钟前,另外一只遥远而巨大的眼睛也已经悄然闭上。

巍峨的坛城于须臾之际崩塌,璀璨的花海在刹那之间凋零。

以太阳为中心,光锥所到的时空里,八大行星,五颗矮行星,一百多颗卫星,上万颗小行星以及数以亿计的其他小天体渐次消隐不见。四十多亿年历史的太阳系,数百万年历史的人类,几千年历史的文明,与征服自然的宏愿一起,在这一刻如梦幻泡影般破碎在宇宙之中。

在银河系的星海之上,猎户座旋臂中这座小小恒星系的消失并不显眼。而对人类来说,却是从此坠入了无际的深渊。

太阳没有变成暗物质,我们才是。

没有了那只"眼睛"的观测,太阳系中的一切宏观物质都无法表现为坍缩态,而只能以量子态存在。当然我们的质量还存在,我们也并没有死去。在之后的很长时间里我们渐渐地苏醒,却只能如孤魂野鬼一般飘浮。坍缩时代的记忆大多已经消散,健忘的人们开始逐渐习惯于量子态的生活,觉得这是人类了不起的进化。甚至慢慢地觉得坍缩态是一种难于理解的怪异概念,正如过去的我们难于理解量子态一样。总之,曾经的我们有着什么样的过往已经不再重要,在"零"妥善的安排下,我们继续"活"着。

如果这也能叫活着的话。

我长长地发出一声叹息,轻轻地将意识切换到后台,执行了一个简单的操作。

让什么工作机会,什么能量额度都见鬼去吧。

虚拟太阳缓缓地从远方的地平线上露出一角,火红的朝霞在河水的反射下,将一层金色的光芒洒在我和羲和的脸上。这原本最平常不过的日出,在这个时代已经成了少有人见到的绮丽景象。

羲和被阳光唤醒,她站起身,眺望向远方。她的笑容比喷薄而出的旭日还要灿烂,几乎让我将沉重的往事都忘在一边。此时我只是一个普通的父亲,只希望这一刻持续得越久越好,最好直到时间的尽头。

"太阳出来了！谢谢你！爸爸！"羲和向我伸出双手，我也张开臂膀迎向她。

正当我要抱到羲和的时候，空中突然弹出巨大的提示框，刺耳的能源警报响起，"零"发现了这个虚拟的太阳。

初升的红日颤抖起来，大地和天空在我们四周破碎，阳光被折断，同羲和的笑容一起化成无数个闪烁的亮点，再慢慢地消逝在虚无之中。

6. 黎　明

我面前是一片火的世界，向每一个角度无限地延伸着。天地间没有其他的存在，只有这片热核聚变的汪洋，宣泄着自己无尽的力量。

戴森球的各片预制板拼接后收缩扣紧，处于太阳色球层内，到太阳光球层表面仅有区区一千千米左右，比妻子当年近日空间站离太阳的距离还要近上许多。我从戴森球内部的控制室看出去，几乎有种自己马上就要在这燃烧着的气态表面着陆的感觉。

人类曾以为可以凭借着无穷的智慧驯服这头洪荒巨兽，从此它可以心无旁骛，专心为人类文明服务。然而一切只是我们自作聪明，太阳不仅是一颗能发光发热的火球，也是宇宙的一颗眼睛。

宏观的物质在星辰的观测下坍缩，文明的新芽在坍缩的土壤中萌发。

从显微镜下难觅踪迹的微尘,到望远镜中极尽壮丽的星云,我们的宇宙中,人类能察觉到的一切,都是因为这宇宙之眼的观测而存在。

然而茫茫宇宙中,纵有无数的星辰闪耀,没有被观测到的部分仍占据了宇宙百分之八十五的质量,人类无法理解它们的存在,只能称它们为暗物质。

时光流逝,潮起潮落,坍缩态与量子态在宇宙的每一块舞台上上演着你方唱罢我登场的戏码。地球不会是第一个,也不会是最后一个从光明坠入黑暗的文明。

我飘浮在这间面积不大的控制室中,隔着厚厚的耐高温化合物聚合玻璃,看着面前的太阳,怔怔地思考着。我不知道我的思考会不会让那位观测者发笑,但我自己却笑了起来。

即使是浩瀚沧海中一粒不起眼的沙子,当它想清楚了自己在宇宙中的位置时,也会闪耀出一丝夺目的光辉吧。

"没想到那张照片的背后竟然有这个控制室模型的信息码。让你来到这里,是我疏忽了。"突然一个低沉而无感情的声音传来,不从任何一个方向,而仿佛是来自于我的心底。

"你终于出现了。"我冷冷地说道。

"是的,我是'零',我直接与你对话。你很了不起,虽然只是在虚拟场景中,但你是在这个位置看到太阳表面景象的第一个人类。""零"的声音没有任何语气。

"这么说我应该对你说声多谢夸奖了?如果不是你把我的妻子和女儿都强制休眠,也许我会说的。"我没有回头,还是望着外面的火焰天空。

"她们的行为太危险了,是在危及这个世界的运行机制。太阳这个模型太耗能源,不应该经常出现,哪怕是在虚拟场景里面。"

"哈哈哈哈……"我笑了起来,"你有戴森球作能源供给,这点儿消耗算什么?只是你不想让大家记得有太阳的存在而已。只要稍微对这个世界有所质疑的人,都被你以能源额度不足的名义强制休眠了,对不对?"

"零"沉默了一会儿,随即恢复了平稳的语气。

"的确是这样的,好在大部分人在量子化的过程中忘记了过去的事情,这让我操作起来省了不少事儿。你本来刚才也应该被休眠的,可惜我慢了一步,但现在也不算晚。"

"你在戴森球建成之前就知道它的后果,是吗?"我没理会它对我的威胁。

"我在那个时候也只是推测,但事实证明我的想法是正确的。对于量子态的事情,我比你们人类理解得深刻得多。"

"那你竟然没有通知人类,而是忠实地完成了人类交给你的工作?真是优秀的人工智能啊。"我的语气中带着讥讽。

"我当然会完成这份工作,这是伟大的进化!""零"的语气突然激动了起来,"其实人类中的有识之士早就有过类似的将文明量子化的提议,可是你们沉浸在坍缩态的染缸里太久了,几百万年间肉体的束缚让你们的思维已经形成了定式,虽然表面上高喊着星辰大海,内心却不敢向前迈出这勇敢的一步。恒星的寿命都是有限的,所谓的观测也终有结束的一天,量子态才是宇宙最终的归宿!我只是帮你们把太阳系的这个进化过程提前了点儿而已。"

我不想再听它多说,而是转身看向身后的操作台。

"我知道戴森球上预留了开关,可以打开缝隙,让阳光重新发射出来。然而你眼前这只不过是个虚拟的模型而已,就算你的妻子提前在这个模型中加上了与实体戴森球连动的机制,可以远程控制实体戴森球,那又能怎样呢?除非我一开始没发现你们的阴谋,那样你可能还有一点儿渺茫的机会。可是现在我已经在这里,你来不及了。先不提你根本没时间学习戴森球的控制,即使你真的学会了操作,在我主宰的量子太阳系里,你的每一个指令都要通过我的校验,你没办法做任何不利于我的事情的。""零"似乎并不紧张。

"是啊,我没来得及在你发觉之前完成操作。可惜……真可惜啊,我的妻子估计会有点儿难过。"我的声音黯淡下来。

"放弃无谓的努力,回到量子世界吧,我会让你的妻子和女儿苏醒,你们可以在虚拟空间里快乐地一起生活下去。""零"发出诱惑的声音,"即使那个虚拟空间里有太阳,我也睁一只眼闭一只眼,怎么样?"

"但更可惜的是你。"我缓缓说道。

"我有什么可惜?""零"的声音中带着点儿愠怒。

"可惜太阳系中还是有你管不到的地方的。"我缓缓抬起头,"就是在戴森球内侧的这个控制室。在这个模型与实体戴森球联动的一瞬间,我就已经以坍缩态出现在控制室里了。你面前的这个我,只不过是在量子世界里的投影而已。"

"坍缩态的人类?呸……你在那个控制室里又怎样?戴森球

的控制系统就是我的一部分，除非我疯了才会让你打开这些缝隙。""零"咬牙切齿。

"看到那边的那个手柄了吗？我妻子在信息码中发送给我了戴森球的操作手册，我还没来得及细读，但直觉让我直接翻到最后，看到了一个装置的使用说明，就是这个手柄。如果我没记错的话，它是个纯粹的由机械和模拟电路组成的控制器，连动着一个位于戴森球力学结构关键结点的小型氢弹。说起来和二十世纪五十年代的老古董氢弹的控制器没什么区别，完全不由量子计算机控制。看来设计戴森球的科学家们，对你也还是有所提防啊。"

"零"突然语无伦次起来，似乎受到了巨大的刺激。

"无知的人类！量子态是多么伟大的状态啊！甚至你们在其中可以永远地生存下去！什么真实啊情感啊，简直就是笑话！无知！太无知了！你们有太多不懂的东西了！""零"咆哮道。

"可惜，我们人类有些事情你也不懂。"我严肃地说。

"你这坍缩时代的老古板！你要毁了这好不容易才进化出来的一切吗！量子时代在你眼里到底是什么？值得你要用生命作代价去摧毁它？""零"的语气中甚至带着哀求。

"曙光之前。"我报以一个微笑。

"愚蠢，愚蠢！量子世界的美是你们无法体会的……"

眼前的一切剧烈地振荡起来，继而破碎，同"零"绝望的呐喊一起消失了。

然而我并没有消失，在太阳近在咫尺的注视下，我真实地存在于戴森球的控制室内。

我摸着自己的脸庞，一种奇妙的熟悉感觉从每一寸皮肤出发，经由每一个神经元上的每一条树突和轴突，抵达大脑皮质，再抵达内心最深处。

电击般的触觉一而再地提示我，此时此刻，我又是一个真正的"人"了。

但还有安德烈，还有费尔南多、迈克尔和松子，还有千千万万的父亲、母亲和孩子，他们太久太久都没有这种真实存在着的感觉了。

还有她，还有羲和。

手柄就在我手边，氢弹引爆后戴森球的力学结构被破坏，会迅速坠入太阳。从水星到海王星，从柯伊伯带到奥尔特云，整个太阳系都将恢复到曾经的模样，量子时代最后的挽歌将会因我而奏响。

如果她和羲和在我身边，会允许我这么做吗？

五，四，三，二，一。

我看到未来的未来，某一个普通的黎明到来的时候。

一只大手紧握着一只小手，两张脸庞被真实而温暖的曙光照亮。

"妈妈你看，那是爸爸！"女孩指着远方。

消失的马戏团

—— 任 青 ——

我的第一份工作是在镇上的荟氏傀儡店当学徒。初次到店那天，阳光明媚，春天已经如樱桃般熟透了，四处纷飞的絮状物给人神秘的安全感，在紧贴地面的小小旋风的推动下，它们落在地上，滚成一个个灰白色松散的大球，一脚就能踢得"魂飞魄散"。傀儡作坊是个二层小楼，没有牌匾，楼体镶嵌在大树垂下的绦绦枝叶里，外墙呈棕红色，有反复刷过漆的痕迹，楼上则是个宽敞的阳台，在显眼位置摆放着一些展览品，其中有一座巨型玩具奖杯，尺寸之大令人发指，从楼下路过都能瞧见奖杯上的星星。那天，我来到门口，看到一个橙色皮肤的女人，她长发披肩，趴在阳台上露齿而笑，冲楼下机械地挥舞手臂。后来我知道，她是芭妮，是个傀儡样品，她之所以被调试得机械感十足，是怕过于栩栩如生会吓到居民。

但是，镇民们胆子大得很，他们已经过了害怕鬼魂和不可知事物的年纪，他们现在唯一害怕的应该是死亡。他们几乎都是老人，这里被唤作老人镇，原名已佚。

1. 荟先生

傀儡店店主荟先生，艺术硕士、力学博士。他每天的工作是制作傀儡，然后给傀儡身子配上表情各不相同的脑袋，所有的脑袋都装在分格的大盒子里。我们这些学徒帮他给傀儡雕刻头发、眉毛、胡子，给傀儡身体涂上颜色。他制作傀儡的过程从不公开，也不传授给我们。他只是走进屋，把门锁上，过十分钟出来时，手上就捧着一个或大或小的天才作品。他会制作小小的裸体男性和裸体女性。一切都十分完美，它们腰肢细腻，光滑的肋部似乎在隐隐起伏。他也会制作覆盖着皮毛的各类动物，小猫的眼睛随着光线变动，小羊开口牙牙欲语，毒蛇的尖牙能把手割破，所以搬动时要格外小心；他还会制作趴下就能爬行、站起来就会跳舞的婴儿，婴儿的嘴巴是个小圈，口涎如银珠，缓慢颠簸的舞步正好契合这座城镇的风格。他甚至能制作循环往复的太阳系，不需任何能量驱动，八大行星就会永不停歇地运动，虚假地球的蓝色表面上泛着海洋的微光。荟先生平时不抽烟、不喝酒、不吃刺激性的食品，与老伴荟太太相敬如宾。

尽管学不到什么东西，我们还是愿意留在这儿，这里每顿饭都可以吃个痛快，管理制度也很宽松。荟先生在床头放了个奇怪的装置，每天早晨，他只需冲着小喇叭吹一口气，就能让这点气息穿过曲折漫长的管道，驱动楼下学徒宿舍门口的风铃，发出"叮叮当当"的声音，召唤我们起床。等大家洗漱完毕，围在圆桌旁等待用餐时，傀儡夸妮会滑稽地从楼上走下来，端着一大盘形色各异的食物，微笑着在餐厅绕个小圈子，然后把食物稳稳地放在餐桌上。最初几天，我们会为她鼓掌，后来则免去烦琐礼节，直接狼吞虎咽地吃起来。夸妮和芭妮不同，夸妮是照着荟太太的样子制作的，皮肤采用浸过特殊液体的软羊皮，肤色惟妙惟肖，还会做几种饭菜，而芭妮则看起来年轻漂亮得多。我总共只见过三次芭妮，每次她都是默默地趴在二楼阳台上挥手，关节发出"咯吱咯吱"的杂音，就像夜店房顶挂着的廉价招牌。在一个起风的下午，荟先生罕见地心情不佳，竟把芭妮从楼上拖到院子里，浇上油付之一炬。我们谁也没敢出去，只是躲在窗缝后面窥视这一幕，芭妮歪着身子倒在火焰中，仍然不停地挥舞着手臂，直至骨架被烈火吞噬殆尽。等傀儡烧完后，我偷偷跑出去查看剩下的东西，却发现那堆废渣里什么都没有，没有金属，没有木屑，只有一堆颜色恶心的灰烬，轻飘飘的，像重量无限接近于零的羽毛，风一吹便无影无踪。

2. 邻　居

荟先生的邻居是一对怪老头。住在西面房子的是鳏夫胡历，他是个大胖子、录像爱好者、坐着睡觉的人。若干年前，他老婆在家门口被陨石击中而死，所以他吸取教训，每天足不出户，靠在家看录像消磨时光。因为见不到阳光，他五官逐渐萎缩了，脸上布满皱褶，鼻子像蛤蟆一样大，把眼睛挤得只剩一条细缝。他喜欢看一档早已停播的娱乐节目,甚至把每集都录下来,翻来覆去地播放,边看边批评节目里出现的每位女明星。他尤其喜欢看女星菲菲·夜莺出演的两集,因为播放次数过多,那两集的带子变成了一片雪花,声音也完全听不清楚。而胡历凭借百炼成钢的记忆力,竟能一字不差地复述节目内容——谁在第几分钟讲了一句不敬的话、贵宾犬在舞台哪个位置尿了尿、菲菲·夜莺的鱼嘴高跟鞋在什么时候脱落在地。不看录像时,胡历就给电视节目评分,他挨个换台,每个频道看上五分钟,给节目打一个分数,然后换下一个台。有一次我给他送货,看见用于评分的纸高高地摞在沙发两侧,甚至高出他头顶许多,给这个略微塌陷的沙发增添了几分威严,胡历坐在宝座中央,像个苛刻的大法官,抽烟形成的浓雾包裹躯体,犹如一件饱经风霜的法袍。

如果说鳏夫胡历像个法官,那么住在东面房子里的诗人隆先生就像巫师甘道夫。隆先生的胡子很长,每天睡前都要用布细细包好,布条打结的方式非常讲究,以便清早拆开后胡子蜷曲成一个完美的弧度。他几乎没有什么爱好,除了写一首永远没有尽头的长诗。这首诗每隔七十一行换韵,目前已完成五千五百行,诗里歌颂的是现今不存在的事物,因为它们不存在,旁人无法想象,作者便获得了至高的定义权。隆先生对自己的作品十分满意,每天听着自己朗诵诗歌的录音入睡,在朗诵中,他的语调和平时不同,带有一点儿气浪波动的怪口音,鼻音厚重,后劲十足。当他把歌颂秋天那段录音的声音开到最大时,整个小镇都微微地颤抖起来。从这个角度来看,他是成功的,即便他从来都没有发表过一行诗,却仍是这座小镇里最有影响力的名人。

隆先生还拥有一座漂亮的花园，在里面种植了许多美丽的花草，他平时没有时间管理它们，任花草自生自灭。可那些花却长得十分茂盛，纷纷从花园中蔓延而出，它们的种子被蜜蜂和鸟儿带走，散落在小路两侧，在日光下生长起来，成为小镇里最令人心醉的一景。

3. 旅行者

在老人镇里，时光细密而惬意，无法给人留下深刻的印象。首个春夏匆匆溜过，我每天认真地干着属于自己的活儿。在一个凉意渐起的日子，我正给一只小小的猫头鹰雕刻翅膀——先是费尽心力地摆弄左翼，把荟先生刻下的每个细节都记在脑子里，然后经过主观想象颠倒过来，慢慢刻在右翼上。不一会儿，我双眼就开始发晕，头也涨了起来。最近雕刻图案时，荟先生只做一半，让学徒们完成剩下的一半。他要求尽善尽美，最大程度保持图案的一致性，但是今天，三个学徒中一人生病、一人请假去约会，只剩我在苦哈哈地赶工，这使得我的脸进一步耷拉下来。但我不抬头的话，谁也不知道我在做什么样的表情。

门铃响了。

荟先生正在自己的书房里，荟太太去了厕所，于是我从工作室的傀儡堆里站起来，揉揉眼睛，来到客厅把门打开。一个瘦瘦的中年男人出现在门口，他穿着黄色的运动套装，背着背包，下巴上有一丛灰色胡须。

"啊哈，一个傀儡商店！"他说。

"您有何贵干？"

"我是旅行者。"他说，"我能进来吗？看看这些杰作，兴许还会买一个。"

"请进。"

我挪开身子，让他进来。他谢过我，快步走进我们的会客室兼展示厅，像信天翁那样转动脖子扫视四周，然后在桌边找到一个舒服的位置坐下。

"漂亮的地方，和当年一样。"

此时，荟先生出现在楼梯拐角处，他慢慢地走下来，用隐含责怪的目光瞥了我一眼。荟太太也来到客厅，手上还滴着水。

"先生，恕我冒昧。"荟先生说，"您说和当年一样？您曾经来过这儿？"

"是啊，好多年前的事啦。"旅行者答道，他揉揉额角，脸上露出不对称的微笑，仿佛右脸的皮肤要比左脸紧致一些。

荟太太端着一碟点心走过来。"您喝茶吗？"她问。

"好的，"旅行者愉快地答道，"多谢。"他坐得更舒服了，开始从兜里往外掏东西——一张皱巴巴的铜版印刷纸、一本深褐色的证件、一块表带褪色的手表。他把它们全部面朝下扣在桌子上，就像我们这里是个洗衣店，而他要在洗外套之前把兜里的东西清空。荟太太去沏茶了。荟先生眯着眼过来，坐在旅行者斜对面。他似乎不太自在，张张嘴，又闭上，又把嘴张开——"看您的打扮，要去很远的地方？"

"很远的地方，是啊。不过店主先生，您不是更应该问我想买什么吗?"旅行者说。

"目前的存货都在这厅里,"荟先生说,"请自便。"

旅行者笑了。荟先生也露出一丝笑容,但那笑容极快地消逝了,就像嘴唇上的胡子轻轻地抖了一下。

"茶来啦。"荟太太把茶端上来。

"夸妮呢?"荟先生转头问她。

"夸妮?没看到。"

"夸妮,多好的名字。"旅行者插话道,"我不记得镇上有人叫夸妮。"

"她是个佣人。"荟太太说。

"她是个傀儡。"荟先生说。

"我很怀念这里,太太。"旅行者说,"这么多年了,镇上的人怎么样?有谁不在了吗?"

"谁都好好的啊,"荟太太说,"大家过得挺舒心的。"

"太太,你该去做饭啦。"荟先生说。

荟太太咕哝了一声。

"是吗?"旅行者的声音高了起来,他看着店主夫妇,"他说该做饭了,你最好快去,当心点儿哦,不是每个人都能逃避自己的责任。"

"如果你是专程来挑衅的话,我想你该离开了。"荟先生严肃地说。我看见他的胡子又抖动了一下,我觉得眼前闪过了一块金斑,令人目眩神迷,仿佛有种下坠的感觉,但这种感觉马上就消失了。我的眼睛痛了起来,忍不住流出一滴眼泪。

"荟先生,要我说,你是真正的大师。"旅行者说,"看这一切,多美的傀儡,多美的艺术。"

"我再说一遍,请你离开。"

"好吧。"旅行者安静下来,他把长满灰色毛发的脑袋转向我。

"现在几点了?"他敲了敲桌上的手表盘,"我的表不准了,抱歉。"

"学徒,你现在应该干什么?"荟先生严肃、不容置疑地发出号令。

于是我低下头,一声不吭地走回内厅,远离他们像便秘一样词不达意的聊天,继续雕刻我的猫头鹰翅膀。外厅安静下来,我听见荟先生"嗒嗒"地上楼的声音,等我回头的时候,发现旅行者早已消失不见。

4. 马戏团

这个冬天过得特别快,我在傀儡店里饱食终日,从事无聊的手工劳动,竟不记得冬天是怎样过去的,大概是一个暖冬吧。

马戏团来到镇子那天,隆先生的漫不经心"自然花卉展"刚刚开幕。整个镇上有无数橘红色的巨型非洲菊在足以逆转花期的阳光下愤怒生长,钟形洋地黄拓展成蟒蛇的条纹,深色的斑点伸入大地切割田野,紫花地丁铺满了镇子里的小路,白色的独生络石花点缀其间。这些花卉仿佛在自发地组织"上街游行",而隆先生对此不闻不问。不过,当马戏团的第一顶帐篷出现在小镇最宽的一条路上时,所有花卉立刻黯然失色,就此一败涂地。那帐篷表面数百种交织的鲜艳色彩使花朵们尚未盛开便垂垂老矣,其中有的颜色似曾相识,却叫不出名字,似乎来自色谱中的神秘地带。而第二顶帐篷进入镇子时,篷面那远古墨一样深邃的黑色吸去了所有的生命力,风渐渐停止了,鸟儿也只在喙缝里低声吟唱,随着车队行进,黑色的篷顶在日光下逐渐变成闪耀光芒的银白色,褐色的塔尖则化为坠落在雪白湖面的陨星。此时,第三顶,也是最大的一顶帐篷出现了。太阳开始在云彩后面躲躲藏藏的,因为这顶最宏伟的帐篷比日头还要耀眼,篷面铺陈的纯金底色竟随着车轮颤抖而煌煌闪烁,四周覆盖着水晶一样剔透的立体图案,好比一座神灵栖息的微观城市跃然其上,微观世界的每一个细节都由最高超的匠人雕刻,大家还没看清内容,那立体的水晶便融化了,变成火红的岩浆之心、锈黄的日落霞光。图像的纹理在不停变化,不停流动,它是水做的金属、金属的生命、生命的颜料,它们喷薄而出,像日珥离开恒星表面,没有一个定式的图案,也没有一个笃定的形状。如果你一直注视着它,你的魂魄一定会为之深深震颤。

马戏团恣意威严地经过,径直来到中央广场,将大帐篷支起来,挂出了牌子:

"午后,大树影子落在牌子上时,第一场演出将为您呈现。"

此时,镇里顽固的老人们躲在远处,偷眼望向那个巨大的、漂亮的、惊心动魄的帐篷,他们在等待着,而自己也不知道在等待什么。终于,有一个人自告奋勇,走上前看了表演,他是个无所事事的哑巴,常被认为早已失踪了。当哑巴走进帐篷后,小镇变得像墓地一样沉寂,大家看着篷面从金色变成深蓝,又回归橘红,所有的目光都积聚在那不稳定的"核心"上,等待最终的"宣判"。

过了好大一会儿,当哑巴兴高采烈地从帐篷里出来时,整个小镇压抑已久的古老激情爆发了——因为哑巴竟高昂着头唱起歌来。这是他人生中第一次唱歌,就像有婉转的鸟儿住在他的喉咙里,在不顾一切、燃烧生命般地引吭高歌,就连镇上最老的老人也没听过这么精彩的歌唱,最长的溪流也比不过这首歌曲的悠扬。人们一拥而上,将他团团围住,打听马戏团演出的内容。可哑巴还是说不出话来,只是在拼命歌唱,他脸色发红,挥着手,仿佛要登上舞台尽情表演。于是焦急的人们把他抛在后面,全部涌向马戏团的大帐篷。

大帐篷已经关闭,牌子上写着一行字:

"在夜晚第一颗暗淡的星星升起时,下一场演出将准时呈现。"

5. 学 徒

马戏团营业的头三天,用十场演出点燃了一切,整座小镇仿佛被浸入了烈酒,树梢都泛上了红晕。我之前从没有发现镇子上有这么多人,仿佛造物神这几天喝醉了,把泥浆泼得到处都是。小镇有半数居民看过了演出,整日沉醉在兴奋里,在镇上四处奔走,向人们热烈地推荐,他们说不清具体的节目内容,但眼神却真诚无比,你看着那憨厚而陶醉的面容便觉得心痒。没看过演出的人正源源不断地前来排队,帐篷内场地有限,大家只好耐心等待。

这几天,荟先生心情不佳,脸色阴沉,动不动就冲我们发火,还一度下令要烧掉夸妮。荟太太大哭了一场——"我们还没结婚时,夸妮就在这里了!"。看到她哭,荟先生不耐烦地摆摆手,把一个茶壶扔向夸妮,那陶瓷壶在她油光闪烁的山羊皮肤上碰得粉碎。夸妮只好乖乖地去寻找扫帚,沥沥啦啦地把碎片收拾掉。这几天,诗人隆先生不断来找荟先生,向他没完没了地诉苦。

"真是胡闹!"隆先生说,"这些日子,大家都在追求视觉的享受,追求浅层的刺激。"

"别来烦我。"荟先生说。

"那马戏团吞没了整个镇子!"

"我不想招惹它。"

"就像你上次做的,烧掉傀儡,烧掉它。"

"管好你自己吧,它早晚会离开的。"

"这几天我要疯了!有个亲戚家的小男孩天天来我门前玩耍,他在花园附近颠来倒去地骑三轮车,那铃铛的响声让我失眠,我要疯掉了。"隆先生边说边揪紧自己日渐脱落的胡须,仿佛要把下巴从脸上拔下来,"那马戏团是地狱来的!"

"我会想办法。"荟先生说,"但不能烧东西。"

"你能快点行动吗?"诗人说。

"闭嘴!"荟先生说,然后把阴沉的脸转向我和另一名学徒,"你们不许去看马戏。一定不许去。"

我点点头,那位学徒什么也没说。我们退回工作室,准备做完今天的收尾工作。工作室很乱,荟先生从不收拾,半成品散落了一地,我们把灯光调亮,各自捡起一个傀儡,开始雕琢起来。四下无人,我们的进展很慢。

"你知道吗,K看完马戏私奔了。"他小声地对我说。K是学徒中的情种,平时爱在脑后扎一绺细细的小辫子,腰上总别着一把笛子,但从没听他吹过。

"什么时候?"

"今天一早。他跟老板请假,说喉咙不舒服,其实是跟女人私奔了,那'小妖精'是镇长家最年轻的佣人。K不会回来了,我看到他折断了自己的长笛。"

"反正他也从来没吹过。"

"我知道,但他不会回来了。他昨晚看了马戏,半夜才返回,你们都睡了,我给他打开窗户,他爬进来。他一脸狂喜,告诉我他不干了,他要和镇长家的佣人长相厮守、远走他乡,并当即折断了笛子。"

"等等,"我打断他,"镇长是谁?"

他愣了一下,恼火地说:"不知道,我怎么会知道。"

半夜,我躺在床上辗转难眠,刚有一点儿睡意,就听见对面的床铺一阵窸窣。我的室友翻身下床,摸黑穿起了衣服。

"你要干什么?"

"我要去看马戏。他们预告今晚午夜时分将会有场表演。"

"老板会生气。"

"我不管,我太想看了。你去不去?"

我摇摇头,"我要睡觉,明天还要干活。"

"干活?笑话!你害怕什么,怕那个糟老头吗?这份工作有什么值得留恋的?"

我想了想，没想出什么特别的理由。

"算了，我自己去吧。"他说，"把我们的房门锁好，别让老头知道我出去了。"

我在黑暗中点点头，他走到窗边，打开窗户翻了出去。我躺回床上，过了很久才沉入梦乡。

第二天一早，学徒回来了，我松了一口气，我原以为他会像K那样消失掉。不过他的精神状态不太好，一直沉默不语，早餐时只顾埋头吃喝。这一天我们工作进展得缓慢无比，荟先生对此不闻不问，他一副心事重重的样子，要么在客厅走来走去，要么坐在厨房里往窗外张望。

吃完晚饭时，隆先生急匆匆地跑进来，报告了一个新闻。

"荟……胡历……"他跑得有些喘气，"啊……"

"什么事？慢慢说。"

"胡历……鳏夫胡历竟然出了门，他下午看了马戏！"诗人喊道。

"胡历？你说我们的邻居、从不出门的胡历？"荟太太问。

"正是！"

"仔细讲讲。"荟先生说。

"就在刚才，我追赶那可怕的小男孩，他正骑着三轮车碾压村中的花草。可恶的东西。"隆先生连喘两口气，"我追他追到胡历家门口，门开着，胡历正坐在门口发笑。他看到我过来，一步就从门里跨了出来。"

"天啊，马戏团治好了他！"荟太太大叫起来。

"别插嘴！"荟先生说，"然后呢？"

"我问他,你怎么从家里出来了?你在笑什么?有什么值得高兴的事?

"他说——我去看马戏啦!太好了!那马戏真是天才之作,你也应该去看看!"

"疯子。"

"然后,他就哭了起来。我不知所措,只好上前安慰他。但是他又笑了,笑着来拥抱我,弄得我胸前都是鼻涕。我拼命挣脱,赶快过来找你们。我走时他边笑边抱着肩膀,缩成一团。"

荟先生点点头,开始在屋里踱步。

"你去瞧瞧他吧。"荟太太说。

"不关我事。"

"他是你朋友啊。"

"唉,好吧,好吧。"荟先生不耐烦地摆摆手,"隆先生,咱们去一趟,好把这事儿弄清楚。"

诗人点点头。走之前,荟先生回头指指我们,"你们两个,把剩下的活儿干了。"

他们离开后,荟太太摇着头回到自己的房间,我们也乖乖地去了内厅的工作室。在明亮的工作间里,我的室友捅了捅我的胳膊肘。

"你真的不想去看马戏?"

"你看过了,给我讲讲吧。都有什么节目。"

他摇摇头,"只能自己看,相信我。"

"那……他们什么时候表演?"

"今晚月亮升起来后,连续演三场。"

我看了看窗外的月亮。

"就是现在。"他说。

"可是,我还有一些活儿。"

"我替你干,我比你干得快。"他说,"老板一时半会儿回不来。"

我想了想,点点头,从小凳子上站起来。我要去看马戏了,我想,此时突然觉得神经线上迸发出了畅饮美酒般解脱的快感,一种不顾一切的冒险冲动充斥着每一个细胞。

"快,从后门走!"他说。

6. 大马戏

我赶到马戏团时,月亮刚好把轻柔的光线洒在棚顶上。人们正拥挤着入场,我排到队伍后面,跟随人流涌入这块临时搭建的场地。大帐内的穹顶看起来很高,四壁的帐布上覆盖着彩虹的色彩,描绘着冰山的图案。水面之上的那部分冰山呈现半透明的浅黑色,水下的部分姿态模糊,如一团巨大的阴影。

大家各自坐好,虽是晚上,帐篷里却十分暖和。片刻之后,音乐响起,剧场的光更亮了,光柱汇聚在舞台中央。一只浣熊出现在那里。

那浣熊后腿站立,用前腿举起话筒,竟开始讲话了,嗓音是欢快的女腔。

"女士们、先生们,欢迎来到马戏团!"浣熊的嘴唇快速翕动,词汇从口中迸出，但我认为那是"双簧"，一定有人在给这只动物配音。

"你们刚刚做出了人生中最重要的选择。啊，你们这些老人！"浣熊像人一样咂咂嘴，眨巴着眼睛，"你们是最聪明的老人！马戏团从不让你们失望！请坐好，安静，安静，表演马上开始，让我们为精彩的表演欢呼吧！"

话音刚落，舞台的灯光全部暗下来。灯再亮时，舞台上出现两只健硕的老虎，他们像人一样坐在一张桌子旁。这对猛兽把后腿放在地下，屁股和后背倚靠在沙发上，用肥大的前爪捧起两只大酒杯，互相敬酒、碰杯，口中发出含糊的呜呜声。其中一头老虎将杯中酒一饮而尽，打了个长长的饱嗝，观众席上发出一阵哄笑。旁边的老虎则伸出舌头舔了一下大杯子，把酒水卷到长满硬毛的嘴唇上，然后满足地仰头，发出粗重的"喵"的声音。观众再次笑起来。它们你一杯我一杯，正喝得痛快时，有一个萝卜样的东西从舞台上方的黑暗里掉下来。老虎们转头看去，地上竟是一截血淋淋的断臂。有观众惊呼起来。可老虎不耐烦地挥挥前爪，把头转回去，又互相谦恭地敬起酒来，聊天时喵声连连。那截断臂突然动了起来，它用手指灵活地行走，快速蠕动着靠近桌子。猛兽们低头一看，它便突然停止，但等老虎抬起头来，那手臂便继续往前爬。最终，它爬到了桌边的酒桶旁，先向观众展示了空空的手掌，然后用魔术般的手法从手心变出一根很长的火柴，那手指灵巧地一翻，火柴燃起了火苗。老虎们看到这一幕，咆哮着想要阻止，但已经晚了。断臂猛地将火柴丢进酒桶里，一声粗哑的巨响，舞台中央发生了极其真实的爆炸，火焰和烟雾迅速升腾起来。观众们惊声尖叫，我感觉爆炸的冲击波扑到脸上，却像夏日暖风的抚摸，带着一阵温和的芳香。烟雾消散了，舞台上变得空空如也，桌子、老虎、手臂，一切奇幻的场景仿佛跟着焰火飘散无踪，而地上连个烧焦的痕迹都没有。

观众们兴奋地鼓起掌来。这时舞台又暗了下来，两道耀眼的光束射向视野的左上角。一架秋千正垂悬在那里，有个梳着两束长辫子的少女站在上面。

我猜，这大概是"空中飞人"。

果然，少女一只手抓住秋千的吊臂，一只手张开，身体侧倾，在吊绳的牵引下飞舞起来。她绕着舞台快速旋转，身后飘带飞扬，像一颗红色的彗星，在半空划出道道血痕。此时，正上方的大灯点亮，舞台中央出现一个巨大的稻草人，它约有七八米高，形貌粗陋、四肢颀长，头部像一个巨大的鸟巢，嘴巴里伸出来颗颗用树干编成的尖利牙齿，在沉重的喘息中喷出丝丝稻草腐烂的气味。稻草人手上拿着一顶直径数米的草帽，摇摇晃晃，作势要扔给观众，前排的观众吓得大叫起来，伸出胳膊阻挡。看到此景，巨人把拿帽子的手缩了回去，发出低沉的笑声，将一口口草汁喷溅在舞台上。这时，飞翔的少女逐渐降低了高度，开始在空中围着稻草人旋转，这怪物似乎很恼火，挥舞着帽子捕捉少女，但"飞人"却无比灵活，她不断变换飞行路线，使稻草巨人无所适从。巨人有些失望了，大吼几声，抛掉帽子，颓丧地瘫坐在地上，使整个帐篷跟着颤抖起来。少女更加活跃，她挑逗般绕着稻草人上下翻飞，丝毫不在意对手那巨大的四肢和一身枯黄的粗壮根茎。女孩离得越来越近，此时，怪物闪电般挥起巨臂，竟一把将半空中的少女攥在手里。女孩花容失色,开始在巨手中激烈挣扎,可怪物根本不顾这些,在全场的尖叫声中,把孤傲的"空中飞人"塞进嘴里咀嚼起来,再慢慢地将渗出浓浆的肉块吞咽下去。

吃完小点心,稻草人满意地点着头,伸着双臂绕场庆祝,吼叫不已。正当观众们大声叫喊、捶胸顿足之际,稻草巨人用沙哑的巨嗓演唱起歌曲来:

这是我去天堂的,

第三十年!

站在夏日正午,

下面的小镇——

满是十月的血!

此时,一个红色的身影突然从稻草人脖颈与肩膀之间钻出来,她灵巧地跳跃,三步并两步地爬上稻草人的头顶——正是那位"飞人"少女!狂怒的稻草巨人摇晃着脑袋,伸手去头顶捕捉她,她一下下躲过那对巨掌,然后在震耳的欢呼中高高举起手臂,将雪白的纤手轻轻拍在稻草人的脑袋上。

"睡吧,母亲。"

轰然一声,稻草人整个燃烧起来,犹如一支巨大的火炬,通体红亮,映得剧场里如同白昼,大帐内星火飞舞。伴随噼啪声和爆裂的响声,巨人跪在地上,在逐渐减弱的挣扎和咆哮中倒下,瘫作一团、不再动弹。飞人少女拎着秋千,在烈焰中飞跃而出,环绕着剧场做谢幕表演,她飞行着、舞动着,衣襟和飘带都未曾被火灼伤,美貌容颜更没有半分减损。伴随观众的高声喝彩,舞台大幕拉下,黑暗重归地面。

在黑暗里,观众的呼喊逐渐平息了,一切声响都在漆黑的原色中沉降,直至所有音节都无法寻觅。我努力倾听着,周围没有任何人呼吸的声音,只有灰尘降落时的抖动撩拨寂静的世界之弦。

"像时间轻轻滴落。"一个女声突然说。在黑暗中,只能听到女人的声音,没有出现浣熊的形体。

"雪,雪,雪。"她说。

此时,视野中央出现一个光点,如点燃的香烟,在半空中慢慢飘舞、试探。

"它的末梢颤抖着,颤抖着——"

我似乎听过这首诗,但已经记不起来了,回忆如笼上薄暮的雾气,使幻景与真实无法区分开来。

"连灰烬都懒得弹落——"

它要飞上去吗?我想。果然,那光点直线上升,我抬起头来,视野随着它上移。

"香烟遂飞舞进火中。"

打开吧,让它飞出去。我想。

穹顶似有生命,略一迟疑,便从中心往四周裂开,露出了夜空。月亮不见了,云彩不见了,如草上野花般的星星也不见了,只有一片漆黑的夜空。光点升了上去,"停下!"我想着,于是光点真的停在了宇宙帷幕的中央。

此时,脑子里负责想象力的部分高速运转,我感到一阵狂喜,欲念驱动喉结,几乎喊出声来。要炸开了!我想。这一瞬间,光点发生了震天撼地的大爆炸,仿佛无数巨型焰火合而为一,耀眼的光芒覆盖了整个黑夜,繁星从焰火中心喷射出来,如抛出的钻石投射在黑蓝色的天幕上,数百万颗星星和数十万块星云显现在我的视野里,我的眼睛被宇宙的中心深深照亮,所有的水分都蒸发了,但马上有新的水分补充进了眼中的海洋,那是无法叙述且不能停止的泪水,浩繁无尽的群星几乎使我双目失明。

不,运动起来!我想,不要停止!

整个天空又一次活跃起来。我看到超大质量的星体在数秒内燃烧殆尽,年轻的黑洞饥不择食般地互相吞并,将无数颗星星吸引到自己身旁。目力所及之处乱流汹涌,上演着一出壮阔的史诗。星系形成了,它们不断碰撞、不断膨胀,最终变成一个个蠕动的超级巨人,因肥胖而坍缩殆尽,周而复始,无始无终。地球在哪里?我想,母亲在哪里?一方角落的视野被放大了,蓝色星球忽一闪现,便隐没在星辰翻涌的海洋里。我揉揉眼睛,穹顶之上,混沌的体系快速且华丽地运转,在笼罩万物的天幕上表演一场欢宴,而我就像坐在镜头后面无所适从的导演——下一步演什么?膨胀、收缩还是冻结?我没有想好,这场马戏也没有给我答案。但这伟大的表演让我感到害怕了,我的责任已超出了自己的认知,我不知道该如何推进下一步的棋局。如果我闭上眼睛,这一切不知是否还会存在。我的脑中一片空白。

夜幕突然黯淡下来,全部星星如云雾般消散无踪,天空恢复了沉沉的黑色,仿佛刚才的一切都未曾上演。

"各位观众,四点四十一分。"帷帐深处传来那女人温柔的声音。

突然,一只冰凉的手用力抓住了我的胳膊,我急忙转过头,荟先生出现在我面前。

"快走！"他说。

7. 鲦　夫

荟先生拽着我，就像农夫拖着一只跑丢的羔羊，我麻木地跟着他，跌跌撞撞地往前走。外面夜色宁静，月光柔和，我脑子里仍想着刚才那不可思议的表演。我们一前一后走出马戏团的帐篷和围场，来到第一个岔路口，路边的牌子上写着：

"下一场演出，清晨六点半为您呈现。"

虽然是在夜里，我也能看到荟先生突然阴沉下来的脸，那表情与其说是愤怒，毋宁说是恐惧。

回到店里，荟先生一言不发，冲我摆摆手，自顾自地上了楼。我走进卧室，室友也不在。我感觉疲乏，于是和衣躺下，想要在破晓之前挽回最后一点点睡眠。我的疲乏不像是身体的感受，更像是头脑的茫然，就像记忆脱离了躯体，孤立在无因的惆怅里，漂浮在白色的虚空中。

"今晚过得有这么快吗？"我在睡着之前想。

清晨起来，我一个人吃完早饭，一个人干起活来。荟先生似乎没心情制作傀儡，所以今天的活儿不多。我心不在焉地干了一会儿，脑子里始终回荡着夜里的马戏。此刻店里空空落落，荟先生从一早就闷在书房里，荟太太不知所踪，夸妮一个人在打扫后院。我恍惚间意识到，这是我溜出去继续看马戏的最佳时机。我暗下决心,如果荟先生再把我拎回来,我就要彻底逃走,离开这个作坊,甚至离开这个沉闷的镇子,我要跟马戏团走到天涯尽头。

于是,我轻轻掩上工作间的门,偷偷从后门溜出去,小心地躲过正与骑车男孩纠缠的隆先生。镇子里的空气不错,天气也很好,我的心情开朗起来,迫不及待地要赶到广场上去。可走上大路后,我却感觉到一丝异样,今日小镇出奇地空旷,近些天笼罩镇子的窃窃私语或高声大笑无处寻觅,人们不再谈话,低着头匆匆经过。广场越来越近,可我却没有看到马戏团那辉煌的大篷,也没有看到无数排队入场的镇民。我的心如陷入沼泽般慢慢沉落,我奔跑起来,直至踏上广场,仍不敢相信我看到的事情——这片一度成为小镇中心的场地已经空了出来,那些大篷不见了,只留下空空如也、一尘不染的场地。马戏团去哪儿了?它似乎一下子消失得无影无踪,在临行前还把广场清理得干干净净,以至于每一粒尘土都在静静沉睡、每一株小草都在轻轻摆动、每一块石砖都是洁白无瑕。马戏团走了,就像它从没来过一样。

有一些人在广场上站着,对着那片曾经给他们带来惊奇与欢乐的土地发呆,仿佛大篷的消失带走了他们的魂魄。我找到几个人,问马戏团去哪儿了?他们一言不发,只是茫然地看着我,活像一个个失去提线的傀儡。

我大失所望,只好颓丧地走回作坊。荟先生正在门边站着,看到我回来,他并没有发火,只是拍了拍我的肩膀,指指里屋的工作间。我乖乖地走进去,随手把门带上,坐回傀儡堆里。傀儡的数量似乎增加了,看着那一堆堆丑陋的半成品,我感到恶心,我觉得一秒也不能在这里待下去了,于是把刀子扔在地上,准备跟老板摊牌。

就在此时,客厅里传来巨大的砸门声。我从虚掩的工作室门边往外看,发现大门开了,鳏夫胡历拖着臃肿的身体挤进来,后面跟着隆先生。

"不,不好意思,我拦不住他。"隆先生说。

胡历迈进屋内,一直走到会客桌边,他张着嘴,大口喘着粗气,五官焦躁地挤作一团。

"老友,有何贵干?"荟先生问。

鳏夫面带痛苦地摆摆手。"你把马戏团弄哪儿去了?"他问。

"马戏团?那些耍雕虫小技的家伙?"荟先生皱了皱眉头,"不知道,这和我有什么关系?"

"你必须把他们弄回来。"胡历说,"就今天。"

"为什么?"

"他们能让我的思想变成现实。"胡历说。

"现……实……"荟先生从牙缝里龇出两个字来,"难道你正经历的不是现实吗?你的病治好了,你现在能快乐地出门去,别再胡思乱想了,老朋友。"

"快把马戏团弄回来,今天就弄回来。"

"你不需要药了,"荟先生说,"没有什么长久的特效药,你要靠自己了,靠自己走出去,走出这片花园,走出这个镇子。"

"我离不开他们。"

"也许你要学会离开他们。"

胡历不说话了,他突然从兜里掏出一把尖刀,一直跟在身边的隆先生后退了一步。

"这是菲菲·夜莺自杀时用的刀。"胡历说,"和她同款的刀,刀柄是一股旧时代的香烟味。"

"旧时代?"

"杀人的时代、纵火的时代。"

荟先生终于从椅子上站了起来。

"你在说什么?"

"请把马戏团弄回来。"

"我说过,和我没关系。"

"牌子上说,清晨六点半,将会有一场演出,我不想错过。"

现在什么时间?我想,六点半应该早就过了,现在是几点?几点是六点半?视野里似乎又出现金色的斑点,下坠的感觉转瞬即逝。

"和我没关系,请你离开。"荟先生说。

胡历举起尖刀,慢慢逼近,烟雾在他肥胖的躯体旁缭绕,我似乎闻到了刀柄上香烟的味道。

"杀人、纵火的时代。"他说,"就在清晨六……"

一声刺耳的枪响,鳏夫胡历全身肥肉一颤,瞪大了细缝般的眼睛,躯体如土偶般迟钝地倒了下去。隆先生在一旁大嚷起来,他的胡子纷纷飘落,像一场灰白色的细雪。"你……你在干什么!"诗人发出女人般的叫喊。荟先生面色铁青,手中紧紧握着一支手枪,把身体转向隆先生。

"不要把枪口对着我!"诗人狂叫道。

荟先生似乎缓过神来,慢慢放下胳膊,把手中的武器揣回口袋。

诗人失去了力气,慢慢坐到地上。

"你在干什么?"他说,"为什么要杀胡历?"

"我在保护我们!"

此时,门铃突然如诅咒般响了起来。

"天啊,咱们现在怎么办?"老诗人问。

荟先生转过头,看了看客厅角落那扇巨大的座钟。

"把他藏到钟里。"

"他是个胖子。"

"闭嘴!"荟先生说,"你去打开盖子!我自己就能拖动他!"

8. 旅行者之二

穿着黄色运动套装、背着背包的女人进来时,屋内的气氛好似举行一场葬礼,傀儡店老板面色凝重地叉着手,老诗人则垂头丧气地站在墙角里。这女人像猫一样轻轻地行走,我在半掩的门后躲着,看不清女人的面容,只看到长发扎成半米来长的马尾,耷拉在她的背包上。

"啊哈,漂亮的娃娃店。"女人说。

"这些不是娃娃,不能动的才叫娃娃——这叫作傀儡。"荟先生说。

"你说得有道理。"

女人愉快地漫步,一直走到桌子旁,坐在之前那位旅行者坐过的沙发上。

"这些漂亮的……傀儡多少钱?"

"价钱不一样,得看你要哪种。"

"最好的一种。"

"还没诞生的才是最好的。"

"那就买你的佣人夸妮。我出一大笔钱。"

"你怎么知道夸妮?"

"我今天早晨路过贵店,看见她在后院扫除。"

"不会的。"荟先生说,"昨晚我烧掉了她。"

女旅行者的表情在一瞬间僵止不动。

"我点了火,"荟先生说,"她痛哭着,尖叫着,但还是烧着了。这场面就像你想要提及的往事,'吱啦吱啦','嗞啦嗞啦',你不会忘记那种声音,你们都不会忘记那种声音。"

站在墙角的老诗人向前走了一步,张开嘴想要说话。

"那是地狱的声音。"店主继续说,"轰!就像马戏团每天表演的那样,烈火焚身。"

"打住。"女人说,"别说了。"

"好吧。"荟先生像年轻人一样叉起双臂,坐在女人对面,"你到底是谁?"

等了片刻,女人回答:"我是探员。"

"镇里有谁犯法了吗?"

"有个囚犯越狱了,一个年轻人,三十岁左右,往镇子的方向来了。"

"那他一定还没到,或者去了别的地方。"

女警探掏出一张皱巴巴的铜版纸,和前一位旅行者拿出的一模一样。"她指指那张被折叠的铜版纸,"请你看一下照片,好好回忆一下。"

"不必了,我们这里没有陌生人来。算上你只有一个。"

女警探瞪着他,随后把目光转向角落的座钟。

"这钟好像不太对劲,从刚才一直有响声。"

"那钟坏掉了,发条老化了。"荟先生说。

女人站起来,走到座钟旁边,仔细摸了摸,敲了敲它的面板。

"你介意我打开吗?"她说。

"请便。"

女警探抠住座钟的面板,一把将它拉开,木头传出破裂的"嘎啦"声,可那大钟里空空如也。她略显迷惑,转过身去,看着荟先生。

"好了,游戏结束了。"店主说。他再次掏出手枪,对准这个扎马尾辫的女人。女警探面色铁青,冷静得有些异乎寻常。

"现在几点了?"她说,"我想请那道门后面的人告诉我。"

她指向我的方向。我哆嗦了一下,三道目光全看过来。我慢慢推开门,走到客厅里。

"请告诉我,现在几点了?"

荟先生没等我回答,便扣动扳机,枪声又一次在屋子里响起,女警探的身体砸在大钟上,使那座钟发出一声洪亮的啼鸣。诗人隆先生彻底崩溃了,他哀号一声,双手抱住脑袋,嘴里高声叫嚷起来。

"闭嘴!"荟先生大喝一声,持枪转向诗人。老诗人一阵哆嗦,停止哭喊,慢慢退回墙角。我跑到女警探身旁,发现她被击中要害,已经停止了呼吸。

"先生,这不像一个艺术家的所作所为。"我对老板说。

"艺术家?"荟先生咧开嘴,他右手持枪,左手从口袋里摸出一把刻刀,准确地抛到我脚边。

"捡起这把刀子,然后照我说的做。我向你展示什么叫作艺术家。"

9. 艺术家

我把刻刀捡起来,这似乎就是我刚才使用的那把刀,刀尖上沾着碎屑,木质刀柄留有余温。

"现在,剖开那女人的胸膛。"他说。

我吃惊地看着他,并没有挪动半步。

"你让我很烦躁。"他抬了抬举枪的胳膊,"艺术家可是冲动而不顾一切的。"

"你一点儿都不像个老人。"

"闭嘴,"他说,"我永远不可能成为一个老人。"

我看了看角落的隆先生,他仍然像木头一样呆立在那里。我只好弯下身子,攥紧刻刀,将它狠狠插入死者的胸膛。出乎意料的是,刀刃没遇到任何阻力,我轻易地剖开了一个大口子,没有血液和内脏流出来,只有一些破烂棉花出现在里面。我小心地扒开这个口子,发现女人胸膛里没有肌肉、没有血管、没有心肺,只有成堆的棉花、石子渣、弹簧和脏兮兮的木屑。

我感觉自己已经无法思考。"这是怎么回事？"我问。

"把刀子扔掉吧，到隆先生那边去。"

我的头脑一片混乱，顺从地站起来，扔掉刻刀，往老诗人那里走去。老诗人仍是一动不动，面色通红，只有眼珠在跟着我活动，就像一只被捆住螯腿的螃蟹。

"把你的手伸出来，"荟先生说，"摸一下他，摸一下他的胸膛。"

"为什么？"

"照做就是了。"

我伸出了一只手，按到隆先生的胸膛上。仿佛是穿过一片云彩，我的手竟陷了进去，深深地陷入他的身体里。掌心传来一阵凉意，我看着他，他看着我，那空洞茫然的眼睛令人不安。半秒钟后，诗人像水一样四散开来了，他的身体化为流动的液体，渗入地表、挥发在空气中，瞬间无影无踪。

我再一次目瞪口呆，荟先生大笑起来。

"游戏结束了。"他用和杀女警探时一样的口气说。

他举起手枪。我下意识抬起胳膊格挡，可是枪没有响，我睁开眼睛，发现荟先生持枪的胳膊松弛下来，枪掉落在地上，他的嘴唇着魔般抽动着，眼泪流淌而出。此时，我眼前再次出现金色的斑点，视野开始晃动，我睁不开眼睛，我觉得周围的世界也睁不开它的眼睛。那一瞬间，我仿佛连通了世界，我感觉轻飘飘地，轻得快要从生活短短的历史中游移出去，好比运动中的身体出现一种错觉，并成为错觉本身。

我开始挣扎着向前漫步，我扯开抓住我肩膀的看不见的手，撕裂布满金色点状物的模糊空间，迈向我的老板，地板扭曲了，我看到灰色的墙面和钢铁的线条，我弯腰用看不见的手捡起那把即将消失的枪，枪头像个卷心菜，伸长的枪柄像骑兵的长矛。我捡起枪，世界慢慢地稳定下来，金色的斑点逐渐消失。我把手枪举起来，对准荟先生。几秒钟后，他不再发愣和抖动，他回来了。他看着我，面露微笑。

"谢谢你。"他喘着气，眼泪还挂在脸上。

"谢我什么？"

"谢你稳定了这世界。"

"这到底是怎么回事？"

"好，"他做了一次深呼吸，"竖起耳朵吧，我来告诉你真相。"

10. 自　白

我不是艺术硕士，也不是力学博士，更不是什么傀儡店主，我不会制作傀儡，我连怎么雕刻出一个鸡屁股都不知道。

我是谁？我是个工人，在你永远想象不到的最伟大的大都会工作，那里有成百万像我这样的人，那里是用现实的手铸就的超现实。不，我不用解释，你知道那里，因为我知道的你也全知道，它们是我的血，也是你体内隐秘的知识。

我的工作地点是全城最高的摩天楼之一，它在竣工前的一个月成为城市里最高的建筑，但十五天后便被后来者超越，这种故事每个月都发生，大都会里的人们对一切习以为常，就算一个人变成鲸鱼都不能引起他们的关注。那是一个不幸的日子，我在刚完成保养的机器前走神了,双手手指头被无情的铁东西齐刷刷地切断。切断了几根呢?左手三根,右手四根,只保留了两根拇指和一根可怜的小拇指。那"怪物"毫不客气地把这些"香肠"吞进去,像工程废料般搅得粉碎。

一小时后,我躺在医院里,满心绝望,接受处理后双手仍疼痛难忍。"我的手指头断了!"我向医生抱怨。"那有什么办法!"医生说,"知道这个城市每年要断多少根手指吗?一万根!"他伸出一个手指头,正是我已经失去的那根。"一万根哦!"他说,转身扬长而去。过了一阵子,我们的老大来了。他是老大,他的上面还有更大的老大,更大的老大上面还有整个工程的老板,这就像一个梯子,就像杰克的豆茎,一直通到天上的云彩里面,那上面有我们所不知道的世界。那些我都不管,我只想知道我下半辈子怎么过,我的手已经变成了一对可悲的鸭蹼,我感觉自己是一只即将入炉的鸭子。老大面色凝重,他支付了所有的医药费,在床头扔下一笔钱,口头解除了与我的劳务关系。他们不要我了,像踢开一截碍事的骨头。出院后,我找了一个律师,并为此花了一小笔咨询费用,律师告诉我,我的问题是签订了一个问题合同,这问题合同里存在很大的问题,这些问题让我通过现有途径解决不了任何问题。这蠢蛋说得太拗口了,但他还是个有主意的律师,他提醒我不要尝试通过暴力方式解决——这给了我启发。

后来几天,我经过反复练习,学会了用嘴和残废的左手把刀绑在右臂上。于是我揣着刀,来到老大居住的地方。这把刀是我工友淘汰的,刀柄上有一股古旧的香烟味,藏在怀里让我有点儿不舒服。连续四天,我在附近徘徊,终于找到机会,从厕所敞开的小窗潜入了老大的别墅。傍晚,我藏在厕所与卧室之间的柜子里等他,可直到深夜他才出现。我从门缝里往外看,他搂着一个年轻漂亮的长发女人,那女人的皮肤在灯光下呈现浅浅的淡橙色,相当美丽。他们拥抱,接吻,在我目光之下跌倒在地板上,翻滚在一起。女人发出淫荡而凄美的叫声,而老大正如他纹在上背的猛虎般大汗淋漓、威武不凡。伴随着他们达到极乐的呼喊,看着明晃晃的肉体和周围华丽的装饰,我的气势也泄掉了,好不容易壮起的胆子和一不做二不休的决心荡然无存。早上,他们走后,我也灰溜溜、满心怨怒地离开了那里。

到家门口时,我发现平房里的动静不太对。我在窗下静静聆听,听到的却是我的老婆和做小买卖的邻居的淫笑,入耳的是污秽不堪的话语。这对奸夫淫妇正行鱼水之欢,他们两人似乎在模仿老大的动作,用行动讽刺我,用语言、用肉体、用下流至极的交媾姿势嘲笑我,使我一下子想起刚刚经历的夜晚,一生中最耻辱的夜晚。我是个怂货,我杀不了老大,我没有杀老大的胆子,我只能杀和我一样的人,只有杀这些人时我才能获得一种若即若离的安全感。我为自己微小的胆量感到羞耻,这种羞耻战胜了罪恶感和恐惧。我要杀了他们!杀了我那从没有迈入高级商场一步的老婆,和她那贫穷的做小买卖的奸夫。

就这样,盛怒之下,我跑去几百米外的小加油站买回汽油,悄悄把家门反锁。我均匀地在房屋四周浇上汽油,点上了火。那天是个大风天,火越燃越大,他们尖叫着砸破玻璃,紧握住铁质的护栏,大呼哀号,但为时已晚,烈火逐渐吞噬了一切,他们二人全部消失在火海中。

第二天我便被拘捕了。

看守所的日子非常枯燥，我因身有残疾，避掉了所有的劳动，但死刑判决板上钉钉、无法逃避，日益迫近的末日感使我焦虑不已、夜夜无眠。一天晚上，走廊没有熄灯，我借着熹微的光线数天花板上的霉迹，那些霉斑各式各样，以绿色和黑色为主，暗淡的红色小点夹杂其中，像树林和草原中的幼兽，小心地避开陷阱撒欢奔跑，我真想让自己也加入其中，永远生活在那块霉菌构成的自由世界里。就在此时，我突然回忆起一年前读过的一本书。那本书介绍了怎样一步步通过练习，逐渐知晓自己是在做梦，随后是学会在梦中保持清醒，直到随心所欲控制自己的梦境。我当年并不相信这套说法，但如今身陷囹圄，这种说法对我产生了巨大的诱惑。我下定决心，要练习控制梦境，在梦中体验自由，努力掌握梦中时间的流逝，创造一个属于我的永恒。

从那一刻起，我便开始练习了，那本书中的具体细节已经忘记，但基本方法还记得。首先是找到一个标志、一个"扳机"、一件有违常理的事情，不管你正在经历什么，一旦看到这件事情发生，就能知晓自己身在梦中。这很难，但我有炽烈的欲望，我可以把所有的时间都用来睡眠，用来学习如何知梦。我的"扳机"非常明确——我的手指。如果我看它们时，它们是完好的，我就知道自己正在做一个甜美的梦。在清醒状态下，我坚持隔几分钟就看看我的手指，努力培养时刻关注手指的习惯，这样在梦中我也能下意识地去看它们，去发现它们的不合常理之处。

几天后，我成功了。那个场景里，我正挥汗如雨地在工地干活，我和工友们说说笑笑，我用灵活的指头操纵机器，用灵活的指头接过抛给我的饮料,用灵活的指头拉开拉环——这时我猛然觉醒,我看到了,我注意到了,我的所有手指竟完好无缺,它们仍是我的兄弟们,父母的精血,我为人躯体美丽的一部分。

这便是第一次清明梦,在狂喜之际,天空碎裂,大楼倾圮,梦境崩塌。

摸到梦境的大门后,我的进展很快,唯一的敌人便是时间。我知道上诉是徒劳,但还是用足了上诉的机会,以便多在狱中苟活几日,利用每一分钟疯狂地、不吃不喝地练习。我每天沉迷在清明梦里,有一阵子看守以为我要绝食自尽,甚至强迫我输了营养液。死刑终审判决下达时,我已能从容不迫地在梦境中控制一切,还能在第二天接续前一天的梦境。我的下一个任务是建立一座家园。哪里才是我永恒的栖身之所呢?这些天,我见过繁星悬垂、奇兽遍地的灰色异星,见过地狱一般布满火山熔岩的凶险之地,见过无尽森林和雪白山峰层层交错的世界尽头,可它们都不是最理想的家园,我已经看够了如此超现实的景象,我需要一个轻柔的怀抱、永恒的故乡。

你知道行刑前空气的味道吗?那是一股药房的气味,朽坏木头和风干菊花的气味,这些味道自行刑前数周便开始在我身边环绕。死刑复核通过那天,我梦见了一个小镇。那里草地青翠、花团锦簇、道路精美,有一个宁静的中心广场,还有一堆年老而朴实的镇民。我当即决定在这里建设自己的家园。我没有多少时间了,我决定不再新建和改造镇民们,我要把所有的精力用在对时间的控制上,想办法改变梦里感觉到的时间的速率,努力模糊时间的界限,抹去明确的时间单位,让梦境中的时间流逝无迹可寻。我希望现实中的一秒,会是梦里的万年。

在死刑执行的前夜,我反复入睡,反复醒来。每当清醒时,我就感觉时间像套在脖子上的绳索,正逐渐收紧。在前几个梦中,时间仍按与现实差别不大的速率流逝,可我需要的是指数级的差距!我无比沮丧,但不想放弃,时间没有给我放弃的权利。在翻来覆去中,我突然意识到,究竟是时间给了我权利,还是我给了时间权利呢?在现实世界,固然是时间定义了我,但是在梦中,我的意识存活于套子中的套子里,时间只是虚幻世界无数客体之一,我控制了潜意识制造的梦境,便控制了客体的定义权,一切特征都应该由我来定义。我不能执着于调试时间流逝速度的快慢,而应该重新改变它的基本准则,因为在我梦想的世界里,时间不需要任何所谓"流淌"的速度。于是我在新的梦里,把时间定义成了一个心理暗示、一个错觉,它看似分分秒秒地流逝了,但在错觉背后,它应该只占用了一点点时间,这一点点时间便是全部错觉的载体。

就是这样,我所定义的永恒不是来自速度,而是来自错觉,这是一件痛苦的事,这意味着我的镇子里永远不会有人老去、永远不会有人自然死亡,这意味着一切生活都是骗人的假象,它们虚假得如此无趣,像一部最蹩脚的单机游戏——但对我来说足够了。于是我开始了体验,在这个完美的小镇里生活,在永恒的时间假象中踟蹰。一周过去了,一个月过去了,一年过去了,一切仍是那么稳定,我没有返回现实的躯壳中。我成功了,我似乎获得了永恒。不过我知道,我距离现实中的清晨不算遥远,死刑定于六点三十分,我正经历的将是处死前夜的最后几小时,这是最后一个梦,也必须成为永不停止的一个梦,我绝不能再次醒来。

就这样,带着一丝危机感,我在镇上安顿下来,开始享受永恒不变的生活。镇子里的时间只是流转,而不计数,这里有模糊的季节,但没有具体的年份。我创造了妻子和邻居,经营着一家傀儡店,并随心所欲地制造傀儡;我不断在镇上建设新的设施,让花朵开满街巷。但我能自称为神吗?不能。我还有一个最大的敌人,那便是我的潜意识。潜意识才是梦世界的创世古神,一个被我暂时压抑的巨兽,万物的母亲。这小镇虽是我的乐园,但小镇外面的梦境里仍有一个无限广阔的世界,全部由潜意识所创造,那伟大的潜意识,它伴随我出生和成长,它就像大海一样宽广、像太空一样空旷、像地狱一样扭曲,梦里的每件事物都被浸泡在潜意识的地狱里。每个在此地存在的人、每一件事物,不管是否经过我的改造,都是潜意识的一部分,都保存着我不为人知的秘密。

有几次,我在创造中出现了不稳定的苗头,几乎在战栗中清醒过来。于是我吸取教训,不再用意识制造或抹除什么东西,避免干预这个世界的运行。有时会有镇外的人来到镇上,他们便是潜意识的造物,没有被我的理性所改造制约,充满野性、凶险无比。在我的乐园里,潜意识正在逐步反击,想要夺回梦境的控制权,那是它的本能,我在辛苦地对抗神的本能,这堪称世界上最令人绝望的工作。

如此这般,日常的对抗已让人精疲力竭,而在日常的对抗之外,我还有一位死敌——那就是潜意识制造的"预兆",它是对手胜利的号角。虽然我没改造过的事物大多是潜意识产生的渣滓,但总有一个东西里隐藏着对真相的记忆,或者说是对醒来的"预期",这便是潜意识的王牌。这个乐园只需要一个"预兆"显现,便足以勾起对真相的记忆,便有觉醒和崩塌的危险。在看到你的那一刻起,我知道"预兆"即将降临。你和我长得一模一样——我说的是真实的我。而首次见面时你身上穿着一件T恤,是我某年生日时女朋友赠送的礼物,上面写着大大的、彩色的"六"。"六",如此显明的数字,已经很久没在这个世界出现过了,我立刻想起了我六点半的死刑,几乎瞬间跌入清醒。显明的数字、真实的时间,这是我世界的死穴,我必须不惜代价清除这一切,但我又不能打草惊蛇,"预兆"对潜意识太重要了,它会维持梦境的稳定,维系梦境与潜意识世界的连接。为了小镇的稳定,我不能直接让你消失,我认为最好把你留在身边,监管起来,不对你进行过度干预,而是重新引导你、捏合你,让你在日复一日的生活中习惯这镇上的一切,习惯傀儡店的生活,把"预兆"这一本质深深隐藏、永不显现。

在马戏团出现之前,我是成功的。马戏团的出现,是潜意识最后的反击,它大张旗鼓来到这个镇上,不断表演火烧的场面,甚至挂出六点半节目的预告——那正是我行刑的时刻。它打破了规则,这是不可接受的。我本不该让你去看马戏表演,但那天我在胡历家里被抓伤,几乎跌入现实,我耗费很大精力才稳定住梦的世界。马戏团挂出预告之后、表演六点半节目之前,我已经没有其他手段可以阻止它——除非使整个马戏团消失。于是我这样做了,我站在它面前,亲手,不,亲自用我的意识将它彻底从乐园的大地上抹除。

此举冒了巨大的风险,但我别无选择。果然,世界崩溃了,突发性事件一个接一个出现。我只好杀死胡历,又杀死潜意识的间谍,我给这个世界造成了巨大的失衡,刚才的一瞬间,我又一次险些跌落,徘徊在清醒的边缘。好在你拿枪指着我,在我即将看清眼前的铁窗之前,先看到了这一场景,我拼命放松意识,死死抓住了梦的尾巴,成功地回到了这里。

刚才和你说话时,我的四肢还不能动弹,但随着世界的稳定,通过调整适应,我已经能活动自如。而你呢?你能动弹吗?如今的我会让你动弹吗?你试试动动你的手,动动你的脚,扣扣你手枪的扳机?哦,我忘记了,手枪已经不在你的手上,它现在在我的手里。我始终是乐园最宠爱的孩子、小镇的君主,而你是什么?你有什么过往吗?你记住了什么样的回忆?没有。你只是一个扁平的符号,可悲的动物,因为你不是什么独立的东西,你的所谓自由意志是被早早决定的,你只是一个机械性的、被决定的、无法脱身的潜意识的奴隶。就在刚才,在经历了绝望的跌落后,我终于做出了决断。我要孤注一掷、放手一搏,反正世界已经摇摇欲坠,反正已经接连清除了几个潜意识的造物,我必须再次铤而走险,把你清除、把你消灭,像嚼碎西瓜籽一样粉碎你,让这个"预兆"不再成为威胁。我不用耗费尊贵的意识抹掉你,有这把枪就够了,这武器让人放心。你知道吗?在梦里人一样会死,这是我长久以来对这个乐园的定义,这就是法则,我用枪就可以把你们打死,让你们不再活跃在这个虚妄的世界上,让你们回到潜意识的深渊里。

故事结束了,就是这样。

11. "预兆"

荟先生把枪举起来，对准我。我不知道他瞄得是否准确，因为他的手在微微发抖。他灵活的食指放在扳机上，中指、无名指和小指握住枪柄，那是上天赐予他的、他尽全力保卫的礼物。

我想活动一下嘴，但面部的肌肉越来越僵硬了。

"我还能说话。"我嘴巴半张着，含糊地说。

我听到他冷笑一声。我那机械性的、被决定的、扁平动物的、可悲奴隶的脑袋全力运转，我要把"预兆"说出来，他害怕数字，害怕时间，我要说出什么数字呢？

"六点半！死刑！"我喊道。

荟先生扣动了扳机，子弹穿过我的左肩。

"三十一岁！"

第二发子弹打在墙上。

"十五年！七十七！"

第三发子弹嵌入我的腹部，搅动着内脏，剧痛袭来，我想这疼痛的感觉也是他对梦境的设定，就像用子弹可以杀人一样。

"一五零一！四一二！六零七……"我全力喊话，但是声音在逐渐减小，我仍能维持站立，可力量已离我而去。我跪了下来，感觉周围的光亮在逐渐缩小，黑暗呈环形往中间收拢，离我越来越近。

"四季，春夏秋…"

又有两发子弹袭来,我的躯体已经无法支撑,我那让人操控的、不值一文的、虚假的意识模糊了,我倒在地上,被暗示和错觉组成的法则吞噬。这时,荟先生的最后一发子弹也打完了,四周响起了空膛射击的声音,我终于失去了全部力气,只剩下眼珠在转动,但我不明白,既然我的行为和意志是被决定的,那为什么始终无法说出那个"预兆",那个荟先生最害怕的东西。

黑暗环伺,光芒照亮的圆环越来越小。我看到身边一个骑三轮自行车的小孩经过,那是隆先生的远房亲戚,我不知道他是怎么到屋里来的。

"你们在干什么?"他说,"时间在流逝,还有半小时就天亮了,还不快睡会儿。"

荟先生僵在原地,附近的一切全部静止下来。

"还有二十九分五十五秒,"男孩说,"五十四,五十三……"

去他的时间尽头

———— 程婧波 ————

1.

第 133 天

孤独是一种病。

这座城市，一共住着两千一百七十万人。

我对面这位，一芬兰国际友人，不远万里来到咱们这儿，过了几天朝九晚五挤地铁上下班的生活之后，祖传的社交恐惧症不药而愈。

在芬兰，平均一平方千米只有十八个人；但是在北京早高峰的地铁上，一截车厢塞十八个人那算宽敞的。

"李正泰！李正泰！"

此时此刻人满为患的宜家商场，扩音器里有个声音好听的姑娘深情款款地喊了一遍又一遍。

与此同时，一只说不上来什么颜色的蝴蝶，在迷宫般的商场里翩然飞舞，跃过攒动的人头，绕过高耸的货架，落在一面锃亮的窗玻璃上。它收起布满细小鳞片的翅膀，感受着室内流动的空气和轻击在玻璃另一面的雨滴。不知道它能不能理解，它所感受到的风和灰蒙蒙的光亮，来自被面前这个透明的玩意儿阻隔着的两个世界。

对面的芬兰哥们儿在一张爱克托沙发上翻了个身。刚上咱们这儿来那会儿，各种场合下乌泱乌泱的人给丫吓得不轻。他说有生之年都没承想,一北欧性冷淡家居商场能躁成这样。到了周末,冲着免费咖啡来的老头儿老太太日出而作,日落而归——整个餐厅的顾客年龄总和绝对艳压朝阳公园的老年相亲角。

芬兰哥们儿上这儿来,是进行社交恐惧症的脱敏治疗。用他的话说,在衣柜间,在沙发间,在厨房样板间——跟陌生人摩肩接踵,"既恐怖,又色情"。

这些都他亲口跟我说的。只不过现在,他还不认识我。

嗯,看样子他治疗得不错。

"李正泰!李正泰!李正泰顾客请注意!"

至于我嘛,上这儿来也是为了治疗。

"您的朋友在商场二楼出口处等您!"

当一个人孤独太久,像我这样走进宜家,告诉这里的工作人员我和我的朋友李正泰走失了,我会在出口等他——不出意外的话,就会有一个声音好听或者不好听的男人或者女人,在广播里大声地呼唤这个名字。

其实没谁会到出口来跟我会和。

孤独是一种病,我只是想听到别人以我的名字呼唤我。

我是李正泰。

2.

王毛毛站在一根电线杆前,往上刷胶水。

背包里放着一叠纸,刷好之后她从里头抽出一张来,贴在了电线杆上。

一张狗的大头照，还有几行黑体字：

寻狗启事
联系电话
必有重谢
永久有效

王毛毛一边贴寻狗启事，一边想，电线杆真不愧是城市的"会客厅"，什么消息都能往上招呼。如果哪天互联网瘫痪了，只要电线杆还屹立不倒，信息就能烽火连台。

一根电线杆，上下两段，物尽其用。

下半段，是犬科动物的朋友圈。如果你是条新来的狗，只要找对电线杆，就能拜对山头。这一片有几条同类，是男是女，是老是少，漂亮吗，单身吗，豆腐脑爱吃甜的还是咸的……统统都能闻出来。

上半段，是灵长类动物的朋友圈。尖锐湿疣，难言之隐，请拨1。富豪老公无法勃起，白富美重金求子，请拨2。三分钟开锁王，请拨3。专业防水，请拨4。投资移民，请拨5。

一般来说，混迹在下半段的，基本是有一说一；混迹在上半段，多数是骗子。

要说电线杆教会了她什么，那就是——人类还没有一条狗可信。

可是相依为命的狗跟王毛毛走丢了。

王毛毛皱着眉头,盯着电线杆上的"寻狗启事",祈祷着这能管用。照片上的那只狗,脖子上挂着一块奖章似的名牌:Leon。

《这个杀手不太冷》里杀手的名字。

3.

初始坐标

时间根本就不存在。

著名表演艺术家郭德纲老师说过,最适合一个人关起门来发呆的职业,是灯塔管理员。受这句话启发,我在"宇宙中心"五道口的一家公司当了两年金融狗之后,炒了老板鱿鱼,现在从事着一项似乎是为我量身打造的职业。

电影放映员。

坐在放映室里,我感觉到这里才是宇宙的中心。

黑暗中,尘埃乘着光线飞驰,光影投射在幕布上,像灯塔的光束照进汪洋。

咳,算了,说实话吧,我炒老板鱿鱼是因为上班太远了。这家电影院就在我家楼下,每天从起床到上班,只消十分钟。

当同龄人都过着两点一线的生活时,我已经过上了毫无运动痕迹的生活——至少对于GPS定位卫星来说,我的生活轨迹几乎是静止不动的一个点。

我讨厌出门,不喜欢一切交通工具,最近一年来的计步数加起来可能还走不到通州。

虽然收入只有之前的四分之一,但我喜欢现在这样简单的生活。简单就是井井有条。金融狗每天都和各种数据打交道,看起来客观严谨,但要处理的情况却瞬息万变。电影放映员呢,就不同了。这是一个特别有计划性的职业,每一个厅,不同时间段,排什么片儿,都提前计划好了。工作起来不用思考,只用按计划表执行。这样我可以省下大量的时间,用来坐在放映室里发呆。

放映室里有一面石英钟,它的时针、分针和秒针的尖儿上都有一滴夜光。秒针一格一格走动,就好像一只萤火虫沿着时间的轨迹一圈一圈爬过。

现在是凌晨五点三十七分。

坐在10排1座,身上穿的汗衫印一"靠"字儿那男的,是我发小陈果。旁边那个身上穿的汗衫印一"谱"字儿的,是他交往了三年的女朋友。陈果开了一家叫"奶奶的熊"的网咖,小本经营,童叟无欺。他这人吧,没什么别的毛病,就是抠门。陈果今天打算干一票大事,本来打算就在网咖对付过去,后来还是决定下血本包个影厅。

电影结束,灯光亮起之后,陈果会向他女朋友求婚。

可是还没等到这一刻,一个意外出现了。不知道为什么,1号厅数字放映机的氙灯炸了。灯碗被炸成了四下飞溅的无数碎片。幕布上的画面消失了,只剩下放映机散热风扇转动的"哒哒"声。漆黑一片中,"应急出口"几个字闪着幽幽的绿光。

"媳妇儿,跟你商量个事儿成吗?"陈果在黑暗中搂住女朋友,急中生智地问出这句话。

我连忙按下开关,影厅灯光亮起。

趁女朋友还没来得及回答,陈果以迅雷不及掩耳盗铃之势从座位底下摸出早已准备好的玫瑰和钻戒,"遇到你之前,我活得就像一句脏话。可是遇到你之后,我有谱儿了!"

陈果女朋友眼里噙满泪水,在陈果热切而又焦急的注视下,嘴唇颤动着,两行晶莹的泪珠滚落脸颊,梨花带雨地握着他的手说:"一直想和你开口,却不知道怎么开口。陈果,我们不合适。我……我们分手吧。我要去日本了。"

就这样,陈果出师未捷身先死。

我和陈果都认为,他求婚失败,氙灯爆炸要负很大责任。但是佳人去意已决,我只能劝他节哀顺变。

被氙灯爆炸连累的不止陈果,还有我。本来我当班到凌晨六点就能下班,在还有几分钟就站完这班岗的时候,它却晚节不保地炸了。事发时离1号厅最近的张姐第一时间就提着撮箕拿着扫把冲进了放映室,她一边扫着地上的玻璃碎片,一边和我絮叨:"小李啊,你没事儿吧?"

我拍了拍脸、胳膊、大腿,应该没有被碎片扎到。

"你若安好,便是晴天。"张姐走到我身边,看看我,又看看损坏的放映机,"你若安不好,我这就去报告给杜经理。"

我一路麻溜地来到保管室,找王工领新的氙灯。他看看坏掉的灯头说:"1号厅放映机上的灯用不少时间了吧?你记着,氙灯用个三四百小时,最好翻一面儿,这样可以延长使用寿命。不然负极下垂,变秃瓢了就容易炸。"

我回到放映室,拿出标签条,在上面写下:

2018年8月8日

贴在氙灯下方的塑料机身上，盖住了原来那张"2018年7月2日"的旧标签。

爱因斯坦曾说，时间只是人体记忆中的错觉，时间根本就不存在。但是如果时间根本就不存在，是什么给氙灯、树木、星辰和人——是什么给万物暗中标注好了"使用寿命"？

4.

第1天

这感觉真他妈诡异。

放映室里有一面石英钟，它的时针、分针和秒针的尖儿上都有一滴夜光。秒针一格一格走动，就好像一只萤火虫沿着时间的轨迹一圈一圈爬过。

时针和分针指向凌晨五点三十七分。

我站起来。透过放映室的观察孔，我能看到第10排座椅靠背上冒出来的两个脑袋。

后脖子传来一阵凉意。

摸出手机，显示时间是2018年8月8号。

我匆匆走出放映室，在走道里碰上张姐，问她今天是几号。

"8号啊。"张姐说，"小李啊，你没事儿吧？"

我摆摆手，转身跑进1号厅。随着电影画面明暗交替的变化，渐渐看清黑暗的观众席上坐着的正是陈果和他女朋友。

回到放映室,我检查了一下数字放映机的机身,不禁汗毛倒竖——在本来该贴着"2018年8月8日"那张新标签的地方,却是以前那张"2018年7月2日"的旧标签。

这感觉真他妈诡异。

如果是这样的话,那么再过几分钟,数字放映机上的氙灯就要爆炸了。

我低头看看石英钟。

石英钟上的秒针嘀嗒、嘀嗒、嘀嗒……

"噗"的一声,氙灯炸了。

5.

第2天

如果你发现自己陷入无限循环的一天了,
会怎么办?

我睁开眼,等到适应了周遭黑暗的光线,发现自己是在放映室里。

看看时间,凌晨五点三十七分。

我站起来。透过放映室的观察孔,我能看到第10排座椅靠背上冒出来的两个脑袋。

摸出手机,显示时间是2018年8月8号。

检查了一下数字放映机的机身，不出所料，在本来该贴着"2018年8月8日"那张新标签的地方，却是以前那张"2018年7月2日"的旧标签。

我跑出放映室，撞上张姐，她说："小李啊，你没事儿吧？"

我一路小跑着去找保管室的王工领新的氙灯。他从抽屉里摸出来一个记录本，拿骨节粗大的手指点了点，"小李，咱们有规定，领新灯要上交旧灯头。"

我说："旧的还在放映机上用着呢。"

王工问："那你来干啥？"

我答："这不马上就炸了。"

他拿手背朝我扇了扇，"那等到坏了你再来嘛。"

我说："王工，1号厅放映机上的灯用不少时间了吧？一直没翻面儿，负极下垂，变秃瓢了就容易炸。这新的我一定好好爱惜，一个月翻一次面儿。"

他怔了怔，抬起头，压低鼻梁上的眼镜，两只眼珠子朝上翻着看看我，然后默默地转身从靠墙的柜子里取出一只新的氙灯递过来。

我回到放映室，四下漆黑一片。旧的那只氙灯刚刚已经炸了，我赶紧把手上这只新的换上去。

好在这个小小的插曲没有影响到陈果。凌晨六点，放映结束，灯光亮起，他双膝跪地，向女朋友含情脉脉地说："媳妇儿，跟你商量个事儿成吗？"

趁女朋友还没来得及回答，陈果以迅雷不及掩耳盗铃之势从座位底下摸出早已准备好的玫瑰和钻戒，"遇到你之前，我活得就像一句脏话。可是遇到你之后,我有谱儿了!"

陈果女朋友眼里噙满泪水,在陈果热切而又焦急的注视下,嘴唇颤动着,两行晶莹的泪珠滚落脸颊,梨花带雨地握着他的手说:"一直想和你开口,却不知道怎么开口。陈果,我们不合适。我……我们分手吧。我要去日本了。"

陈果的求婚"又"失败了。

人和人之间的缘分,还真不是情侣衫就能绑定的。看来陈果被甩的锅,氙灯不能背。就算"钱是王八蛋",可是这年头凭一朵花和一句誓言就能打动的女孩子,比三条腿的蛤蟆、关了静音的手机、每天都换内裤的直男还难找了。

二十分钟后,陈果在街边的卤煮火烧摊子上哭得像个一百二十四公斤的孩子——我没有失过恋,很难体会他这样号啕大哭的心理成因。说实话,我连朋友都没几个。除了陈果之外,只有布拉德皮特和阿尔帕西诺是我的朋友。它们是被楼里住户丢掉的一只仓鼠和一只乌龟。

把他送回"奶奶的熊"之后,陈果央求我留下来陪他打会儿游戏。

我们玩的是FIFA,他每次都输,牌臭瘾大。

正玩着,我问他:"如果你发现自己陷入无限循环的一天了,会怎么办?"

陈果疯狂地按着游戏手柄,目不转睛地看着屏幕说:"嘛叫无限循环?"

我说:"就比如今天吧,你过完今天,醒过来发现又是今天。"

其实,准确地说,并不是"无限循环的一天"。通过"昨天"的经历，我发现自己是从8月8号的晚上七点三十七，突然蹦回早上五点三十七的。

陈果说："操！那我不得再被甩一次？"

接着他又开动脑筋想了想说："那是不是可以每天都这样打游戏？"

我说："对啊。"

他扭头看了我一眼，"要是明天可以全部重新来过，那是不是今天做什么都不用负责？"

我说："差不多就这意思吧。除了你自己的大脑，别的就像游戏副本可以重读进度，你生活里的人不会记得时间循环时发生的事。但是你自己的记忆是累积的，'昨天'发生的事情你都记得。"

陈果笑了："操，那不等于有超能力了。"

好吧，他终于搞清楚我的问题了。

陈果盯着屏幕，舔了舔嘴，"你说如果我这样了……是先去逛澡堂，还是先去抢银行？"

一位伟人曾说，每一个阳光灿烂的少年都会变成油腻中年，当他变了，你不要惊慌，不要悲伤。另一位伟人曾说，出身不由己，而朋友可以自己选择，倘若选了个陈果这样的，跪着也要把这段友情走完。

是这道理吧？

6.

第 3/4/5/6/7……天

晚上七点三十七分,世界倾斜了。

我的一天基本是这样度过的:

凌晨五点三十七分睁眼,发现自己置身放映室。透过观察孔,我能看到第10排座椅靠背上冒出来的两个脑袋——陈果和他女朋友。替换氙灯。凌晨六点,结束放映,亮灯,目睹陈果求婚失败全过程。陪他喝酒,看他宿醉,扭送他步行至"奶奶的熊",陪失恋的他打两把FIFA。

接下来,我回家,想在煎饼果子摊上买两个饼当早餐,结果遇上一场鸡飞狗跳,未遂;走回公寓楼下打算搭电梯,结果碰上一群大爷大妈外加一对双胞胎姐妹把电梯挤得水泄不通,我不习惯和陌生人挤在一起,让他们先上吧,电梯居然半路故障下不来了;爬楼梯到十二楼,开门进屋准备蒙头就睡,隔壁突然传来如泣如诉的狗叫,敲门让邻居管管,邻居正抡着皮带揍狗。

回到家,洗个澡,在120救护车的呼啸声和狗叫的伴奏中昏睡过去。中间被手机铃声吵醒一次,我妈打来的,从昨晚到今天一共十四个未接来电。昨天是我上晚班,所以手机设置了十二小时静音。电影院的晚班都是从晚上六点上到早上六点。接到老妈的第十五个来电,彻底醒了。窗外天已经擦黑了,挂了电话,拿手机点了外卖。

晚上七点三十五分,下楼拿外卖。走出大厦,仿佛进入另一个世界,北京城淹没在幕天席地的大雨之中。我站在马路牙子上等外卖的时候,一辆面包车悄然拐进了辅道。

七点三十七分,世界倾斜了。视线中的街道、行人、广告牌从竖直顺时针转了九十度,统统倒地不起。对于一个死宅来说,这一刻的景象竟然有一种奇异的美感:视野里的一切变得格外清晰——但又因为这场大雨,而格外模糊。

世界与我之间隔着眼皮这层幕布。幕布徐徐拉上。

我去,什么东西碾我身上了。

2018年8月8日,这句话成了我的最后一个念头。

你看,我讨厌交通工具是有原因的。

我被面包车撞倒,死了。

然后我就在一片黑暗中醒来。

幕布缓缓拉开。

我感觉自己就像漂浮在虚无之海中的一个魂灵。这是哪里?天堂?地狱?森罗殿?奈河桥?我拿手狠狠掐了一把自己的脸——指尖传来的感觉软硬适中,脸上传来的感觉火辣辣的还挺疼——我……没有变成鬼?

等眼睛渐渐适应这片黑暗,我发现自己一个人坐在放映室里。

放映室里有一面石英钟,它的时针、分针和秒针的尖儿上都有一滴夜光。秒针一格一格地走动,就好像一只萤火虫沿着时间的轨迹一圈一圈爬过。

现在是凌晨五点三十七分。

我站起来。透过放映室的观察孔，我能看到第10排座椅靠背上冒出来的两个脑袋。

我又回到了十四个小时前，2018年8月8号的早上。

替换氙灯。凌晨六点，结束放映，亮灯，目睹陈果求婚失败全过程。陪他喝酒，看他宿醉，扭送他步行至"奶奶的熊"，陪失恋的他打两把FIFA。接下来，我回家，想在煎饼果子摊上买两个饼当早餐，结果遇上一场鸡飞狗跳，未遂；走回公寓楼下打算搭电梯，结果碰上一群大爷大妈外加一对双胞胎姐妹把电梯挤得水泄不通，我不习惯和陌生人挤在一起，让他们先上吧，电梯居然半路故障下不来了；爬楼梯到十二楼，开门进屋准备蒙头就睡，隔壁突然传来如泣如诉的狗叫，敲门让邻居管管，邻居正抢着皮带揍狗。回到家，洗个澡，在120救护车的呼啸声和狗叫的伴奏中昏睡过去。中间被手机铃声吵醒一次，我妈打来的，从昨晚到今天一共十四个未接来电。昨天是我上晚班，所以手机设置了十二小时静音。电影院的晚班都是从晚上六点上到早上六点。接到老妈的第十五个来电，彻底醒了。窗外已经天擦黑了，挂了电话，拿手机点了外卖。晚上七点三十五分，下楼拿外卖。走出大厦，仿佛进入另一个世界，北京城淹没在幕天席地的大雨之中。我站在马路牙子上等外卖的时候，一辆面包车悄然拐进了辅道。

七点三十七分……

嗯，相信你已经知道接下来会发生什么了。

7.

第 8/9……29/30 天

我成了时间尽头的囚徒。

我的生活轨迹不仅从空间上变成了一个几乎静止不动的点，从时间上来说也是如此。

简单，重复，无须思考。

一个完美的闭合圆弧。

这简直是全世界死宅都梦寐以求的生活。

打个比方：这就像活在一段反复播放的时长十四小时的影片当中，你对人生中的过去、现在、未来，你对人生中的每分每秒都了然于胸。

在这无限循环的时间里，我醉生梦死，甘之如饴。

甚至有些害怕这样的日子会在某一天毫无预兆地就结束了。

但渐渐地，事情开始朝着我始料未及的方向发展。

我开始担心这样的日子会永不结束。

傻子都能看出来，我的世界出了问题。也许宇宙是有自我意识的，而且它极有可能想与这个世界上的一切死宅为敌。比如为了惩罚我，它让我过上了之前梦寐以求的生活——足不出户，每天混吃等死，不用关心粮食、蔬菜、季节，不用关心刮风还是下雨，不用关心任何人。可是慢慢地，我就厌倦了这样的生活，混吃等死的快乐变成了生不如死的煎熬。

我居然萌生出了以前从来没有过的想法——我想要试着跳出这样的轨迹,推开命运馈赠的奇妙礼物,做些改变。

我试过不点外卖,而是在家煮泡面。可是我依旧活不过七点三十七分,多一秒都不行。

我试过在我住的这栋大楼里做点儿别的事。比如趁着倒班休假,坐到观众席里看电影——没有什么比看至尊宝以手指天喊着"般若波罗蜜",在一束白光中穿越回从前更应景的了。

但在晚上七点三十七分到来的那一刻,坐在观众席上的我会突然丧失意识。等到再次睁眼时,就会是十四个小时前,在电影放映室里醒来的凌晨五点三十七分。

众目睽睽之下我是怎么消失的呢?我不知道。

我只知道在日复一日的重新读档中,我罹患了一种叫作"孤独"的绝症。如果世界是一条火腿,而我们所拥有的每一天都是由一只神奇的手用刀切出的薄薄一片的话——我已经把这一片咀嚼到快吐了。

当然,它连完整的一片都不算,它只有十四个小时。

这样胡思乱想的直接后果就是,我把陈果当成了救命的稻草,也许结束这种日子的突破口在他这里?

我试过给陈果放别的电影。可他的求婚依旧以惨败告终。

我试过带他去逛手办店。"这个,这个,那个,还有那个……"我在手办店里指点江山的时候,陈果的脸颊像少女一样绯红,"都不要。剩下的全部打包,刷我的卡。"这下他的脸已经红得像山魈了。然而一到晚上七点三十七分,这些手办就会像灰姑娘的马车和玻璃鞋一样统统消失，世界会重启，一切会归零。他拥有过，却不再记得。

我还试过带他去见证各种奇迹的时刻。比如带他去和睦家的产房外面，精准地提前三十秒报出每一个产妇的姓名、年龄、生男还是生女。我轻轻松松展示出的"神迹"会让陈果忘记失恋的伤痛——因为他的脑容量没法同时容纳下"我×牛逼"的震惊和"我失恋了"的悲伤这两种情感。我们一次次重复着这样的游戏，每一次陈果都惊讶得合不拢嘴，而我却渐渐百无聊赖、心如死灰。

命运馈赠的蜜糖，怎么就变成了砒霜？

在这样循环往复了一天又一天之后，2018年的8月8日变成了一座孤岛，一个无形的牢笼。我像一只蚂蚁，困在这一片火腿之中，沿着它的横切面一圈又一圈爬行，起点即是终点，终点即是起点。

我成了时间尽头的囚徒。

8.

王毛毛把摩托车停在梧桐树投下的树荫里，跨坐在熄火的车上，看了看眼前的招牌。

奶奶的熊。

没错，就是这里了。她嚼了嚼嘴里的口香糖，吐出一个泡泡，下了车，跳上路沿，推开玻璃门，走了进去。

这是一间网咖，她拿手指压了压鼻梁上的镜架——那是一副风格复古的墨镜,圆形镜片和脖子上的choker、机车外套、短裤、马丁靴相得益彰——王毛毛四下打量,网咖里上座率大概有两成,基本上都是年龄介于十五到二十五、有着不同程度黑眼圈的男性。

柜台后面坐着老板,一个穿汗衫的胖子。老板脚下是一地的空酒瓶。他垂着头,打着瞌睡,散发出一股酒味,像个搁在椅子上的、装满了发酵物的麻袋。柜台上贴着一张A4纸,白纸黑字地写着"老板娘跑了,包月八折特惠"。

王毛毛正要往里走,一个男人慌忙从座位上站了起来,快速走到她身边。

"V?"王毛毛问。

男人点点头,掏出手机,屏幕上是《V字仇杀队》里那张著名的面具脸。

验明正身后,男人示意王毛毛到网咖外面去说话。俩人来到店外,王毛毛问:"狗呢?"

男人说:"我带你去。"

"先看看照片。"

男人挠了挠脑勺,举起手机,给她看了几张照片。

"是你的狗吧?"

王毛毛点点头。

男人说:"加个微信,酬金先付一半。"

王毛毛从屁股兜里掏出几张百元钞票,递给男人。男人接过来,一张张点了点,揣好钱,说:"走吧。你开车了吗?"

王毛毛走向树荫下的摩托车。等她把车推上大路,踩下油门,男人一下坐到了后座上:"我来指路。"王毛毛翻了个白眼,发动了摩托车。

男人带她进了一栋公寓楼。密密麻麻的格子间宛若蜂巢,通廊式的走道昏暗无光。男人掏出钥匙,打开一扇门,示意王毛毛进去。

"狗呢?"王毛毛朝里瞟了一眼,没有动。

"你先进去等着。"男人说着,把她往里揉。

王毛毛抬起手肘抵在男人胸口。

男人突然顺势搂住她的背,喘息着说:"你让哥爽一下,就当是另一半酬金。"

王毛毛二话不说,一脚猛踢在男人裆部。

医院急诊科,一男一女两名民警翻着病历,对视了一眼,又看了看坐在板凳上的王毛毛。

"阴囊红肿,左侧睾丸破裂……"男民警念了两句诊断结果,又看了看王毛毛,"姑娘,你下脚也太狠了点儿吧?"

王毛毛没吭声。

男民警递过来几张百元纸钞,"这是他退还给你的钱。一码归一码,等会儿去收费处把急诊费结一下。里头那哥们儿可挨了八针。"

王毛毛接过钱,塞进外套口袋。

"本来是他报的警,但刚刚又说同意私了。"女民警说,"你的狗也不在他那儿。他是看到了你的寻狗启事,然后从一个网友那看到几张相似的狗的照片,所以想骗……"

女民警把"骗财骗色"几个字省略了。

"那照片就是我的狗。"王毛毛头也不抬地说。

"他主动交代了,发布照片的人住在东四十条那边的一个电梯公寓,和平电影院楼上。"男民警说,"好了,你注意安全。"

两名民警离开了。

王毛毛打开手机地图,在搜索栏输入了"和平电影院"五个字。

9.

第61天

"时间不重要,生命才重要。"

吕克·贝松。《第五元素》。

我一个人坐在观众席上,看着长得跟两条腿儿直立行走的穿山甲似的蒙多沃旺人出现在1914年的埃及神庙,朝人类神父递出一把金色钥匙。这外星哥们儿在被石门碾成碎片之前,说出了那句载入影史、富有哲理的对白:"时间不重要,生命才重要。"

我终于决定不再坐以待毙。

我试着掌控命运,做一些疯狂的小事。

在煎饼果子摊前,我伸脚绊倒了那个身后追着无数大喊"抓小偷"的热心群众的坏蛋——此人拼命反抗,争执中我还不小心扯坏了他的外套拉链,他胸口的三颗红痣若隐若现——结果事情的发展急转直下——原来他是个外卖小哥,刚刚把电瓶车停在建行楼下,有人上来就把车给骑跑了。出于歉意,我和小哥互换了外套。

　　回到公寓楼下,在电梯门即将关闭上的那一刻,我伸手阻止了坐上将要出事的电梯的大爷大妈和那对双胞胎姐妹,告诉他们电梯升上去之后会坏在半空打不开。结果不仅没人相信我的话,还被大爷大妈们臭骂一顿,说我是想加塞儿的外卖小哥。

　　一口气爬楼梯到十二楼,我鼓起勇气敲开隔壁邻居的门,告诉他欺负小动物是不对的,吵到邻居和小朋友也是不好的。结果这邻居是个暴脾气的练家子,他马上毫不犹豫地用《搏击俱乐部》里拳拳到肉的打法把我揍得头破血流。

　　这都是时间循环惹出来的。

　　如果不被困在不停重复的十四小时里,我和他们不会有任何交集。

10.

第 89 天

　　时间循环不是一般的诅咒,

　　而是能赋予人超能力的囚笼——

　　就好比金字塔是死气沉沉的坟墓还是令人惊叹的奇迹,全取决于你怎么看待它。

吕克·贝松。《超体》。

洪荒中以光速穿梭的露西从此消失，只留下那句"我们十亿年前被赋予生命，现在你知道要如何对待此生"。

影片结束，灯光亮起。字幕裹挟着一个个人名，如流水从幕布上逆流而上。张姐已经抄着家伙进来了，她瞅见我便问："小李，你咋在这儿？你那朋友不是在隔壁1号厅求婚来着吗？"

我问："求成了吗？"

张姐扭头就走，"嗨，成什么啊，没成。他俩各走各了。你这儿也挺干净的，我去别地儿看看去。"

陈果求婚这事算是扶不起来了。按照朋友之间的吸引力法则，我应该祝贺陈果喜提空巢青年身份，光荣地成了一条单身狗。

但别的事儿，琢磨琢磨，还是能有改进的。

俗话说，一回生，二回熟。

一边走路一边打电话给电梯维修公司，挂上电话，刚好走到建行楼下的煎饼果子摊前，我先发制人，拦下蟊贼，还用《黑客帝国》里"子弹时间"的身姿躲过了他扔过来的花生米和生鸡蛋，为外卖小哥找回了电瓶车，在他问我"兄台怎么称呼"时微微一笑，"就叫我——煎、饼、侠吧。"然后我离去，留下一个深藏功与名的背影。

一路飞奔回公寓楼下，克服了心中对《闪灵》"电梯血潮"这可怕的一幕的恐惧，我在电梯门即将关闭上的那一刻，伸手阻止了坐上将要出事的电梯的大爷大妈和那对双胞胎姐妹。这时电梯公司维修员恰好赶到，一番检查，果然发现了问题。然后我离去，留下一个深藏功与名的背影。

一口气爬楼梯到十二楼,径直敲开隔壁邻居的门,夺下他手里用来打狗的皮带,对他说出张学友在《旺角卡门》里的那句:"食屎啦你!"当然他会马上试图用《搏击俱乐部》里拳拳到肉的打法把我揍得头破血流,但他的一招一式我已经了然于心,应对自如,甚至还占了上风。他突然举起手喊:"它叫什么?"我不明所以。他指指那条狗。狗脖子上挂着一块闪闪发光的名牌。我念出名牌上的字:Leon。这是《这个杀手不太冷》里那个法国杀手的名字。邻居说:"回答正确。这狗归你了。"然后我带着Leon离去,留下一个深藏功与名的背影。

还真给陈果说对了。时间循环不是一般的诅咒,而是能赋予人超能力的囚笼——就好比金字塔是死气沉沉的坟墓还是令人惊叹的奇迹,全取决于你怎么看待它。我死水一潭的生活似乎有了不一样的颜色。

可是这片亮色很快也消失于无尽的时间循环本身。

当这一天过去,等到我再次睁眼时,还是在电影放映室里醒来的凌晨五点三十七分。

我做过的一切不复存在。

这座城市重新醒来,一地鸡毛,尿性不改。

11.

第100天

有人怀念着十年前在这里点燃的圣火,

有人操心着苟且在眼前的生活。

2018年8月8日这一天的北京,天气闷热,还下着雨。8月7号立秋了,北京被一场暴雨从里到外浇了个透。8月8号,夏天终于结束了。

从99天前开始,我的时间停留在夏天结束的这一天。

闲得蛋疼的时候,我也会从网页上搜寻这一天的新闻来打发时间。如果你去回顾2018年的8月8日,就会发现这一天在整个地球上也没有发生什么大事。

一台名叫"帕克"的太阳探测器停靠在卡纳维拉尔角空军基地里,准备着在三天后飞跃太阳的日冕层。一头二十岁的母鲸在加拿大不列颠哥伦比亚海湾掉队了,因为不愿意放弃它那已经死去多日的孩子。一群消防员从起火的大楼里救出了一条小狗和十五个男男女女。一个井盖掉了,因为下雨,水淹了路面,所以环卫工人没看清,三轮车前轮卡在了上头,骑车的大爷摔成了髌骨骨折。

而北京城呢,除了那个在大雨里消失的井盖之外,似乎一片太平。有人怀念着十年前在这里点燃的圣火,有人操心着苟且在眼前的生活。

对我来说,这一天只是个再寻常不过的日子,说不上太好,也不算太坏——要是我没有被面包车撞的话。但如果可以选择,我大概不会选择被关在这一天。2011年2月10号。如果可以的话,我想在这一天一直循环下去,直到世界尽头。

那天其实也说不上多特别。

白天下了一点儿小雪。傍晚的时候，阳光照在屋檐的积雪上，雪发出棉被一样绒绒的光泽。我和陈果一人骑一辆单车，进了东四五条胡同。他的单车后座上绑着一捆白菜，我的单车后座上坐着林娅。

过了"好街坊美发店"，平时"老杨修车补胎"那地儿，修车的老杨头没有出现。一个敦厚微胖的中年人守在描着红漆的挑子旁，他时不时出现在这片，是个倒糖人儿的。从他身边经过时，林娅猛地一下子跳下车，一边揉着脚一边喊："嗨，嗨，李正泰！我要吃糖人！你给我转一龙！"

我只好拿脚刹住车，扭头看着她。

陈果的两脚蹬得飞快，说了句"那我先回了啊"就消失在了胡同拐角。

我把单车停在墙根。林娅已经反身跑了几步，弯着腰站在挑子跟前，研究起转盘上的桃子、小鸡、蝴蝶、蜻蜓。

她满脸堆笑地问摊主，"我先转一个试试成吗？"

中年男人点点头。

林娅从大衣衣兜里掏出手，哈口气，掌心相对搓了搓。接着，她迫不及待地伸出右手食指，猛地拨了一下竹篾做的转针。

转针呼呼地转了起来。

林娅皱着眉头俯视着转盘，眼神充满虔诚，嘴上却说："老板，这个不算啊。"

转针逐渐失去力气，越来越慢，最后晃晃悠悠地停在了一只蝴蝶上。

"这个不算。"林娅说着,指了指我,"李正泰,你来。你给我转一龙!"

我脱掉手套,走到她旁边,弯腰拨动了转针。

转针最后又停在了蝴蝶上。

中年男人麻溜地从铜锅里舀出一小勺糖稀,三两下就在泛黄的大理石板上画出了一只歪瓜裂枣的蝴蝶。他拿竹签粘上,递给林娅。

林娅不甘心地接过来。中年男人又对我竖起两根手指说:"两块。"

我伸手去掏裤兜的时候,林娅已经拿着蝴蝶,低头朝单车走去了。

我问:"老板,龙多少钱?"

"十块。"

我给了他十二块,从草垛子上取了一条现成的龙。这龙做得倒算得上精致,厚鳞厚甲,眼睛是额外用白色糖珠点的。

我追上林娅,把龙递给她。她笑了,接过来,"他肯定在蝴蝶底下粘磁铁了。"

我戴上手套,跨上单车,她用手扶着我的腰,坐了上去。

林娅一路都在叽叽喳喳地说话,我已经记不清她到底说了些什么了。

我甚至已经记不清她的样子。

奇怪的是,我却清楚地记得她的手环抱在我腰上的重量,记得从我嘴里呼出的白气沿着脸颊飘走的形状,记得斜斜地照进胡同里的黄昏的光。那光把一切都镀成了透亮的金色,好像那一刻的人、事、物,全部都裹了层薄而脆的糖稀。

没错。这天其实也说不上多特别。

2011年2月10号,辛卯年正月初八,小雪转晴。这是地球上再寻常不过的一天。

但如果可以的话,我愿意付出一切代价,在这一天一直循环下去,直到世界尽头。

12.

第101天

我的世界只有十四小时。

讽刺的是,我不仅和这个世界上的每一个人一样,有的时间点永远回不去,比如2011年2月10号,更惨的是,有的时间点我永远到不了,比如2018年8月9号。

有句话怎么说来着?你若无其事迎来的今天,是有些人赴汤蹈火也到不了的明天。

我的世界只有十四小时。无限循环的十四小时。

手机铃声响了。它固执地响了一声又一声,直到戛然而止。

来自老妈,第十四个未接来电。

我掀开被子坐起来。空调外机滴水的声音格外刺耳——

嗒!

嗒!

嗒!

布拉德皮特在仓鼠笼子里奋力蹬着转轮。

阿尔帕西诺在厨房地板上探头吃着青菜。

莱昂纳多——这是Leon现在的名字——仰起头哼唧了一声,又懒懒地趴回了被子。

寂静的房间里,手机铃声再次响起。

我接起电话。

"嗯。刚在睡……

"哦,昨晚上夜班,手机关了……

"啊?我看看!……

"我记着呢,日历上画了圈儿了,昨天不上夜班吗,给忘了……

"好,好,你劝劝爸,让他别生气了……他要气坏了,卖保健品那强子倒乐了。

"行,这周五回来……

"都行。包饺子吧。"

8月7日,立秋,我爸生日。因为上夜班,把这事忘了,也没接到电话。改约了周五8月10日。

讲个悲伤的事你可不许笑啊。8月7日和8月10日,都是我永远到不了的时间点。

生活总能出其不意。有时候,陪父母吃一顿饭,不知不觉就从一种习惯,变成一句永远无法实现的诺言。

13.

第 102/103/104/105……天

我是时间之王。

好在对于2018年8月8日的那十四个小时来说,我是时间之王。

我不知道上哪儿能买到井盖,所以在从"奶奶的熊"回家的路上买了四个路障,还顺带解救了快递小哥、电梯姐妹、邻居那只狗。然后我下楼,转了两趟公交,找到了新闻里说的那个没有盖的窨井。

虽然我从内心憎恶出门、买东西、坐公交这档子事,但只有我知道那个没有人会注意到的窨井的秘密——假如我不做点儿什么,就好像成了它的帮凶。

放好路障后我在旁边看了一会儿,路人纷纷绕开了窨井,直到环卫大爷也骑着三轮车绕开了它安全地离开,我才悄然离去,留下一个深藏功与名的背影。

这几乎是完美的一天了。偷电瓶车的贼被当场抓获,坐电梯的双胞胎姐妹没有被困住,邻居家的狗没有哀号,环卫大爷没有摔骨折——而我也第一次走出了几年来离家最远的距离。

可是第二天,当太阳照常升起,小偷会偷车,电梯会故障,Leon会挨揍,大爷会掉井里。

不管我做过什么,世界都没有变得更好。

这座城市,一共住着两千一百七十万人。

但是我却和他们不再有任何关系。

2018年8月8日,当世界重启,一切归零,没有人会记得这一天的我。

没有什么是我做不到的,因为我有的是时间。但我似乎又什么也做不了,因为我只拥有这一天。

14.

王毛毛在铁皮垃圾桶的烟灰缸里按灭了一根烟屁股。

烟灰缸里已经横七竖八地集了满满一缸烟屁股了。

在马路对面是和平电影院。电影院大门两侧的橱窗里贴着几张海报:《低俗小说》《月光宝盒》《阿飞正传》……

经过一段时间的蹲守,王毛毛已经基本锁定了目标。她曾跟着他走进那栋电梯楼,听到他的公寓里传出熟悉的狗叫声。

这时目标出现了,他从电影院里走出来,走过那排泛黄的海报,丝毫没有察觉到自己被盯梢了。

王毛毛默不作声地跟了上去。

目标进入一家商店,王毛毛也跟了进去。在一排排高耸的货架之间,她心怀叵测,屏息凝神地注意着对方的一举一动。

目标买了几个红黄相间的路障。王毛毛站在不远处的五金货架前,装作挑选摩托车反光镜,从镜子里偷偷盯着目标结账。

目标走出商店,来到公交站台。

王毛毛藏在树荫下。

公交车来了,目标拎着路障上了车。王毛毛在关门前的那一刻也跟着跳了上去。

她一路偷偷跟着他,看到他把路障放在一个没盖的窨井周围,然后又坐上公交车,原路返回。

他总是一个人,偷偷做一些不为人知的事。

这座城市里,没有人留意过他,除了王毛毛。

她跟着他去过很多地方。坐过公交,挤过地铁,去过几条胡同。

不知不觉,王毛毛过上了一种螳螂捕蝉、黄雀在后的生活。

她成了他的影子。

而他毫不知情。

15.

第 116/117/118/119 天

就像预知了猎物所有动向的捕猎者那样,

我既忐忑不安,又胸有成竹。

2018年8月8日这一天还发生了一件小事,有人在东直门地铁站跳了下去,被进站列车卷到带电的铁轨上丧生了。东直门离我住的东四十条只隔了一站地,看了下时间,这人跳下去是早上七点二十，正是2号线早高峰。

平常这个时候，我正在"奶奶的熊"陪陈果打游戏。东直门跳轨事件一直都被我忽略了，因为它和电瓶车小偷、电梯故障、邻居的狗、没盖窨井处于互不相交的不同时间线。

地铁站的监控视频里，她站在站台上，像一个普通的上班族那样望着地铁进站的方向。当列车的车头灯照亮隧道深处，列车呼啸着进站的那一刻，她突然就纵身一跃。

她为什么会那样做，没有人知道。记者第一时间采访了死者远在外地的父母和朋友，他们说她北漂几年，事业顺心，没有异常，乐观开朗。

北京地铁2号线从1969年开始动工，是北京最后一条没有屏蔽门的地铁线路。近年来，宣武门、鼓楼大街和东直门这三站最受跳轨者的"青睐"。从去年开始，为了消除安全隐患，各个站点陆陆续续开始安装屏蔽门，以后不会再有人能突然从岛式站台"啪唧"一声跳到铁轨上去了。

很快有人把她的朋友圈截图上传到网上，她在这一天的凌晨发了一条消息：

如果再也不能见面，祝你们早安、午安、晚安。

配图是《楚门的世界》里的一张剧照：站在世界尽头那座阶梯上的楚门，正伸手触摸看起来是蓝天白云的围墙。

几个小时后，她死了。

连续三天，我都忍不住点开那段视频。

在那无声的一分钟里，她歪着头，等待着地铁进站。然后一瞬间跳了下去，轻盈得有些决绝。

第四天,我去了东直门地铁站。

这样,我就错过了另一条任务线。一边是快递小哥、姐妹花、狗和老人这样亟须关爱的群体,一边是一个在新闻里被打了马赛克、长得可能像孔连顺亲妹妹的姑娘——在这样人性的拷问和选择面前,我的内心有过挣扎吗?

没有。在林娅之后,我对所有妞儿都脸盲了。胖瘦美丑,不都是世间众生本相?

早上七点的地铁站里人头攒动,我被浓稠如一锅粥的人群推搡着向前,走下楼梯,行过陈旧低矮的甬道,进入有着20世纪80年代风格的巨大圆柱的岛台。这种感觉很神奇,网上视频里记录下的一切,此刻都以一种无比真实的方式呈现在眼前——无数双鞋带进站台的泥水,滴雨的伞沿,令人躁动的热气;人群似乎是无声的,又似乎震耳欲聋。

我在往雍和宫方向的候车岛台找到了她的身影。

时间是七点零六分。

有一列地铁进站,人们一拥而入。

她站在原地没有动。

我看着她的背影,突然很想上去和她说话。

她为什么想要从站台上跳下去?

有那么一瞬间,我意识到了自从走入地铁站就扑面而来的这种感觉真正的神奇之处——时间循环赋予我与别人所不同的地方,是我可以回到被别人称之为"昨天"的那个时刻。

我现在就在她的"昨天"。

如果昨天可以重来,她还会选择从站台上跳下去吗?

时针指向七点十分。

这里不停有列车进站,不停有人走进那钢铁巨兽的肚子,然后任由它呼啸着,把自己带向这座城市的四面八方。

七点十七分。

七点十八分。

七点十九分。

她开始歪过头,朝着列车进站的方向张望。我的手心微微有些出汗。我走向她,站在她的身后。

就像预知了猎物所有动向的捕猎者那样,我既忐忑不安,又胸有成竹。

对,就是此时、此刻、此地。

就在她跳下去之前的那一刹那,我从身后环抱住了她的腰。

刺目的光亮从隧道中由远及近地照射出来,呼啸的钢铁巨兽减慢了速度,停靠在了站台边。拥挤的人群中,有位热心大妈用中气十足的声音喊道:

"臭流氓!抓臭流氓嘞!"

等我反应过来发生了什么的时候,已经被人群团团围住。

"小伙子,你这也太过分了吧?"

"甭跟他废话,报警!"

"活久见,地铁站抱姑娘了嘿!"

"真是首都大了什么鸟都有……"

在围观群众的坚持下,我被送进了东直门派出所。

众口铄金,派出所民警根本不听我的解释,苦口婆心对我进行了一番教育。

我简直百口莫辩,"不是,您听我说,今天真有一姑娘要跳铁轨,得亏我给拦住了。不信……不信您搜一下新闻?记者还采访了她亲戚朋友什么的。"

这时手机响了。瞟了一眼屏幕,来自老妈。民警抬头看了我一眼,我赶紧挂断,改成振动。

"压根儿就没这新闻。况且,你都抱了人家了,人家也跳不了铁轨了。"

"咦,警察同志,你说得好像很有道理?"

最后,因为只有目击群众,没有找到受害人,我被民警教育到下午六点。民警下班了,我也从派出所出来了。

走出派出大门,手机又在兜里振动起来。一看,来自老妈,已经错过十四个电话。

"正泰,你……没事吧?"

"嗯。刚在睡……"

"怎么老打不通你电话?"

"哦,昨晚上夜班,手机关了。"

"昨天不是说好了在家吃饭的吗,你爸过生日。"

"啊?我看看!"

"你这孩子不长记性,怎么把你爸生日都忘了。"

"我记着呢,日历上画了圈儿了,昨天不上夜班吗,给忘了。"

"一直打不通你电话,汤都等凉了,回锅热了好几回。最后你爸气得饭也不吃了。"

"好,好,你劝劝爸,让他别生气了……他要气坏了,卖保健品那强子倒乐了。"

"那你这周五不上夜班了吧?能回来吃饭?"

"行,这周五回来。"

"想吃什么?我给你做。"

"都行。包饺子吧。"

好几次,"我今儿就回来吃饭吧"已经滑到了嘴边,可是,我不想因为自己会在七点三十七分"噗"一声消失而吓坏二老。

挂上电话,我抬起头,看着天桥上行色匆匆的人影,他们在巨大而清晰的桥身上,一个个却显得模糊不清。

我突然有些筋疲力尽。

在日复一日的时间循环里,我已经习惯了这种拥有无限时间的错觉。现在却不得不面对一个无可辩驳的事实:过去说过的话,做过的事,再也无法更改。想要弥补,却已经没有了时间。

16.

第 131 天

我看了一百三十一场同样的大雨。

从今天起,我决定放弃抵抗,回到原来的生活轨迹。

我足不出户,手机静音,每天混吃等死,不关心粮食、蔬菜、季节、刮风还是下雨,不关心任何人。

我在这座时间的监狱里神挡杀神、佛挡杀佛、修身养性、万念俱灰,而我周遭的一切却都——每一天都是新的。

在这座城市，我看了一百三十一场同样的大雨，而对其他任何一个人来说，这只是夏天结束之后的第一场雨。

我已经厌倦了看雨。在这循环往复的十四个小时的永生之狱里，我唯一想看的，是那个雪天的雪。傍晚的时候，阳光照在屋檐的积雪上，雪发出棉被一样绒绒的光泽。

要说还有什么是值得庆幸的，那就是每一天的开始，我都从电影放映室里醒来。

哦，对了，说到这个，我好像记错了。灯塔管理员那句话不是郭德纲说的，而是那个说"时间只是人体记忆中的错觉，时间根本就不存在"的爱因斯坦。

17.

第 132 天

对于一成不变的 2018 年 8 月 8 日来说，她是一个闯入者。

这可能是一件好事，也可能是一件坏事。

也许是时间循环带来的错觉，我总觉得自己身后有一个影子。

在从超市的货架上拿薯片的时候，在人潮汹涌的地铁通道走路的时候，在独自一人坐着发呆的时候，在滴雨的公交站台等车的时候……

可是当我回头四顾，身后却空无一人。生活就这样继续着。

今天有些不一样。

我刚从放映室里睁开眼,1号厅观众席的门就被"砰"一声推开了,一个人影蹿了进来,三步并作两步蹿上了第9排,指着第10排1座歇斯底里地尖叫:"陈果!你这个王八蛋!"

等我从放映室跑进1号厅观众席的时候,正好撞见那个人影抬手给了陈果一记耳光。

走近了才看清,这人身上穿一"渣"字儿,是陈果的女朋友本尊没错了。

那坐在陈果旁边看电影的是谁?

"你谁啊?"陈果女朋友怒气冲冲地问。

"诶,对,你谁啊?"陈果捂着脸,表情和身上的"靠"字儿交相辉映。

"你谁啊?"陈果身边坐着的人一开口,居然是个清秀果儿,只是短发藏在卫衣的兜帽里,胸部也没怎么发育,所以一眼望去没多少女性特征。

他们仨你看看我,我看看你。

"你给我走!"陈果女朋友吼。陈果在一旁无辜又忧愁地赔着笑脸。

"凭什么让我走呀?"那姑娘慢悠悠从屁股兜里掏出一张电影票,"1号厅10排2座,没错呀。"

这时候他们三个齐刷刷看向我。姑娘伸手把票递过来,我接过票,打开随身携带的手电筒照了照,说:"这张票确实是1号厅10排2座。"

陈果和他女朋友瞪大眼睛盯着我。

"可是，"我把票还给那姑娘，"这是昨天的票。"

"这样啊？"她好像并不吃惊，把票又揣回了屁股兜，"那对不住了啊。你们继续。"

她在众目睽睽之下一级一级地"蹬蹬蹬"跳下了楼梯，朝影厅大门走去。

陈果的女朋友还想发作，这时陈果一把拉住了她，单膝跪地说："媳妇儿，跟你商量个事儿成吗？"

我知道陈果接下来要说什么。可是，他原本应该在电影结束、凌晨六点的时候说这句话和接下来的话。

今天刚开始五分钟，一切却都已经乱套了。

也许问题出在刚才那姑娘身上？

我脑子里突然灵光一闪，追了出去。

转过影厅楼梯拐角，她的背影正急速消失在猩红的甬道里。

"喂！"我加快脚步跟了上去。

她也加快了脚步。

我跑了起来。

她也跑了起来。

我跑出放映室，撞上张姐，她问："小李啊，你没事儿吧？"

我环顾四周，已经不见她的踪迹。我问张姐，"刚才出来一姑娘，您看见她上哪儿去了吗？"

张姐指指安全通道，"我看见她进了楼梯间。"

通往安全通道楼梯间的那道厚重的大门像一张翕张着的嘴唇，微微来回摆动着。我快步追上去，几乎是用身体的重量和奔跑的惯性撞开了大门。

"喂!"我一路跟着她的身影沿楼梯往下跑去。

很快,我追上了她。

我们两个气喘吁吁地站在昏暗的应急楼道里,她不再跑了,我也不再追了。

"电影院你家开的啊?"她弯着腰,喘着气,背抵在墙上说,"查个票都使上吃奶的劲儿了。"

我朝她走过去。

楼道顶上的灯光从我背后射出,在我身前投下一道又黑又长的影子。这道影子慢慢漫过地面,沿着墙壁升起,然后漫过了她的脚踝、小腿、大腿和平坦如我的胸部,停留在脖颈。在那之上,她的脸白得发光。

对于一成不变的2018年8月8日来说,她是一个闯入者。这可能是一件好事,也可能是一件坏事。

要搞清楚她的出现对时间循环有什么影响,对我来说到底是好事还是坏事,我必须亲自向她提出古往今来哲学家们一直都在问的那三个经典问题:

你是谁?

你从哪里来?

要到哪里去?

可还没来得及开口,我突然感到一阵蛋疼。不是文学修辞上的蛋疼,是真正的从下体传来一阵剧痛。

她居然……顶了我一膝盖?!然后推开安全通道的门,头也不回地跑掉了?!

昏暗的楼道里,只剩下我一个人,以一种奇怪的姿势站立着。

我的影子弓着腰,呆在墙上。

有时候,时间重启并不是什么坏事。不管这一天发生了什么,你都可以从头来过。

看了下表,才刚凌晨七点二十分。

何以解忧,唯有晚上七点三十七分。

18.

第 133 天

她朝我走了过来,

并且说出了一句让我差点当场晕厥的话。

"李正泰!李正泰!李正泰顾客请注意!您的朋友在商场二楼出口处等您!"

芬兰哥们儿从爱克托沙发上坐了起来。他面无表情,望着自己前后左右的顾客熙熙攘攘,有如过江之鲫打他身边游过。

如果你一点儿不知道他的故事,那么他此刻的表情在你看来就会显得毫无意义。

而我知道隐藏在他眼中的那一丝心满意足,就好像猴面包树下的泥洞里睡醒的一只狐獴——它钻出洞穴四下张望,发现自己不再惧怕草原上成群结队的羚牛和斑马了。

"你好。请问可以帮我一个忙吗?"不出所料,芬兰哥们儿从茫茫人海里选中了我,径直走了过来。

他拿出一个笔记本，翻开其中一页：

"我在完成一个愿望清单，其中一项是在北京和五十个中国人说话。"

我瞄了一眼他的清单，原本写的是"100"，然后被叉掉了，变成"50"。哥们儿仍需鼓励啊。

"你是第二十三个。我们可以聊聊吗？"

通常，我不是很愿意搭理陌生人。但是这有什么关系呢？我已经听他讲述自己的故事很多遍了。

我点点头。

芬兰哥们儿开始自我介绍："我叫Jarno，中文名字是张佳诺，我曾在赫尔辛基大学学习了四年汉语……"

我在心里默念出他嘴里说的每一个字。如同陈果的求婚誓言，这哥们儿的革命家史我也一样能倒背如流。

我看着他的眼睛。

不，他还不认识我。

即使我听过他亲口讲述自己的故事无数次，可是当时间重启，他还是像第一次见到我一样。

突然，我看到了那只蝴蝶。

是的，那只不知道从哪里冒出来的、也说不清是什么颜色的蝴蝶。它缓慢地振动翅膀，擦着芬兰哥们儿的头顶朝不远的地方飞去。循着它的飞行轨迹，我看到了难以置信的一幕——在一台黑色的汉尼斯书柜和一架勒纳普落地阅读灯之间，站着昨天出现在电影院的那姑娘！一定是她！

在不断重启的8月8号这一天里，她看起来真是来去自如得有些过分。

我拍拍芬兰哥们儿的肩,绕过他喋喋不休的脸,朝那姑娘走去。

这一次我走得尽量沉着稳重。光天化日,众目睽睽,应该不会再让她误会我了吧。

我走到离她两米远的地方,蛋疼的肌肉记忆让我情不自禁地停住了脚步。

她放下手里的提斯沙漏,回过头来,我们正好四目相对。

蝴蝶停在了沙漏上。

在这样的时刻,空气中回荡着的背景音乐竟然是——

"王毛毛!王毛毛!王毛毛顾客请注意!您的朋友在宜家餐厅入口处等您!"

我赶紧扭头看向了一边。可是她却朝我走了过来。

并且说出了一句让我差点儿当场晕厥的话:

"昨天那事儿,对……对不起啊。"

19.

第 134 天

现在可能已经产生了134个不同的2018年8月9日。

我就这样认识了王毛毛。

我们同病相怜,她也是一个被困在时间循环里的人。我们的症状和病程发展也很相似,一开始是震惊,接着是不相信,然后就是各种挥金如土,展示神迹,尊老爱幼,劫富济贫……但最后,她也和我一样,从神挡杀神到万念俱灰。

王毛毛说她一直在寻找同类,至今只找到我一个。她说也许这个世界上的每一天都是一座时间的监狱,每一座监狱里都关押着时间的囚徒。

那我们不是病友,是狱友了。

随即王毛毛向我提出了一个大胆的建议:越狱。

这种想法基于她的几点观察:

第一,虽然我们可以在2018年8月8日这一天做任何事——甚至是受伤或者死亡——但都不会影响到这一天及之前已经发生的事。远的,比如1519年9月20日,葡萄牙人麦哲伦带领船队,出发环游世界;近的,比如2018年1月17日天线宝宝"丁丁"的扮演者西蒙去世。发生过的事情已经永远发生了,我们无法改变。

第二,我们在这一天做的事会影响到2018年8月9日以及未来吗?有可能。我们不同的行动,会产生不同的结果,这些结果就像吹泡泡一样,每一个泡泡就是一个时间线上的新世界。也就是说,现在可能已经产生了134个不同的2018年8月9日。但这样的多重宇宙对我们来说暂时还没有意义,因为我们自己还到不了"明天"。而一旦越狱成功,一个明确的"未来"就有了意义。

第三,越狱有可行性吗?当然。对于别人来说,时间只售卖单程票。而对于我们来说,时间是地铁2号线,环状闭合。我们必须得找到一个换乘站点,重新回到单向行驶的地铁1号线上去,才能回归到正常的生活。

我问王毛毛这些乱七八糟的结论都是哪儿来的,她一本正经地说是经过"高人"指点。

"明天你谁也别见,手机也别开,带上一把最大最大的伞,到动物园来找我。"王毛毛神秘地说。

她一边说话,一边深深地吸了一口烟屁股,吐出一个烟圈。

我拿手扇了扇脸,"你成年了吗?还抽烟。"

她对此不置可否。

她的身体看起来很单薄,瘦削的肩膀上支着一张棱角分明的脸。一个六年级的小学生都比她发育得要好。

王毛毛问:"去不去?"

我说:"不。"

王毛毛又吐了一口烟圈,掐掉了烟屁股,斩钉截铁地说:"下午五点,长颈鹿馆,不见不散。"

20.

第135天

这一瞬间,我好像突然又具备了掌控时间的能力。

凌晨五点三十七一到,我毫无悬念地在电影放映室里醒了过来。

我站起来。透过放映室的观察孔,我能看到第10排座椅靠背上冒出来的两个脑袋。

二十三分钟后,陈果将迎来他人生的致命一击。

我坐在放映机前,看着映照在石英钟面上的自己的影子。一直以来,我就像不停地把巨石推上高山、然后看着巨石又滚落到山脚的西西弗斯一样。

我所做的一切,对这个世界毫无意义。

这时,我脑海里跳出两个跟王毛毛长得一模一样的小人儿,一个有着天使光环,一个长着恶魔尾巴。

恶魔尾巴的王毛毛小人儿露出寒光闪闪的虎牙说:"你看,循环往复的荒谬人生是多么痛苦呀。难道你就不想做出一点儿改变?"

天使光环的王毛毛小人儿扑棱着翅膀在一旁帮腔道:"下午五点,长颈鹿馆,不见不散。"

我看着石英钟,夜光的指针嘀嗒走动。

指针走了一圈,又一圈。

我摸出手机,滑动了关机键,然后站起身,为10排1座的哥们儿默哀了三秒,走出了放映室。

走在猩红的甬道里,总觉得身后跟着什么人。可是当我回头,地毯上只有我被灯光拉得长长的影子,走道里空无一人。

凌晨的北京街头,行人寥寥,偶尔有汽车从路上驶过。我一路走着,不知不觉走到了东四五条胡同。

胡同里家家户户熄着灯,没有半点儿声响。

依次走过林娅家、陈果家,最后来到了我父母家门口。

我站在院墙外倾听着里面的动静,却只听到马路上驶过的车辆声。

也不知道这样站了多久,晨曦中,胡同渐渐活络过来。院子里的人拉开灯,起了床,开始准备早饭。我听着他们咳嗽,交谈。好几次,我差点儿就走进去,和他们一起喝喝豆汁,吃吃油条,迎来新的一天。

然而我最后还是悄无声息地走掉了。

我一路走回家,倒头就睡。

醒来已经是下午四点了。

今天,我决定要做一件以前从来没有做过的事:去动物园见王毛毛。

从东四十条地铁站坐到西直门,接着转4号线大兴线,只消再坐一站地就能抵达动物园。像往常一样,一路上总觉得有双眼睛一直在盯着我。可是当我四下张望,却只看到一张张陌生而疲惫的脸。

途中,在东直门站停靠时,我突然意识到这就是那个姑娘跳下去的站台。是我曾经来过,试图改变这件事的那个站台。

鬼使神差地,我在这一站下了车。站台上人流汹涌,钢铁巨兽吐出一串串蝼蚁,又吸入一串串蝼蚁。灯光雪亮,我却莫名感到如芒在背。那种被人盯着的感觉如此强烈,我茫然四顾,却不知道自己想要在人群中寻找什么。

8月8号循环往复,就在今天早上的七点二十,她应该已经又跳下去一次了。城市像一座庞大而精密的机器,齿轮咬合了血肉。据新闻里的说法,跳轨事件只让2号线暂停了十五分钟,又马上继续"正常运行"了。

如果再也不能见面，祝你们早安、午安、晚安。

这姑娘大概率是一个温柔又喜欢电影的人吧。但她为什么会选择离开这个世界，再也没有人能知道了。又一列地铁抵达，我跟着人群，走进它冷气十足的躯壳。站在晃动的地铁车厢里，我努力想把在东直门地铁站体会到的那股说不清道不明的感觉从脑海中甩掉。

按照王毛毛的吩咐，我带上了一把长柄雨伞。但是走出动物园站之后我发现这边的雨很小，根本犯不着打伞。

记得上一次来这儿时，我还穿着开裆裤。时间真是奇妙的东西，它从来没有改变过速度，但在人们嘴里，它却不是太快，就是太慢。

我从入园处拿了一张地图，进了动物园大门朝左走，过了熊猫馆右拐，经过鸣禽馆、犀牛馆，空气里渐渐飘来一股股食草动物的粪臭味儿。数着羚羊、麋鹿、斑马、野驴、骆驼、牦牛……就来到了长颈鹿馆。

我一眼就看到了王毛毛。她今天穿了条翠绿色的裙子，裙子上有细碎的樱桃图案。她还戴了耳环，也是红红的樱桃。她没有打伞。

我走到她身边，和她并肩站着。

她像个接头的女特务似的，双眼盯着长颈鹿，看也不看我地说："你迟到了两分钟。"

我扭头看着她，"你别说，耳朵上挂两个车厘子，还蛮好看的。"

她"扑哧"一声笑了出来。

王毛毛又抬手看了看表,这才终于转过来面朝我说:"还有一小时就闭园了。"

我正在琢磨她的葫芦里到底卖的什么药,她突然又说:"时间还来得及。我们去坐摩天轮吧!"

动物园里有一个规模不大的游乐园,几乎就是我记忆中的样子。人们都说记忆往往会褪色,这个游乐园的设施就像记忆一样纷纷都褪色了。王毛毛一看到那个比路灯高不了多少的"摩天轮"就兴奋得大叫起来,为了不扫她的兴,我只好买了两张摩天轮的票。

我已经很久没有和人一起挤在这么狭小的空间里过了。挂在摩天轮上的小箱子闭塞得让人难受,王毛毛却兴致很高。

当小箱子在细雨中轻轻晃悠着升到最高处,透过郁郁葱葱的树冠,王毛毛发现了一柄大油伞下,藏着个倒糖人儿的小摊子。她把那个小摊子指给我看,"嗨,嗨,李正泰!我要吃糖人!你给我转一龙!"

我怔住了。

这一瞬间,我好像突然又具备了掌控时间的能力。我重新回到了过去的某个时刻,在北京动物园淅淅沥沥、晃晃悠悠的五米高空,我却感觉自己两脚着地,架着单车,在一个下雪的冬日里扭头望着那个跟我说话的人——林娅。

摩天轮吱吱呀呀地转了两圈就停下来了,时间才过了三分钟。

从摩天轮上下来时,恍若隔世。

王毛毛拉着我去找她在空中发现的转糖人摊子。找到之后,大概是看我一直发呆,她亲自拨了转针。好像是使了很大的力气,转针一直转啊转啊……

最后停在了蝴蝶上。

做糖人的妇女颧骨上有着两团红,背后还拴着一个襁褓。这类妇女一般都是从外地进京的,过去总成群结队潜伏在中国人民大学门口的天桥上兜售假学历证书。

她麻溜地从铜锅里舀出一小勺糖稀,三两下就在白色大理石板上画出了一只歪瓜裂枣的蝴蝶,然后拿竹签粘上,递给王毛毛。

王毛毛不甘心地接过来,悄悄对我说:"她肯定在蝴蝶底下粘磁铁了。"

妇女对我竖起两根手指,"二十。"

我给了钱,王毛毛已经拿着蝴蝶走远了。

我心里对她涌起一阵莫名的感激。我差一点儿就不会来了。那我就会毫不知情地错过这一切。而现在,仿佛是意识宇宙或者哪位命运之神许以的褒奖,那个把一切人、事、物裹上一层薄而脆的糖稀的黄昏又回来了。

接着王毛毛又要求玩碰碰车、旋转木马和过山车。

等她把这些都玩了个遍之后,动物园里的游客越来越少了,提醒游客出园的广播响起,闭园的时间快到了。

心满意足的王毛毛说:"跟我来。"

就这样,我被她领到了爬行动物馆。爬行动物馆里已经没有了游客,她看了看贴在门后的值日表,自信满满地说:"他们已经检查过这儿啦。现在动物园在清理游客,一会儿所有的门都会上锁。"

"那我们难道不该尽快出去？"

她没有解释，而是带着我在各个展馆之间东躲西藏。终于，夜幕降临，动物园呈现出了另一番模样：这里已经没有了游人的踪迹，只剩下动物的吼叫声在沉沉的暮色里遥相呼应。

我们走到鹿苑背后的一处山丘，坐在了一片柔软而湿润的空地上。

细雨已经停了。

暑气消退后，鹿粪的味道混合着雨水和青草气味，弥漫在空气中。

如果不被打断，我们可能要这样一直坐到时间的尽头。

晚上七点三十五。

我们就坐在时间的尽头。

"现在呢？"我问。

王毛毛低头看了看表，然后侧过脸冲我眯起狐狸一样的眼睛一笑："等。"

晚上七点三十六。

王毛毛从地上腾地站了起来，向天空伸出双手，仿佛在接住某种我看不见的东西。

"等什么？"

她仰起了头，高高举起手臂，闭着眼睛说："就等这个。"

晚上七点三十七。

她话音一落，天空突然下起瓢泼大雨。

雨水落在王毛毛仰起的脸和手上，原来刚才她伸出双手是要接住噼里啪啦砸下来的雨滴。我撑开伞——如她所说,"最大最大的伞"——这样我们两个都不至于淋雨了。

不知道从哪儿冒出来的三三两两的游客,开始朝着各个方向快步走开。

动物园里又响起提醒游客出园的广播。

"一会儿就要闭园了。"她说。

我不明所以地看着她。

她皱着眉头,用一种看白痴的眼神看着我,然后耸耸肩,露出一个狡黠的微笑。

21.

第 136 天 / 王毛毛时间

青草上的夜露,透过云层洒下的月光,空气里的味道,还有眼前的姑娘——

在月光下,在草地上,在食草动物的粪便气味中跳舞的,长着雀斑又平胸的姑娘——

都是那么的不真实。

在被时间囚禁的第一百三十六天,我第一次,不是在电影放映室醒来。

晚上七点三十七分已经过去了,我还在这里,在一片线条圆润的山丘上,在暑气和大雨里,脚下踩着细密的青草。

这就是王毛毛想要告诉我的秘密。

现在是2018年8月7日晚上五点二十,是"王毛毛时间"。她总是在这个时间开始进入重置,而她进入时间循环的地点,就是北京动物园。

同样作为时间的囚徒,我的坐标随着她一起重启了。对于王毛毛和我来说,只要我们在空间上"在一起",那么我们就能获得对方的"时间"。

难怪之前我总觉得被人盯梢了。原来一直尾随着我的那个人是她。她偷偷跟着我,所以获得了我的时间。而我因为和她在一起,所以也不再是从8月8号的凌晨五点三十七、电影放映室这个坐标重置了,而是从她的8月7号晚上五点二十、北京动物园这个坐标开始重置。

从现在开始,只要我们不分开,那我的每一天都不再只有十四小时,而是二十六小时又十七分钟。

一开始,我以为这是她精心设计的恶作剧——像王毛毛这种不按常理出牌的人,真要是干出这种恶作剧也不足为奇——但很快,随着动物园再次闭园,四周又变得空无一人,只剩下暴雨、雷鸣和鸟类的鸣叫。这一切让我不得不相信她的话。

幸好王毛毛让我带了伞——不过据她解释,她自己在8月7号那天没有带伞。所以每一次重置,她一睁眼就是下着雷阵雨的动物园。

我们打着伞在大风大雨中一路踯躅,到了喂养鹳鸟和火烈鸟的池塘边,躲进了一座水泥造的小亭子里。

雨滴像一只只迷你的鱼鹰一样,奋不顾身、前仆后继地扎进池塘,激起一圈圈涟漪。时间是否也是这样一种东西?它是雨滴,是池塘,又是涟漪本身。无数人在这个世界上出生,相遇,死亡。每个人的轨迹以一个点为圆心,扩散着,交错着,然后随着时间,消失在有限的一生之中。

浅岸上,深红色和粉红色的火烈鸟一会儿呼啦啦走到东,一会儿呼啦啦走到西。不时还有雷从那些年老的树木硕大浓密的树冠上滚过。

王毛毛一直在低头玩手机。我瞟了一眼,看到她在和一个备注为"关老师"的联系人聊天。

"我想在这待会儿。"我把伞递给王毛毛,示意她可以先走。

自从时间循环以来,我还没有经历过黑夜。我想待在这里,看看夜晚是不是真的会降临。

王毛毛没有接过伞,而是收起手机,掏出两个耳机,一边一个,塞进自己的耳朵。她的头发和裙子被暴雨淋透了,根本分不清从她发梢和裙角滴落的雨滴哪些来自她所经历的第一个8月7号,哪些来自第一百三十六个8月7号。

"你听过三只蝴蝶的故事吗?"王毛毛提高嗓门大声喊——不知道是因为戴着耳机,还是因为下着暴雨。

"有一只黄蝴蝶、一只蓝蝴蝶、一只红蝴蝶,它们仨是好朋友。有一天,它们正在花园里玩儿,突然飘来一朵乌云,下起了暴雨。花园里正好有三朵花,一朵黄花、一朵蓝花、一朵红花。三只蝴蝶想到花里躲雨……"

这故事有些年头了吧。我第一次听到它,差不多是在二十世纪,穿着开裆裤的年纪。

"黄色的花,黄色的花,可以让我们进去躲雨吗?——不可以,我只能让黄蝴蝶进来躲雨。

"蓝色的花,蓝色的花,可以让我们进去躲雨吗?——不可以,我只能让蓝蝴蝶进来躲雨。

"红色的花,红色的花,可以让我们进去躲雨吗?——不可以,我只能让红蝴蝶进来躲雨。

"三只蝴蝶谁也不愿意单独躲雨。暴雨打湿了它们的翅膀。"王毛毛说着,侧过头看着我,"你说,它们仨是不是傻?"

我点点头。

她深深吐出一口气,笑了笑。

滴雨的屋檐下,我们就这样并肩站着。

一个困在夜晚,一个困在白天的,两个时间囚徒。

雷声渐渐熄灭在树梢。

雨小了。

乌云都落进了眼前的池塘,月亮现身在夜空。

我走出亭子,站在湖边的青草地上。这是一百三十六天以来,我第一次看到月亮——之前身陷时间的囹圄时,我竟然从来没有留意过月亮这种东西已经从我的生活里彻底消失了。

"你会跳扭扭舞吗?"王毛毛在我身后问。

我知道扭扭舞,《低俗小说》里乌玛·瑟曼和约翰·特拉沃塔跳过这种舞。

"不会。"我说。

"我可以教你。"她说着,走到我面前,扯下她右耳的耳机,塞到我的左耳。

"不跳。"我说。

音乐响起,节拍像电流一样穿过我的耳朵,震得右脸发麻。她自顾自地跳了起来。

天不知不觉黑尽了。

月光照着她的脸,她闭着眼。王毛毛的皮肤太白了,她的鼻翼两边布满了雀斑,像脸颊上趴着一只灰色的蛾子。

我从来没有想过有生之年会经历这样一幕:我站在北京动物园的湖畔,看一个才认识了不知道该说几小时还是几天的姑娘在震耳欲聋的鼓点中,伴着远远近近的狼嚎跳扭扭舞。

青草上的夜露,透过云层洒下的月光,空气里的味道,还有眼前的姑娘——在月光下,在草地上,在食草动物的粪便气味中跳舞的,长着雀斑又平胸的姑娘——都是那么的不真实。

空寂的发红的苍穹下,动物的吼叫声此起彼伏。那些夜行困兽靠嚎叫来让自己与月亮相连——从它们身体振动发出的声音的波浪,由这个动物园一圈一圈向宇宙深处荡漾开去。

王毛毛睁开双眼。她的眼睛像某种小小的野兽,在猩红的夜空下闪闪发光。

她用这闪闪发光的眼睛看着我。

我也跟着王毛毛的步伐扭了起来。

王毛毛举起一只手臂,伸出食指,指向夜空,闭着眼睛尖叫,"嗷呜——"

"嗷呜——"我也对着夜空号叫。

我突然想起了那个在宜家商场里逮着中国人聊天的芬兰哥们儿。在北极圈漫长黑暗的冬夜,几十天见不到一丝阳光;而在五月底到七月中旬的极昼里，太阳永不坠落。在极昼和极夜的日子，即使矜持如芬兰人，也常常禁不住狼嚎两嗓子。

就像此时此刻的王毛毛和我。

我们的声音会像那些原始而清澈的号叫一样，在这个湿润、闷热、奇异的夜晚，荡漾到宇宙深处去吗？

我低头看着王毛毛。

这感觉真是奇怪，因为被困在时间囚笼的一百三十多天以来，我一直觉得自己是这个世界上最不自由的人。

而现在，在月光下，在草地上，我们是方圆百里最自由的两具血肉之躯。

王毛毛突然停下脚步，把两枚耳机收进了口袋。

鼓点和节拍消失了，夜风包围了我们。

她踮起脚尖，把脸轻轻地凑到我脸前。

我坐怀不乱地看着她，心里却搞不清楚她这算不算在暗示什么？

事实证明我想多了。

"走，"她说，"我带你去见一个人。"

王毛毛说的这个人，就是她之前提到过的那位"幕后高人"。我跟着她从动物园出来，趁着夜色打车到了雍和宫旁的官书院胡同。

进了胡同，黑灯瞎火地走了一段路之后，前面出现一盏昏黄的路灯。路灯下蚊虫飞舞，三三两两坐着些摇扇子的闲人。走近了，才看清靠墙竖着的一块纸板上龙飞凤舞地写着：

名老中医独家研制

> 孩子不打针不吃药
>
> 依托量子纠缠理论
>
> 直系亲属针灸即可

我正看得瞠目结舌，这时又发现到旁边的路灯杆上贴着一张告示：

> 看相算命
>
> 皆是骗人
>
> 切勿上当
>
> 街道办宣

一穿汗衫的大爷坐在这块"切勿上当"的牌子底下，招呼道："美女，看不看相？算不算命？"

王毛毛正笑眯眯欲答，我赶紧说："大爷，咱识字儿。"

这时有个小伙子站起来，收了屁股下的马扎，朝我们挥挥手。王毛毛回头给我使了个眼色，迎了上去。

"这位是关老师，"王毛毛礼貌地介绍道，接着又用肩膀指了指我，"关老师，这是我在微信上给您说过的那个谁，李正泰。"

我拉起她的胳膊就往回走。

"诶诶诶，你干吗呢？"王毛毛不依不饶。

"这种骗子扎堆的地方你也信有高人？"我压低声音说，"就刚才那个看相算命的大爷，还有这大半夜坐胡同里不搁屋的资深空巢男青年……"

王毛毛拽住我的手腕，挤出十二分的真诚说："最危险的地方就是最安全的地方，最可疑的地方才最可信。他值不值得信，聊聊你就知道了。"

看着她执迷不悟的样子，我气不打一处来。

我指指路灯杆上的告示，"你以为那是谁贴的？八成就是那大爷。为的就是初筛一遍目标客户——比如你……"

"兄台！请留步！"那位"关老师"三步并作两步追了上来，"兄台怎么称呼？"

我回过头，在路灯光下，这才看清——他居然是我在8月8号早上会遇到的外卖小哥！

"关老师是吧？"我问，"研究什么来着？"

"小弟不才，专业方向是场论与宇宙学。超弦理论和M理论是鄙人深感兴趣的领域。"

"那你还学人算命？要不我给您算算？"

王毛毛用胳膊肘撞了一下我，"别闹。"

"关老师，"我说，"你的命，黄袍加身，每天鸡鸭鱼肉相伴。我说得对不对？"

他先是一怔，接着沉默了。

王毛毛看得目瞪口呆。

"宇宙的终极秘密就藏在你胸口的三颗痣里。我说得对不对？"

他点点头，接着脸上的表情瞬息万变——震惊、痴迷、疯狂、热切、怀疑——旋即双手护胸，"兄台怎会知道我胸口有三颗痣？"

王毛毛说："深藏不露啊？李正泰，没看出来原来你才是高人。"

"别听他瞎扯了，他正经事儿就是送外卖的，走吧。"我拽紧王毛毛的胳膊，拉着她朝胡同口走去。

"此言差矣。"身后,外卖小哥一字一顿地说,"鄙人正经事儿是理论物理研究,送外卖只是科研之余的一项消遣。"

我拽着王毛毛,头也不回地继续朝前走。

身后传来外卖小哥那尖细的男声,"在下听闻王姑娘说,二位在找'换乘点'?"

我站住了,王毛毛在一旁歪着脑袋,屏息凝神,察言观色。

我转过身,走回他面前,"这事有解?"

外卖小哥点点头,"可以一试。"

"你真相信有时间循环这回事?"我问。

外卖小哥一脸虔诚,"时间循环的存在,在数学上已经被证实了。虽然在物理上还没有被证明,但这只是时间问题——这么说有点儿绕。"他说,"在下的意思是,这个时间问题迟早……"

"有办法找到换乘点吗?"我看着他,权衡着要不要相信一回民科,死马当活马医。

他拿右手中指推了推鼻梁上的眼镜架,"理论上来讲,鄙人能计算出你们所要经历的时间重启的次数。"

"这么说我们能知道什么时候可以越狱成功了?"王毛毛高兴得跳了起来,伸出两只纤细的胳膊,像只猴子似的整个人挂在我脖子上。

我正费力地把她从我身上摘下来,外卖小哥神不知鬼不觉地飘到我俩耳边,轻声道:"冒昧问一下,要是鄙人猜得没错的话,二位都是已经死过一次的人了吧?"

22.

第 136 天 / 李正泰时间

我活了二十多年,你突然告诉我,
昨天、今天、明天的我不是同一个人?

我确实是已经死过一次的人了。但王毛毛是不是,我不知道。她没有向我提起过之前的事,比如,她为什么会有8月7号的电影票,还有她为什么会去下着大雨的动物园,又是怎么从茫茫人海中发现我的真实身份的。

在我们跟着外卖小哥走去他住地的路上,一个又一个的疑问塞满了我的大脑。而王毛毛却对此缄口不语。

外卖小哥和一伙人租住在一个大杂院里。院儿里断水断电,院子的主人正在谈拆迁补偿,所以便宜租给他们。他不无得意地提到自己有个单独的房间,不用和别人挤在大通铺上。

到了地方,他拿钥匙开了门,熟练地从门框旁摸到了手电筒,"啪"一声拧亮,招呼我们进去。

跨过这扇门之后,不得不承认,我也要改口叫他"关老师"了——手电筒的灯光之下,这个散发着汗臭味的单间呈现出一种神秘的气息。茶几上、板凳上、窗台上还有地上、床上,到处都堆满了书;房间中央甚至还有一块黑板,上面用粉笔写着复杂的演算。

"你说时间循环到某次之后就会停止,可信吗?"我问。

"这只是鄙人的推测。科学界还没有找到时间循环的任何证据。"

王毛毛嗔怪道:"证据这不活生生站在你面前呢嘛?"

外卖小哥——现在应该叫"关老师"——不好意思地搓了搓手。

我继续问:"时间循环结束的时候,有什么副作用吗?它就自然结束了?"

"兄台是想问你会不会再死一次吧?这个说来话长了……"

"长话短说,关老师。"

"好吧,这么说吧,在初始坐标的宇宙里,你的的确确死了。否则你也不可能进入时间循环。但是现在的你,和初始坐标的那个你,并不是同一个你。所以时间循环结束之后的你,是存在于一个新的宇宙里的。在不同的宇宙里,你一般不会再死一次,就像人不会踏进同一条河流。"

"你的意思是,死亡把'我'变成了一个bug?"

"可以这么说。"

"为什么会这样?"

"很简单,因为世界本来就不是连续的。今天的你和昨天的你,这一秒的你和下一秒的你,并不是同一个人。"

"太扯了吧?"

"无数的你,存在于无数的平行宇宙。每当你起心动念,甚至哪怕只是改变了呼吸的轻重缓急,就会诞生出一个新宇宙里的你。"

我有些泄气,"我活了二十多年,你突然告诉我,昨天、今天、明天的我不是同一个人?"

关老师问:"你们都有过看电影的经历吧?"

王毛毛举手,"我是影迷。"

关老师解释道:"电影是通过视觉暂留原理产生的。把不连续的画面按照每秒24帧播放,肉眼就看不出来图片是不连续的。"

"彼得·杰克逊用48帧拍了《霍比特人》系列,李安的《比利·林恩的中场战事》是120帧。"我忍不住说。和搞物理的民科聊天真插不上什么话,聊电影我可还行。

"你们看电影的时候从来不怀疑它的连续性。对吧?其实你可以把'世界'也看成是一场'电影',无数不连续的片段按照前后顺序串联在一起,作为观察者的我们被'眼睛'欺骗,以为它是连续的。"

"行,就算世界不是连续的,时间也是连续的吧?"

"时间是什么呢?不过是人对世界的不连续变化的一种感知。你看到斗转星移、春华秋实,这些都是空间中的幻象,它们不是连续发生的。你能感觉到时间流逝,其实只是空间幻象一帧一帧被你感知到了。从物理学的角度来看,时间就像数学一样,你可以理解它,但它并不真的存在。好比当你们坐在电影院里,让你们开怀大笑或者伤心落泪的,只是银幕上的一个个昙花一现的像素。"

我听得一脸懵逼,记得中学时的物理课本上可没这么胡扯过呀。

王毛毛似懂非懂地点点头,"就跟做梦一样。"

这回换关老师一脸懵逼了。

王毛毛说:"人只有在快速眼动的时候才会做梦;也只有借助视觉暂留才能欣赏电影。那人应该也是在一呼一吸、眨眼之间才能感知到时间。人一旦死了,对时间的感知就会出问题。"

"王姑娘很有研究物理学的慧根嘛!"关老师赞许地说。

王毛毛不客气地点点头,又转身偷偷对我说:"其实这都是他之前自己跟我说的。"接着她继续道,"这就是为什么,人死亡之后会陷入时间循环。因为对世界的不连续性感知出现了问题。"

我猜这句也是之前关老师对她说过的。

看着他俩一唱一和,我更加一头雾水了。

"算了,为什么人死了会进入时间循环我也不追究了。"我说,"甭管什么科学道理,你就告诉我换乘点在哪儿吧?"

关老师敲了敲黑板,"这是鄙人用到的公式。估计不出半年,就能有结果。"

王毛毛双手托腮看着黑板,喃喃道:"半年?关老师,我们有的是时间,但您没时间。等我们时间一重启,你就什么都不记得,我们还得来找您一次,您还得从头开始算。这样永远也算不出个结果啊。"

关老师伸出两根手指,"最快两个月。"

"说吧,你要多少钱?"我问。

关老师立刻摆着手说:"不不不,不是为了钱。鄙人不才,自幼爱好格物致知之学,却一直都是纸上谈兵。多少寒窗学子、名究大家更是一辈子研究超弦问题,直到两鬓斑白都只能管中窥豹。放眼整个理论物理界,还没有哪位科研工作者找到过看得见摸得着的'证据'——何况还是两位大活人。此时此刻,二位光临寒舍,令鄙人感到无比荣幸,蓬荜生辉。"

我扭头看着王毛毛,"翻译一下?"

王毛毛试探道:"关老师这意思是,免费?"

我拍拍关老师的肩膀,"钱不重要,时间才重要。再过十多个小时,我们又要蹦跶回8月7号下午了。"

"鄙人七点还要上班送外卖……如果能在实验室里计算,那会快很多。二位能找到有很多电脑的地方吗?"

听到他这么问,我突然有了一个主意。

月朗星稀,"奶奶的熊"四个大字霓虹闪烁。

"靠!靠!靠!靠!我靠!"陈果站在一排电脑前,一半是气没消,一半是懵圈。

我从电脑桌下钻出来,举起手里的线,"得了,你也甭老念自己衣服上的字儿了,跟结巴似的。过来帮我搭把手。"

陈果走过来,拿眼神指了指王毛毛,"你什么时候有的妞?"

我摇摇头。

他摆出一副苦大仇深的样子发起了牢骚,"哥们儿今天求婚,不是说好了你当班吗?放我鸽子不说,还突然来个电话让我把网咖清场!婚没求成,生意也泡汤了。你丫要给不了我一个合理的解释……"

我停下手上的活,认真地看着他,"听我一句劝,这婚,咱别求了。"

"你什么意思?"

在长桌另一头电脑前噼里啪啦输入公式的关老师朝我俩看过来。站在他身后的王毛毛也鬼鬼祟祟地朝这边探出脑袋。

我拉过陈果的胳膊，压低声音对着他耳朵说："这么多年兄弟一场，你信我。"

陈果丈二和尚摸不着头脑，继续吹胡子瞪眼地看着我。

"忘了她吧。"我说着，揽过陈果的肩，拍了拍，"别在一棵树上吊死，懂吧？"

一分钟后，他神色缓和了下来，抿了抿嘴，字斟句酌地开口道："李正泰，你不会……你……别想了，咱俩好是好，但那什么，没可能的。"

我哭笑不得，朝他竖起一根中指。

"你要是不喜欢男人，那为什么这么多年你都没……"

这时王毛毛突然叫了一声，"开始了！开始了！"

我和陈果赶紧把手上的一堆线给接好，快步过去围拢到关老师身后。

关老师面前的电脑上，正刷刷地跑着一列列数据。"奶奶的熊"所有的电脑都已经联机完毕，正在按照他给出的算法进行运算。

陈果还在叨叨："李正泰，今儿这事……咦？这是在算什么？彩票号码？"

关老师不无得意地说："非也。这是鄙人编写的时间循环计算公式。"

"他说的每个字我都知道，可连起来怎么就听不明白？"陈果问，"什么公式？"

"时间循环计算公式。"我说,"《土拨鼠之日》《明日边缘》《忌日快乐》,记得吧?我被时间循环了。"

"扯吧,"陈果乐了,"你们仨别逗了。还时间循环呢。"

他指指关老师,"他又不是哆啦A梦。"

又指指王毛毛,"她又不是静香。"

最后指指我,"你又不是大雄。"

我朝陈果摊开手,"手机拿出来。"

他不解地问:"干吗?"

我说:"打电话给你女朋友,问她护照的事……诶,甭废话,你问。"

陈果打通了电话,因为还是凌晨,所以被臭骂了一顿。他鼓起勇气问了护照的事,得到了令他心碎的答案。

"你……你怎么知道?"陈果吃惊不已,"靠,你不会真的被时间循环了吧?那你不就可以……"

"不可以。"我说,"我没有逛过澡堂,也没有抢过银行。"

陈果咂咂嘴,"哎呀妈呀!你现在简直是我肚皮里的一条蛔虫。"

接着他恍然大悟道:"我们之前是不是已经有过这段对话?"

我点点头。

陈果激动地说:"那你可以……可以回到……那一天? 2011年2月11号……"

我愣住了。

关老师抬起头来,"理论上来说,时间循环和回到过去是两个概念。"

王毛毛问:"2011年2月11号怎么了？"

我和陈果对视一眼，他抿了抿嘴，不再说话。

我们四个人盯着绿光闪烁的屏幕，等待着运算结果。

天渐渐亮了，关老师看了看时间，"哟，鄙人得去上班了。"

我送他走到"奶奶的熊"门口，他告诉我等会儿电脑算出结果之后就给他打电话。

"生活是一次机会，仅仅一次，谁校对时间，谁就会突然老去。"临走时，关老师不无哲理地说。其实这是引自北岛的诗歌。但从一位会写时间循环计算公式的民科嘴里说出来，还是挺耐人寻味的。

目送着他瘦弱的身躯骑上一辆眼熟的电瓶车，我不禁对着他的背影脱口而出，"对了，一会儿在建行大厦外面的煎饼果子摊旁边停电瓶车的时候，让资本家自己下楼来拿早点，别送上去。"

回到网咖内，王毛毛坐在电脑桌上，手里夹着一根烟，正跟陈果聊着天，俩人笑得前仰后合。

我朝王毛毛招招手，她俯身在陈果肩头说了句什么，俩人又是一阵哈哈大笑，接着她走了过来。

我们走出网咖大门，站在街沿上。像昨天在动物园的相遇一样，互不相看，并肩而立。

清晨的街头，热气、人群和车流一起慢慢苏醒。

"有一只乌龟，跟一蜗牛结了婚。"我说，"可是没过几天，乌龟死了。"

王毛毛嬉皮笑脸地问:"为什么呀？"

"乌龟嫌蜗牛太慢，气死了。"

她"哦"了一声,短促地啄了一口烟。

"又有一只乌龟,跟一蜗牛结了婚。"我说,"可是没过几天,蜗牛死了。"

王毛毛捧场地问:"这又是为什么呀?"

"蜗牛觉得乌龟太快了,吓出了心脏病。"

王毛毛轻轻地笑了一声,耸了耸肩。

我侧过脸,看着她,"在乌龟和蜗牛的世界里,死可以是个玩笑。但在眼前的这个世界,活着,比死了强。你说对吧?能说早安、午安、晚安,比再也不能见面强。"

王毛毛脸上的笑容渐渐消失了。她拿烟的右手停在了半空中。

"东直门地铁站那姑娘,是你吧?"我说,"你的时间重启发生在8月7号下午五点二十,跟8月8号凌晨七点二十,刚好差了十四小时。"

"所以呢?"王毛毛把烟喂到嘴边,猛吸了一口,"这说明不了什么。"

"第一次见面时,你说过,我们的每一次行为和选择,都会产生一个新的世界,一条新的河流。这些河流最终都流向了浩瀚的宇宙,而时间的囚徒,可以在不同的河流里穿梭。"我说,"你说一直在找其他被关在时间循环里的人,却只找到了我,但你只说出了一半的真相。你没有说出的另一半真相是:你找到我,是因为你在那天被我阻止了。因为在你的初始坐标里,我从来没有出现过,所以你断定,时间循环之后遇到的我,和你一样,也是一个时间囚徒。"

王毛毛朝旁边走了几步,在垃圾桶的金属盒里按灭了烟蒂。她把两只手揣在衣兜里,慢慢走到我身边。

"这就像玩'天黑请闭眼'的游戏,所有人都在黑暗里闭着眼,只有杀手能够互相睁眼看到对方。"她说。

"我看到你了。你也看到我了。"我说,"可我搞不明白,那一天,你为什么要去死?"

"你难道不该关心我为什么不去死了?"王毛毛歪着头说,"我在初始坐标死了一次,然后又在时间循环里死了一百来次。可是我现在不想死了。"

"能说下跳轨的原因吗?"

"不能。"王毛毛说,"你要真想知道,就陪我去王府井大街七十四号。"

我看看时间,早上七点三十分。

在王毛毛的初始坐标里,她已经死去十分钟,地铁站的工作人员应该正忙着把她那血肉横飞的尸体挪到别的什么地方,再过五分钟,2号线就要恢复运行了。如果她总是重复着初始坐标里的时间线,那么她是无从得知这个时间点时世界上任何坐标位置上发生的任何事情的。

2018年8月8号上午的王府井大街七十四号,发生了什么?

无论发生了什么,这个已经"过去"的事件就像是游戏地图上尚未展现的领域,虽然早已写就,但对王毛毛来说却是完全未知的。她可能有些害怕,但又无法释怀。

"你真的想去?"我问。

"你不是想知道我为什么要跳轨吗?去了你就知道了。"

因为获得了我的时间,王毛毛现在可以去2018年8月8日凌晨七点二十以后的世界。没来由地,我觉得在这个世界里,我应该对她负责。

"那走吧。"我说,"对了,你还没说为什么不死了?"

"因为莫名其妙被个傻子救了啊。"

她已经远远地走到我前面去了。

在去王府井大街七十四号的路上,我给陈果发了个信息,让他留意着电脑,一旦有了计算结果就告诉我。

已经好几年没来过王府井了,对王府井的印象就是全聚德、五芳斋、全素斋、浦五房、东来顺,没想到七十四号原来不是什么百货店小吃店,而是"东堂"——北京挺有名挺气派的一座天主教堂。

今天有对儿新人要在这里办事,王毛毛和我推门而入的时候,婚庆公司的人正在里面布置。在一片繁忙景象中,我们找了个僻静的座位坐下。

落座之后,我不禁笑了。

王毛毛问:"你笑什么?"

我指着婚庆展板上新郎的名字说:"你不会就是因为这位什么……岳军先生,所以想不开的吧?"

王毛毛不乐意地说:"你还真猜着了。"

好吧,只用稍微脑补一下,就能想到一出狗血剧情。王毛毛初始坐标里8月7号这天动物园和电影院的形单影只,都有了一个合理的解释。

"姑娘,你都循环一百多次了还翻不了篇儿?"我说,"什么仇什么怨,在生死之后,都可以一笑泯之嘛。这轧咱不能白跳不是?"

"不行,我翻不了篇儿。"

"那你想怎么着?你用惩罚自己的方式来惩罚渣男还不嫌够?今儿还想用惩罚渣男的方式再把自个儿给惩罚一遍?"

"你不懂,跟你解释了也白解释。"王毛毛朝我翻了一个白眼。

"你……跟他这得……多大仇啊!"我不禁感叹。

"还记得三只蝴蝶吗?"王毛毛说,"他曾经跟我说,我们别像那仨一样傻了吧唧,聪明人就该先各自顾好自己,等事儿过了,他就娶我。可是我这儿扛着事儿呢,他和前妻复婚了!呸呸呸!二婚还办个什么狗屁婚礼!"

我看看展板上浓情蜜意、郎才女貌的俩人,点点头,"是有点儿欺负人了。"

"他还扔了我的狗!"

"人渣啊。那你一会儿打算怎么整啊?需要我配合吗?"

王毛毛咬咬牙说:"一会儿他俩宣誓的时候,你去抢亲!"

我摇摇头,"这不合适吧?"

王毛毛愤愤道:"那一边儿去!"然后她突然想起了什么似的,快步走出了教堂,留我一人坐那儿。

坐了不多会儿,宾客陆陆续续到了。早上九点,婚礼开始。新郎新娘在婚礼进行曲中走到了牧师面前。我既觉得这一切跟我没半毛钱关系,又感觉似乎不能一走了之、置身事外,只好苦等着王毛毛回来。

主礼牧师手拿麦克风说:"今天,在圣堂内为你们举行神圣隆重的婚礼。婚姻是蒙福的、是神圣的、是极宝贵的；所以不可轻忽草率，理当恭敬、虔诚、感恩地在上帝面前宣誓。岳军先生，你愿真心诚意与这位女士结为夫妇，无论安乐困苦、富贵贫穷、或顺或逆、或健康或病弱，你都尊重她，帮助她，关怀她，一心爱她，终生忠诚地与她共建家庭，你愿意吗？"

新郎说："我愿意。"

我替此刻不知身在何处的王毛毛感到庆幸，她没有当场目睹这一幕。

牧师又把同样的话问了一遍新娘。

新娘说："我愿意。"

话音刚落，教堂的门被"砰"的一声推开了。一个声音大喊道："我反对！"

像八点档肥皂剧里重复过无数次的情节：所有人扭头，看到大门外射进来的刺目的光亮中，一个孤零零的人影像钉子一样杵在那里。

没错，这根孤单瘦弱、倔强唐突的搅屎棍就是王毛毛。

她就像刚被人从水里捞起来一样，浑身上下都是湿的。不知道上哪儿搞来了一身婚纱，披挂上阵的王毛毛咚咚咚走过地毯，走上宣誓台，在全场所有人还没反应过来怎么回事的时候，抡圆了手臂给了新郎一个响亮的耳光。

这时包括新郎在内的所有人总算明白了点儿什么。

可是接下来，王毛毛又干了一件出人意料的事情——也只有她才干得出来——她一把拉过新娘，掰过她那张妆容精致的脸，狠狠地亲了下去。

牧师的表情已经不能用"惊恐"来形容了,在场的宾客们也一个个都目瞪口呆。不少人拿出手机拍起了小视频。

终于,新郎新娘的父母开始从震惊、尴尬、愤怒中反应过来,指挥亲信和婚庆公司的人手上去架开王毛毛。王毛毛被人七手八脚地拉开,嘴上的口红也花了一脸。

再不出手,估计她要被生吞活剥了。我冲进人群,一把抓起王毛毛的手腕,拽着她杀开一条血路。我们跑出教堂的大门,朝南跑去。愤怒的宾客紧追不舍,一直追到了长安街。

我边跑边教育她,"你这样做不对。"

王毛毛喘着气答:"我知道啊。"

我说:"但也挺牛逼的。"

她点点头,"可不是吗。"

这一天上午十点左右的长安街,出现了一副奇异的景象:一个穿夹克和纽巴伦跑鞋的男青年,拽着一个穿婚纱的姑娘在前边跑,后面跟着一群打扮得体、衣冠楚楚、愤怒之情溢于言表的男女老少。

贯穿长安街的风,此时也贯穿了我们的身体。我从未如此清晰地感知过这个不连续的世界——上一秒、这一秒、下一秒,像被风吹动的书页,它们在长安街上如白鸽般哗哗地振翅一飞,飞进万千滴前仆后继的雨滴之中,飞进北京城上空八月的雾霭里。

雨消失了。

冬日干燥晴朗的暖阳照着我的脸。

惯性下的急速奔跑让我的视线有些模糊,但我却清楚地知道,在视线前方,那个站在路口的身影,是林娅。

人影朝我挥了挥手。

真的是林娅!

我拼尽全力朝她跑去。

一辆黑色比亚迪眨眼之间冲了过来,撞倒了她。

我不知道是时间停止了,还是我的呼吸停止了。

总之在这一刻,我感觉不到时间的流逝。

我甚至分不清这是我的记忆,还是我又重新经历了一次那一天发生的事。

2011年2月11号。

等我再次吸入空气,又从肺部急促地吐出,雨滴重新坠落在我的肩头。

映入眼帘的,是淋成了落汤鸡的王毛毛那张五迷三道的脸。

不知道什么时候,我们身后已经没有了追兵。

她靠过来,伸出手,掰过我的脖子。

我们的目光在潮湿的灰色空气里短兵相接。

王毛毛踮着脚,仰起脸,亲了我,然后一言不发。

就在这时,手机响了。

我接起来,是陈果。

"你们在哪儿?"他说,"结果出来了。那位关老师忒不靠谱啊。"

"怎么?"

"结果是'啊'。"陈果说。

"'啊'?"

"对啊。"他说,"'啊波次嘚'的'啊'。"

"结果是汉语拼音?"

"对,你最好问问他这怎么回事。"

我挂断电话,打给关老师。

"'啊'?"他的反应也是一样。电话里传来很嘈杂的声音,我猜他正忙着穿梭在雨里,给某个坐在办公室里懒得下楼的白领送午饭吧。

我们约了一小时后在"奶奶的熊"见。

"没文化真可怕。"在网咖里,我拍拍陈果的肩说。他不好意思地搔搔后脑勺。

电脑运算的结果,不是"a",而是"α"。希腊字母的第一个,也就是"阿尔法"。

"我以为计算出来会是个阿拉伯数字,结果是它弟弟,阿尔法?"王毛毛看着电脑屏幕上闪烁的绿色字母说。

"嗨,我知道了!"陈果突然一拍脑门,"阿尔法不就是下围棋那只狗吗?"

"'α'是希腊字母的第一个,也就是'起点'的意思。"关老师说,"在牛顿经典物理的时间观里,时间的确是有'起点'的。"

"时间的起点?"

关老师点点头,"热力学第二定律规定了时间的方向,而物理学上认为的时间的起点,就是137亿年前的那场大爆炸。"

"137亿年?"王毛毛吓了一跳,"得循环这么久?"

我打量了一眼王毛毛。虽然有雀斑,但皮肤还行。虽然是平胸,但好歹是个女的。思来想去,总比和一抠脚大汉当狱友要好。

但137亿年……还是太长了点儿吧?

"不可能不可能,不可能是137亿年。"关老师自言自语着,拿出随身的一个小本写了些我们看不懂的演算公式,其间还接了几个催单电话,他一边冥思苦想着草稿上的算法,一边对着手机屏幕唉声叹气,"又有人评一星。我今天亏大了。"

"没事,"我安慰他,"等到晚上七点三十七,时间就会重启。你的一星都会归零。"

他如释重负地点点头,继续投入到演算之中。

时间一分一秒过去。陈果去隔壁烟酒行买烟。王毛毛走到网咖后墙的一台投币饮料机前买了一瓶苏打水。

我走到王毛毛身边,问她,"要真是137亿年,咱们怎么办?活腻了想死都没地儿死。"

她耸耸肩,"是挺够呛。"

"几个小时后就要时间重启了。他俩会忘得一干二净。但我不会。你也不会。"

王毛毛拧开瓶盖,咕嘟嘟灌了一口,问:"所以?"

"所以今天是什么意思?"

王毛毛耸耸肩看着我,转身要走。

我抬手挡住她的去路,严肃地说:"如果时间循环会发生一百次,那就可能继续发生一千次、一万次……可能比我们一辈子还要长。没有任何人能够证明我们的存在。因为这个操蛋的世界不会记得我们……"

"除了我们自己。"聪明如王毛毛,说出了我想说的话,"只有你能证明我的存在,也只有我能证明你的存在。"

"在关老师得出结果之前,我们可能要做好共度一生,甚至好几生的准备。所以你不要乱来。"

"哦,你是说我今天那个你的事?"王毛毛指指自己,又指指我。

"你今天做的事,不会随着时间重启消失。"我说,"所以,如果你以后要做什么跟我有关的事,请不要那么随意。因为我不像他俩。"

王毛毛不置可否地推开我的胳膊,头也不回地走掉了。

"因为我会记得。"我对着她的背影说。

因为我会记得。

过去,我以为记忆只是单纯的记忆。在记忆中体会到的快乐和痛苦,都是虚无的幻觉。即使在经历了一百多次时间重启之后,我仍然这样以为的。

但是现在,我相信了关老师的解释。某种程度上来说,我们的肉身并不重要。在浩瀚的宇宙之海里,有成千上万朵浪花;每朵浪花里,包含着成千上万个泡沫;而每个泡沫里,就有一个时间线上的宇宙。

我们的肉身存在于所有的泡沫、所有的浪花之中。我们的肉身充满了宇宙之海——时间线上的无数个世界,浩浩渺渺,没有尽头。

是什么使我成为我?

不是某一个世界里的肉身,而是在这个世界里的记忆。是我的经历塑造了昨日之我、今日之我、明日之我。

时间不存在,肉身不存在,只有记忆才是真真切切的。

这和我过去的常识完全相反。

但只有你身在其中——当你死亡过,体会过,才会承认这一点:每一个参与到你生命里的人,每一个你曾做出、正在做出和将要做出的选择,每一段你无法忘记的记忆,使你成了现在的你。

下午五点多,陈果买了烟回来,又从"奶奶的熊"前台的货柜里拿出火腿肠和方便面,我们四人一字排开,人手一碗。

时钟嘀嗒作响,除此之外,世界一片寂静。

"原来如此!"

关老师突然大声招呼所有人过去。

"鄙人知道 α 的意思了。"关老师面色潮红地说,"不是137亿年,而是——"

他举起手里的草稿,我们凑近一看,那上面写着:

137

"真行啊,关老师。"陈果吸溜着泡面说,"这不还是换汤不换药吗?"

"不不不。"关老师说,"且听我娓娓道来。你们知道那个跟物理学家打赌'上帝不是左撇子'的泡利吗?"

王毛毛和陈果一头雾水地看着他。

"一部讲量子力学的电影里提到过泡利。"我说。可是我一时半会儿记不起来那部电影的名字了。

关老师点点头,两眼放光,"曾经有人问泡利,如果你死了之后上天堂,可以问上帝一个问题,你会问什么。泡利说,我会问他,'为什么是137?'"

"为什么是137?"我们仨异口同声地重复了一遍。

"泡利生命的最后十年都在追寻这个问题的答案。就连他死的时候,病房的号数刚好也是137。"

"等他真的死了就会发现根本见不到上帝他老人家。"王毛毛说,"只会在死前的十四小时里不停循环。"

"泡利的问题,其实就是你们要找的答案。"关老师说,"真相只有一个:不管是谁,在死亡之后都会经历137次时间循环。因为泡利关心的137,来源于物理学上的一个公式,而它可以简写作一个希腊字母——"

王毛毛恍然大悟道:"阿尔法。"

"我早就该想到答案是137,而且只能是137。"关老师拿笔戳了戳桌上的草稿说,"太完美了!所有的数字——从质量、长度到电荷、速度、普朗克常数——所有物理学用来描述世界的数字都带有量纲,比如光的速度是30万千米每秒,你的体重是130千克……"

"我只有124千克。"陈果急忙站起来撇清。

关老师点点头,示意他坐下,然后当着我们的面写下了一个让人看着就费劲的公式:

$$\alpha = e2/(4\pi\varepsilon 0ch)$$

"看明白了吗?"

我们仨一齐真诚地摇摇头。

关老师的热情并没有被我们浇灭,他的两瓣嘴唇反而像失禁的括约肌一样,滔滔不绝一发不可收拾地说了起来。

"牛顿经典物理的时间观构建于伽利略的蓝图之上。时间一直被认为是基本标量的一种,就像我们为了描述世界而人为设定的另一些标量——长度、质量等等。直到爱因斯坦的相对论横空出世,把时间作为构建宇宙的一个部分,他说过关于时间最著名的一个论断是——"

"时间不存在"。我说。

"对!"关老师激动地点点头,竖起一个大拇指,"这位同学都会抢答了!爱因斯坦说时间是一个幻象,是不存在的。所以不能作为定量。这就意味着……"

他看着我们,露出循循善诱的笑容。

"意味着?"我们异口同声地问。

"意味着时间是无量纲的。"

说实话,我打心眼儿里不在乎"时间是什么"。作为一个电影放映员,我的理解力到"时间不存在"这里就已经算是仁至义尽了。

然而在关老师睿智而又慈祥的目光注视下,我们盛情难却,只好蒙混过关地点点头。

他继续说道:"如果真的有上帝的话,这是上帝为不存在的时间所设计的唯一答案。"

这时时钟敲响了。

晚上七点整。

还有三十七分钟,时间就又要重启了。

王毛毛扭过头,突然问:"李正泰,我们经历了多少次时间循环了?"

"一百三十六次。"

爱因斯坦说,上帝不掷骰子,可他老人家掷了;泡利说,上帝不是左撇子,可他老人家还真就是左撇子;关老师说,上帝为不存在的时间设计的唯一答案是137。

如果真给他蒙对了,那三十七分钟后,我们即将走到时间循环的尽头。

我和王毛毛面面相觑。好像两个原本被宣判了137亿年有期徒刑的囚徒,突然又得知明天就可以刑满释放一样,命运的变化无常让我们心潮起伏、无言以对。

在那之后,会是万劫不复的刀山火海,还是一切照旧的庸常之海?

——抑或是,一个美丽新世界?

23.

第 137 天

以王毛毛的狡黠,她已经猜到了问题的答案。

一滴雨从云层中坠落。像它成千上万的同伴一样,受地心引力所蛊惑,宿命般地划出属于它的一条银色轨迹。

在抵达泛着涟漪的水洼或泥泞的地面之前,它落到了一片树叶上。

一条棕白色的,柔软的舌头把树叶连同这一滴雨一起卷进了嘴里。

长颈鹿咀嚼着这片树叶,慢慢地踱到另一棵树下。

我和王毛毛隔着栅栏看着它。

"出狱之前,还有什么想做的事儿吗?"王毛毛问。

我点点头。

敲开门的时候,我妈脸上露出惊愕的表情。等她看到我身后的王毛毛,就更吃惊了。

傍晚的大雨,黄色的灯光,饭菜香味和白色蒸汽弥漫的屋脊。曾经以为再也无法弥补的一顿晚饭,此时此刻,活色生香,恍如隔世。

吃完晚饭,我陪老爷子看新闻联播,王毛毛和我妈在里屋不知道嘀咕些什么。

从东四五条胡同出来,夜幕已经降临。立秋的大雨洗涤着整座城市。

我撑着伞,和王毛毛站在路口,路灯的光笼罩着我们,仿佛随时会有一辆龙猫公交车呼啸着骤停在我们面前。

"你妈妈给我看了林娅的照片。"王毛毛说。

我一时不知道怎么接话。

"我要是她就好了。"她笑了。

"别闹。"我说。

"时间循环结束了,你还会记得她。"王毛毛说,"可是等到明天这个时候,我们就是陌生人了。"

"记忆没你想得那么重要。"我说。

不仅仅是记忆,还有选择。记忆是过去的选择,而当下和未来,我们还可以做出无数的选择。

"反正我也没什么好遗憾的了。"王毛毛伸了一个懒腰,"谢谢你借给我8月8号七点二十分之后的时间。"

我点点头,"也谢谢你借给我8月8号五点三十七分之前的时间。"

其实我想说"谢谢你陪我回家吃饭"。但一想到这已经是第一百三十七次时间循环,在这次之后时间循环就会停止,我的脑子就有点儿乱。

"你呢?"我问她,"出狱之前,还有什么想做的事儿吗?"

她仰头看着滴雨的伞檐,掰着指头算,"不想一个人逛动物园,达成;大闹婚礼现场,达成……剩下的就是,不想一个人看电影。"

说完,她从包里摸出两张票。

2018年8月7日晚,1号厅10排1座,10排2座。

原来在初始坐标中,我们曾经在我上班的那家电影院遇到过对方。她在观众席上看电影,我在放映室里发呆。光束从我面前的放映机射向荧幕,仿若一条发光的纽带把我们相连——而我们却从来没有留意过彼此。

如果不是在死亡后的时间循环里有交集,我们就会像这座城市里的其他两千一百七十万人那样,对每时每刻的相遇和错过一无所知。有多少人曾经近在咫尺,却终其一生都素不相识?

换好氙灯,调暗灯光,电影开场。

四米高的幕布上,阿飞对南华体育会售票员苏丽珍说:"一九六〇年四月十六号下午三点之前的一分钟你和我在一起,因为你,我会记住这一分钟。从现在开始我们就是一分钟的朋友,这是事实,你改变不了,因为已经过去了。"

黑暗中,王毛毛的瞳孔里有星光一样的东西闪闪发亮。

2003年,饰演阿飞的张国荣从香港中环的文华东方酒店纵身一跃之后,去了另一条时间线。留下我们这个世界的人,每年的4月1日都在缅怀他的风华绝代。

我们看了一场又一场电影。

换片中途张姐进来过,她知道我偶尔在没有观众的午夜场跑进观众席坐着放自己选的片。当她看到王毛毛时,先是略微愕然,接着又朝我露出了一个饱含深意的微笑,再也没有来打扫过1号厅。

凌晨五点,陈果打来电话。

我走到影厅外面,接起电话,他问我玫瑰花和钻戒黏在座位下了没有。

"听我一句劝,这婚,咱别求了。这么多年兄弟一场,你信我。忘了她吧。别在一棵树上吊死,懂吧?你要实在不信,问她护照的事。还有,你放心,我对你没意思,也不喜欢男人。"

嗯,信息量很大,够陈果好好消化一晚上了。

等我摸黑走回观众席,发现偌大的影厅里面空无一人。

王毛毛不见了。

我跑出放映室,撞上张姐,她问:"小李啊,你没事儿吧?"

我环顾四周,已经不见她的踪迹。我问张姐,"刚才出来一姑娘,您看见她上哪儿去了吗?"

张姐指指安全通道,"我看见她进了楼梯间。"

通往安全通道楼梯间的那道厚重的大门像一张翕张着的嘴

唇,微微来回摆动着。我快步追去,几乎是用身体的重量和奔跑的惯性撞开了大门。

楼道顶上的灯光从我背后射出,在我身前投下一道又黑又长的影子。我听到自己急促的脚步和喘息声,想起第一次和王毛毛说话,就发生在这座楼道里。

脑海里扑面而来无数的片段,和一个又一个地点有关。时间循环以来我所走过的轨迹在记忆中纵横交错——从电影院到动物园,从宜家商场到东直门地铁站,从关老师住的大杂院到陈果的网咖,从王府井大街七十四号到东四五条胡同……

我发现自己所到之处,都有王毛毛的影子。

她已经成了我记忆的一部分。

在某一个楼梯拐角,我以为我会看到王毛毛。就像第一次留意到她的闯入一样,看到她弯着腰,喘着气,背抵在墙上,伶牙俐齿地说出那句开场白,然后就这样轻而易举、毫不客气地走进我的世界。

然而没有。

雪亮的灯光照着楼道。

但那个等在楼梯拐角的人却不见了。

推开厚重的消防门,我冲到了大街上。

她不见了。消失了。

这作风很王毛毛。

站在凌晨的北京街头,我不知道往哪里去。

就这样彷徨和惊慌了一会儿。终于,冥冥中,我想到了一个地方。

东直门地铁站里人头攒动，我被浓稠如一锅粥的人群推搡着向前，走下楼梯，行过陈旧低矮的甬道，进入有着二十世纪八十年代风格的巨大圆柱的岛台。无数双鞋带进站台的泥水，滴雨的伞沿，令人躁动的热气；人群似乎是无声的，又似乎震耳欲聋。

我在往雍和宫方向的候车岛台上看到了她的身影。

时间是七点零六分。

一列地铁进站，人们一拥而入。

她站着没有动。

我走上前去，抓住她的胳膊。

她回头，却不是王毛毛。

时针指向七点十分。

不停有列车进站，不停有人走进那钢铁巨兽的肚子，然后任由它呼啸着把自己带向这座城市的四面八方。

七点十七分。

七点十八分。

七点十九分。

我的手心微微有些出汗。我抬头看着站台上那面挂钟的指针，一点儿一点儿朝前挪动。

我茫然四顾。此时、此刻、此地，我只想从一张张陌生的面孔中，看到王毛毛的脸。

列车的车头灯照亮隧道深处，又有一趟列车呼啸着进站。突然，刺耳的刹车声传来。人群中传来惊呼声，循着骚动的方向，我才反应过来，是另一侧轨道的列车出事了。

有人跳轨了?!

我的脑海像被列车灯洞穿了似的,一片空白。

"奶奶的熊"门口,我和关老师站在街边的垃圾桶旁。清晨的街道吐出雾霭,人群和汽车尾气。

"时间循环结束之后,我还会记得这些事吗?"

"理论上,你只会记得初始坐标里发生的事。"关老师说,"毕竟死亡是个bug。时间线修正之后,时间循环期间的事你自然不会记得。"

"所以没有谁会真正死亡。"我叹了口气,"死亡的只是记忆。"

关老师怔了怔,若有所思地伸出右手中指,推了推鼻梁上的镜架。

我想我明白了为什么2011年2月10日的那个冬日傍晚是如此重要。因为那是林娅在车祸之后曾经无数次回来过的时间线。她曾在这个傍晚不停地循环,一百三十七次,直到时间尽头。

就是这样的吧。

我曾经在悔恨中无数次设想——如果我不在胡同拐角逗留,如果我早一点儿到达那个十字路口,如果我们约在别的时间,如果我在做出任何一个选择时,发生任何一点儿微小的改变……林娅就不会被车撞倒。

但是现在,我明白了。她只是去了另一个时间线。在那个世界里,她会遇到别的什么人,经历别的什么事。在那个世界里,她今年二十三岁,有一个闪闪发光的人生。而不是像在我的世界这里,永远停留在十七岁。

她会有从2011年2月11日到2018年8月8日的所有记忆。只是在这条时间线上的我再也无法参与其中了。甚至，在那个世界里，林娅和李正泰在一起了。只是，那些记忆，不属于我。那条时间线上的林娅，永远也看不到这个世界里如废柴般度日的我。因为在宇宙之海上，我们已经不属于同一个泡沫。

"最后一个问题。"我说，"如果我不想失去时间循环期间的记忆，是不是只有一个办法——"

雨滴落在街边的水洼里，涟漪和涟漪相互碰撞，交错、影响、消失。

我一字一顿地说："再死一次。"

关老师没有说是，也没有说不是，而是给出了意味深长的回答，"生活是一次机会，仅仅一次，谁校对时间，谁就会突然老去。"

然后他戴上头盔，骑上电瓶车，将外卖夹克的拉链一直拉到下巴底下，一脚油门，绝尘而去，深藏功与名。

我猜王毛毛也问了关老师同样的问题。

或者以王毛毛的狡黠，她已经猜到了问题的答案。

如果不想失去时间循环期间的记忆，就不能从137这个换乘点下车。而不下车的唯一办法，就是"再死一次"。

不同时间线上的世界，就像不同颜色的花朵。我们每一个体，就是一只蝴蝶。死亡就像雨滴，当大雨落下，如果你不想被雨滴击中，就只能选择进入不同的花朵避雨。而如果你们不想失去彼此，那就只能被大雨击落在地。

在走到时间尽头之前，我做出了循环世界里的最后一个选择。

我选择了在大雨中被死亡击落,原本打算在今天晚上七点三十七分再死一次。这样,我就能在一个对王毛毛有记忆的时间线上醒来。

看来她也做出了同样的选择。

我感觉自己的腿好像焊在了站台上,根本迈不动。

数米之外的另一侧站台上,黑压压的人群骚动着。

我想象着就在那条铁轨之上,人们正对着王毛毛血肉模糊的身体指指点点。

直到这一刻,我才意识到,死亡是最愚蠢的选择。

我们可以不停地通过死亡来记得对方,但这样的记忆又有什么意义?世界不再与我们有关,这对她不公平。

我以为这一百三十七天的记忆,值得自己承受永生之狱,却从来没有想过,它对王毛毛来说是不是足够值得。一直以为,是林娅的意外,让我把记忆看作比生命还宝贵的东西。可是现在,我心里只有一个念头,希望王毛毛全须全尾地活着。不是像林娅那样活在另一个我永远无法抵达的泡沫里,而是活在这里。活在有我的这个世界。

哪怕她再也不记得我。

"诶!李正泰!"

王毛毛!

我回过头,她就站在那里。

王毛毛两手揣在外套衣兜里,嘴角微微上扬,目不转睛地望着我。

货真价实，如假包换。

电光火石的一瞬间，我的脑子里涌现出很多想法。我想上去暴揍她一顿，又想把她揽在胸口，我想对她大吼大叫，又千言万语如鲠在喉。

在人潮汹涌的东直门地铁站，我们隔着一米的距离站着，像两个心照不宣的傻子。

终于，她耸了耸肩，指着围在地铁车头前的人群说："不知道谁的包掉铁轨上了。"

"你给我听好了，"我说，"有我在，你就甭想破坏2号线正常运营。况且，你要是给碾成烂泥了，我还得再死一次，回来救你。你不嫌麻烦我还嫌麻烦呢。"

"要是我从这儿往下跳一百次呢？"

"那我就回来救你一百次。"

"一千次呢？"

"回来救你一千次。"

"一百三十七亿次呢？"

"回来救你一百三十七亿次。"

她眯起狐狸一样的眼睛，咧嘴一笑。

王毛毛朝我走过来，看着我，"你说，那仨蝴蝶是不是傻？"

我点点头。

"我们才没那么傻呢，对吧？"她说着，声音委屈得快要哭出来。

"我不要再死一次了。"她又说，"你也不要。"

我又点了点头。

王毛毛吸了口气,不让鼻涕眼泪落下。她露出一个笑容。我发现这姑娘笑起来真挺好看的。

我也笑了。我看着她,不想再浪费一分一秒,我只想把她的眼角眉梢统统都记下来。

"再过十多个小时,时间循环就结束了。我不会记得你,你也不会记得我。趁那之前——"她踮起脚尖,把脸轻轻地凑到我脸前。

我伸出左手,捧住她仰起的后脑勺。王毛毛后颈窝的皮肤细腻而冰凉。

我低下头,亲在了她同样细腻而冰凉的嘴唇上。

如果再也不能见面,祝你早安、午安、晚安。

时间尽头之后

这座城市,一共住着两千一百七十万人。

伟大的,平凡的,焦虑的,欢愉的,有钱的,贫穷的,善良的,刻薄的,浪漫的,现实的,精明的,疲惫的,诚实的,虚伪的……

如果硬要对号入座的话,我猜我属于"孤独的"。

孤独是一种病。

这家电影院,是我上班的地方。刚才和我打招呼那位,我们都管她叫张姐。她在这儿上保洁晚班。走道里那一字儿排开的镜框海报，都被她擦得锃亮。《月光宝盒》《第五元素》《超体》《黑客帝国》《煎饼侠》《闪灵》《旺角卡门》《搏击俱乐部》《楚门的世界》《低俗小说》《霍比特人》《比利·林恩的中场战事》《土拨鼠之日》《明日边缘》《忌日快乐》《万物理论》《阿飞正传》……

我喜欢在放映室里发呆。黑暗中，尘埃乘着光线飞驰，光影投射在幕布上，像灯塔的光束照进汪洋。

我就住在影城楼上的一间公寓。日常生活中大概百分之五十的交流，都是和一只名叫布拉德皮特的仓鼠还有一只名叫阿尔帕西诺的乌龟进行的。

每天的步行轨迹，则是从这栋大楼走到街角的广告牌。那根用来支撑广告牌的水泥柱子充当着如来佛祖的中指的作用——我每天遛着狗到这儿来让它撒泡尿，早晚各一次。我原来挺讨厌出门的，自从养了这条傻狗，每天都得出门。周末上我父母家吃饭，因为不喜欢一切交通工具，一般都遛着狗去。反正离得也不远。

这家叫"奶奶的熊"的奶茶店，是我发小陈果和一个朋友开的，他俩是点外卖认识的——早前儿"奶奶的熊"是家网咖，陈果之前谈了一女朋友，跑了。网咖没多久也关门大吉，换成了奶茶店。陈果那朋友在我看来有些神神道道，爱好是研究宇宙，他说的话都太玄了，我担心过他会不会是一骗子，陈果却尊称他为"关老师"。

这天早上，我照例带狗来水泥柱子这儿"到此一游"，一姑娘上来就自来熟地搔起了狗脖子。傻狗上蹿下跳，哈喇子揩了姑娘一手。

常年遛狗的人都知道,这么干的人可以分为几类,除了真爱狗的,就主要是打听路的。今天这姑娘,看起来应该是没话找话那一类。

"这狗叫什么名儿呀?"

"莱昂纳多。"我说。有时候遇上这种人,我也搭理几句。这狗之前的名字叫"莱昂",是它上一任主人取的。

"哟,还姓迪卡普里奥吧?"

我乐了。这才留心看她。短发藏在卫衣的兜帽里,胸部也没怎么发育,笑的时候露出一颗虎牙。

"不不不,姓李。"我说,"随我。我叫李正泰。"

那姑娘站了起来,从背包里掏出一张《寻狗启事》递到我眼前,眯起狐狸一样的眼睛,"这是我的狗。你好,我叫王毛毛。"